UP Collection

新装版

風月無尽

前野直彬

東京大学出版会

はしがき

自然は、時とともに変貌する。たとえば、山林を伐採して一軒の家が建てられ、一つの村落ができることは、一つの自然が破壊されたにほかならない。しかし、そこでまた時がたつと、村落のたたずまい自体が、あるいはその中にいとなまれる人生までも、きびしい自然と戦う姿をも含めて、周囲の風物の中にとけこみ、また一つの自然を形成して行くのであった。

だが、近ごろの日本では、そんな悠長なことは言っていられない。むかしの中国の詩人は「国破れて山河あり」とうたった。当節のわが国は、「国栄えて」いるのかどうか、私にはよくわからないけれども、山河は確実に失われつつある。そして経済力がどれほど成長しようと、おのれの山河を破壊し去った国が、ほんとうに栄えていると言えるのであろうか。

山河が変貌するのは、自然の理である。人間が生きて行くために、変貌させなければならぬ場合もある。ただ、そうして失われた山河は、決してもとにはもどらない。都会育ちの私にも、かつては愛して歩いた山々があり、泳いだ海があった。その山も海も、もはや昔日のおもかげをとどめていない。たまにおとずれても、遠い以前の恋人の、老残の姿を見るような心地になるだけのことである。

ことは一個人の感傷ですむほどの問題ではない、とわかっているものの、私の心の中にいくばくかの感傷が巣くっているのは、否定できない。日ごろ中国の古典を読むときにも、それがたびたび影を落とした。山河と限らず、草木鳥獣をも含めた自然を、かつて中国の人々はどのように眺め、どう考えたか。中国の自然も、それを眺める人間の態度も、現代日本ほど急激ではないが、長い歴史の中で、たしかに変貌してきた。そのあとをさぐることは、迂遠なようだが、いずれはめぐりめぐって、われわれの自然の問題にともどるのではあるまいか。

と、ここまではまず表看板である。この一冊におさめた文章は、私が一九六一年から七〇年までの間、尚学図書発行の雑誌「国語展望」に連載したものであった。雑誌は高校の国語科の先生を主な対象としていて、有用か無用かは知らず、辞書や参考書とは違った角度からの知識を提供するのが本来の趣旨であった。たぶん五回か六回ぐらいで終わりになるだろうというくらいの見当で書き始めたのが、あとを続けて書けと言われるまま図に乗って、全部で二十六回、一冊にまとめられるほどの量に達してしまった。そこへ東京大学出版会からお声がかかって、臆面もなく二度の御目見得をさせる仕儀となったわけである。

一冊にまとめるには、多少の手直しが必要である。第一に、書名からきめてかからなければならぬ。連載のときの題名は「天地有情」であった。どうせ数回の続きものと思ったので、つい安直に、土井晩翠先生の詩集の名を盗用させていただいたのである。連載が十回を越えたころから、うしろめたい感じが増すばかりであった。本にするとなれば、なおさらのことである。ところが、ふしぎなもので、さて代わりの題名をと考えてみても、容易には思いつかない。苦しんだあげく、宋の蘇《そ》軾《しょく》の「赤壁の賦」に「惟《ただ》江上の清風と、山間の明月とは……これを取るも禁ずることなく、これを用ふれども竭《つ》きず、是《こ》れ造物者の無尽蔵なり」とあるところから案じついて、「風月無尽」と定めた。これも盗用には違いないが、典故を用いるのは昔の中国文人の通例であり、相手が東坡《とうば》先生ならば諒察いただけることであろう。

連載中は、一回ごとの読みきりで（「山」と「海」だけは二回にわたった）、そのときごとに思いついた題材を選んだ。したがって、連載の順序にならべるとはなはだ雑然としたものになるため、順序を入れかえ、内容ごとに分類した。分類を天象・地文・草木・鳥獣としたのは、書名と合わせて中国風の表現を使ったにすぎないが、こうして見ると、明らかな不均衡が生じている。天に「日」がなく、地に「川」がないのは片手落ちだし、分類にもう一つ、虫魚というのがあるべきで、「亀」などはそこに入れなければならない。しかし、一分類を立てるほどの量がないので、「亀」には肩身の狭い思いを承知で、鳥獣のあとについてもらった。そのまたあとに「鬼」がついたのは、全体のおまけのようなものである。

こうした不均衡を是正するためには、若干の項目を書き加えるべきであった。私としても、書き加えたかった。しかし本書のページ数には限度があって、許された余裕はいくらもない。また刊行の予定にも制約があって、きめられた時間のうちには、とうてい間にあわない。不本意ながら、連載したもののみ、それに多少の加筆をした程度にとどまった。

その加筆も、欲を言い出せば際限がない。本文の順序を入れかえたため、説明が前後してしまった部分も生じたし、十年近くも前に書いたものの中には、どう見ても今の時勢に合わないところもあった。それに、一回の連載は原稿用紙何枚ときめられていたので、その範囲内で筆を止めてしまったこともある。これらはすべて加筆もしくは修正すべき点であるが、結局のところは最少限の手直しにとどまった。時間の余裕がなかったためもあるが、自分がかつて書いた文章を読みかえすたびに嫌悪と苦痛をおぼえる性癖の私にとって、みずからの古傷を治療するような仕事は堪えがたかったのである。

自分の性癖にかまけては、読者に対して申しわけのない次第だが、本文を書いたときの私は、その時点において、まぎれもない私自身であった。それをいまさら、とりつくろってみても始まらない。と言うと少々開きなおった気味になるけれども、私としては目をつむりたい思いをしながら、どうしても手を入れなければならないところだけに朱を加えたのである。

それにしても、十年間、尚学図書編集部の人々は、よく飽きもせずに連載を続けてくれた。ふりかえって見れば、私にこの本を書かせたのは、編集部の中にこもる熱気のようなものだったと思う。そして、読者もそう多くはなかったであろう雑誌の連載原稿を認め、一冊の本にしようと言ってくれたのは東京大学出版会編集部の人々であった。原稿を書いたのはたしかに私だが、それをはぐくんでくれたのは（正直なところ、原稿の督促を受けて眉をしかめたこともあったが）、第一に尚学図書編集部の人々であり、続いて東京大学出版会編集部の人たちである。ここで深甚の謝意を表すると、月なみな表現で結ぶほかはないのだが、今の私の気持ちは、それほどの厚情に答え得たかという当惑をも含めて、もっと深く、複雑なものであることを書きそえておきたい。

一九七二年一月

前野　直彬

目次

鳥獣

天象

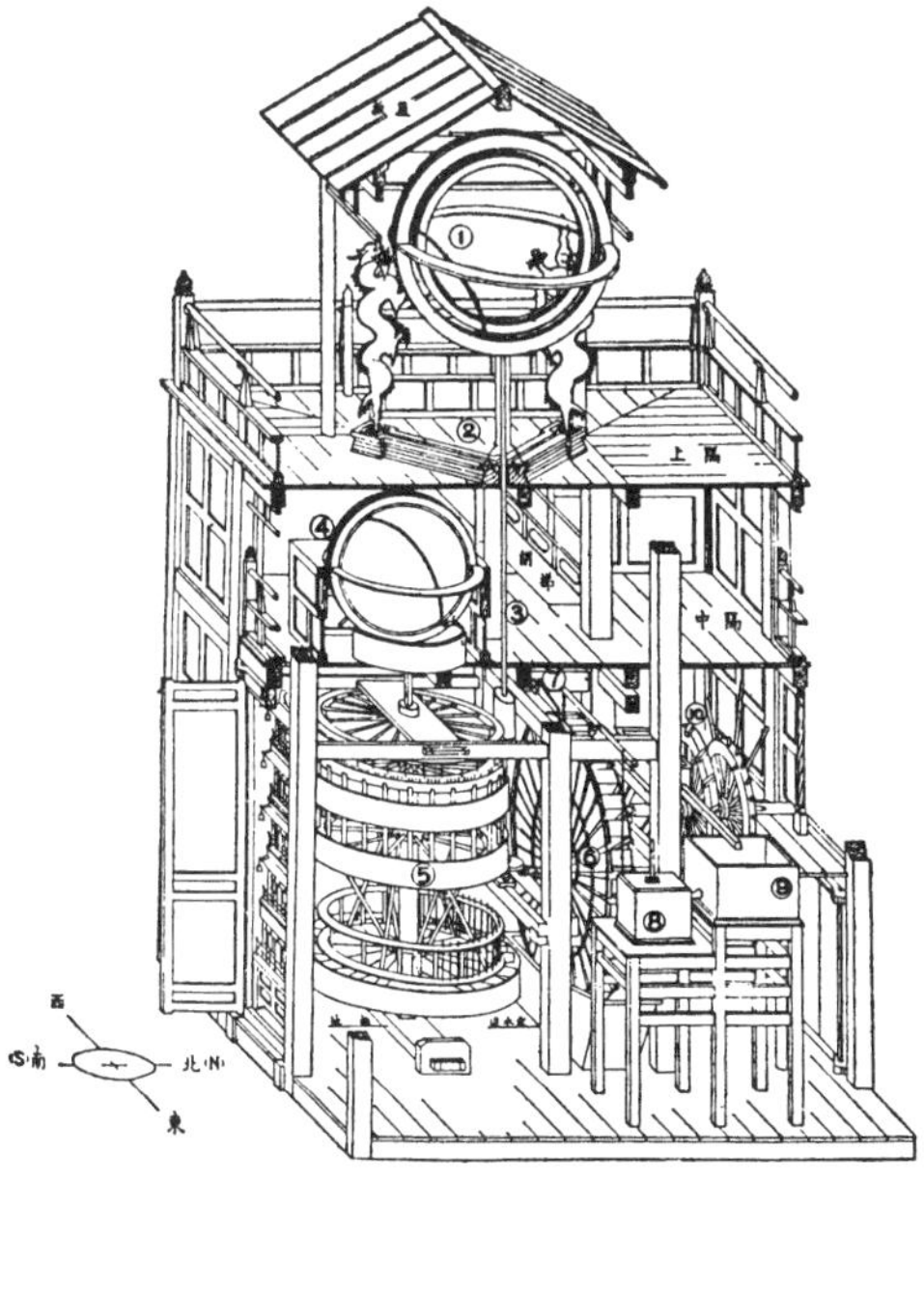

宋代水運儀象台の復元模型(透視図)

天体は水を動力として回転する。すなわち天池⑨に湛えられた水は平水壺⑧を経て、天鎖⑦で吊された枢輪⑥を廻し、天地の模型④を廻す昼夜機輪⑤に連動する。また、天柱③に支えられて天球①がある。枢輪を廻した水は河車・天河⑩の働きによってふたたび天池に還り、これは人間が手で廻さねばならない。(『文物参考資料』一九五八年、第九期)

月

アポロ十一号より千二百年も昔、月の世界まで行って来た人物があった。石ころは拾って来なかったが、そのかわり、美しい音楽を土産に持ち帰った。この人物の話からはじめよう。

その人とは、唐の玄宗皇帝である。帝王というものは、独裁君主として有能であればあるほど、神秘の術にあこがれる傾向を持つらしい。秦の始皇・漢の武帝も、不老不死の仙術を求めるのに苦心した。それはたぶん、地上を征服しつくした王者の権勢欲が別の世界をねらって発動したためと、現在の栄華を永久に保持したいというむなしい希望を抱いたためとの、双方の原因からであったろう。玄宗もまた仙術を体得しようと、宮中に多くの道士を集めたのだが、その中に羅公遠という人があった。

開元年間、玄宗の治世の最盛期の、中秋明月の夜のことだった。月見の御宴の最中に、羅公遠がふと、玄宗に声をかけた。

「陛下は月へ行ってみたいとは思《おぼ》し召されませぬか？」

玄宗がうなずくと、公遠は手にした杖を、空へと投げ上げた。すると杖は天空に横たわったまま、銀色に輝く橋と化した。

公遠は先に立ち、玄宗と二人だけで、その橋を渡った。三、四里も歩いたと思うころ、目もくらむほどの光に包まれ、寒気が身にしみたとき、大きな宮殿の前に出た。公遠はそれを指さしながら言った。

「これが月宮殿でございます。」

宮殿の中では数百人の女性が、白絹のころもをまとい、舞いを舞っている。地上では聞いたことのない曲なので、たずねてみると、「霓裳羽衣《げいしょううい》の曲」と答えた。

それから二人が月宮殿の中で何をしたかは、伝わっていない。さっきの橋を渡って帰途についたとき、玄宗がふりかえると、一足進むごとに、橋はうしろから消えていった。

玄宗は音楽に堪能な天子である。地上に帰ってから宮廷の音楽師を召して、耳に残っている月宮殿の音楽を教え、新しい一曲を作った。後年、玄宗が楊貴妃への愛におぼれたとき、しばしばこの曲を演奏しては貴妃に舞わせた。ついには白居易の「長恨歌」に、「漁陽の鼙鼓《へいこ》　地を動かして来たり／驚破す霓裳羽衣の曲」とうたわれた、その名曲は、こうして作られたのだという。

玄宗が見た月宮殿は、正しくは広寒《こうかん》宮とよぶ。月の世界は玄宗も体験したように、おそろしく寒い。つめたい月光を浴びながら、地上の人々は、そう考えたのである。

広寒宮のあるじを、嫦娥《じょうが》という。ギリシャ神話のアルテミスと同様、中国でも、月の神は女性であった。この女神が月に住むようになったことについても、物語がある。

帝堯《ぎょう》のころのことだというが、羿《げい》とよぶ弓の名人があった。十個の太陽が空に出て、山野は焼け、人民は渇水に苦しんだとき、堯の命令を受けて九つまで射落とし、世界を平常に返した英雄とも、武術を誇って乱暴をはたらき、人々を苦しめた悪人とも伝えられる。

どういう因縁があったものか、羿は西方の崑崙《こんろん》山に住む西王母《せいおうぼ》という神から、不老不死の薬をもらって来た。もらったらすぐに飲めばよさそうなものだが、それでは物語にならない。羿は薬を家まで持ち帰って、妻に見せびらかした。夫婦そろって不老不死の身になろうなどという殊勝な心がけはない。あるいは薬が一人分しかなかったのかもしれないが、ともかく、おれはもう死なないぞと言ってじまんした。そして、祝い酒でもあおったのだろう、ぐっすり寝こんでしまった。

その妻が嫦娥である。亭主だけが不老不死になると聞かされては、心中おもしろくない。亭主が亭主なら女房も女房で、夫の寝息をうかがいながら薬を盗み出し、全部飲んでしまった。

薬を飲んだあと、嫦娥のからだは急に軽くなり、ふわふわと浮きあがるようになった。夫の目がさめぬうちに逃げ出そうと、急げば急ぐほど空高く昇って、とうとう月まで行ってしまった。羿はあとから地団駄ふんでくやしがったが、生身《なまみ》の悲しさ、月まで追いかけて行くことができない。もっとも、太陽を射落とすほどの弓の名人ならば、ついでに月をねらうこともできたはずだが、月に矢を射あてたところで、嫦娥をどうすることもできなかったであろう。薬を飲んだ彼女は、何をされても死なないのだから。

これは古い文献の中から掘りおこされた、中国古代神話の一断片である。羿が英雄になったり暴漢になったりするのは、おそらくこの神を信仰していた部族が、他の部族に征服された痕跡を示すものであろう。

だから、嫦娥は月にたどり着いたあと、疲労のためにうずくまり、そのまま蟾蜍《せんじょ》（ヒキガエル）に変わってしまったという記録があるのだが、神話としては、たぶんこの方が原型に近いと思われる。月の表面に見える陰影の形を、古代の中国人はヒキガエルに見たてたのである。

しかし、不老不死の薬を飲んで月世界へ昇った女性のイメージを描くときは、どうしても絶世の美人になりやすいわけで、それがヒキガエルとなったのでは色気がなさすぎる。そこで、いつしか嫦娥は光り輝く月の女神となってしまった。

女神がいる以上、その住む宮殿が必要である。そこで広寒宮が考え出された。ヒキガエルも、ウサギに変わった。女神のペットとしては、その方がふさわしかろう。ウサギはいつも薬を搗《つ》いている。言うまでもなく、不老不死の薬である。日本では同じウサギが餅を搗かされることになったのは、日本人の思考の方が生活に密着していたのか、それとも食い意地が張っていたためか、私は知らない。

そして広寒宮の庭には、高さ五百丈という桂の大木が生えた。日本の古歌にも「久方の月の桂を折るばかり」とうたわれた、その桂の木である。ただし中国で桂とよんでいるのは、日本のモクセイであって、いわゆるカツラではない。ところで月の桂の下には、これもいつごろのことかは知らないが、一人の男が立つようになった。呉剛《ごごう》といって、仙人の術を修行していた人物だが、何か仙界の掟《おきて》にそむくことをしたらしい。罰として、月の桂の伐採を命ぜられた。なにぶんにも高さ五百丈の大木である。斧一挺《ちょう》で伐り倒すのは容易でないのだが、なお悪いことに、この桂の木には霊力があって、伐り口はすぐにふさがってしまう。つまり永久に伐り倒せない木を、呉剛は熱心に、今でもまだ斧をふるっている。風静かな夜半、明月を仰いで立てば、呉剛の斧の音がかすかに聞こえてくることもあるという。

これが、玄宗皇帝のおとずれた月宮殿のあらましである。かぐや姫が帰って行ったのも同じ宮殿だったであろう。その美しく幻想的な世界は、昔から何度も詩の中にうたわれた。

だが私は、このへんで神話と伝説の世界から離れたいと思う。そして二人の詩人の、二首の詩をあげよう。いずれも定型化した月の詩に反逆して、自分の目で月をながめようとした人たちである。

月下独酌　　李　白

花間一壺酒　　花間　一壺《いっこ》の酒
独酌無相親　　独酌　相親しむ無し
挙杯邀明月　　杯を挙げて明月を邀《むか》へ
対影成三人　　影に対して三人を成す
月既不解飲　　月既に飲を解せず

影徒随我身　影徒《いたづ》らに我が身に随ふ
暫伴月将影　暫らく月と影とを伴って
行楽須及春　行楽須《すべか》らく春に及ぶべし
我歌月徘徊　我歌へば月徘徊《はいくわい》し
我舞影零乱　我舞へば影零乱《れいらん》す
醒時同交歓　醒時　同《とも》に交歓し
酔後各分散　酔後　各〻分散す
永結無情遊　永く無情の遊を結び
相期邈雲漢　相期して雲漢邈《はる》かなり

春の宵、満身に花影を浴びつつ酒を汲む李白の姿は、それだけで一幅の絵となることであろう。しかし李白は、その美しい絵を描こうとはしない。かれは飲み友達がいないのに愚痴をこぼし、天空の月に呼びかけ、自分の影を相手にしようとする。

李白の声にさそわれて、かれの酒杯に影をやどし、かれの歌につれて徘徊する月に、嫦娥のおもかげを思い浮かべるのは、無用の沙汰と言うべきであろう。李白と月との交歓は、もっと男性的な、爽快なものである。せっかく呼び寄せはしたものの、月のやつは飲めないので、と言うとき、李白の姿は一幅の絵からぬけ出て、宇宙に充満する巨大なものとなる。

酒がまわったための強がりでも、むりな誇張でもなく、月は李白が呼べば答えてくれる友人であった。玄宗のように、仙術を心得た人に導かれながら、おずおずと月宮殿に足をふみこむ劣等感は、李白にはない。かれは、「青天月有りてより幾時ぞ／我今杯を停《とど》めて一たび之に問はん」に始まる「酒を把《と》りて月に問ふ」と題する詩の中では、このようにうたっている。

白兎擣薬秋復春　　白兎《はくと》薬を擣《つ》く　秋復《ま》た春
嫦娥孤棲与誰隣　　嫦娥孤棲《こせい》　誰とか隣りする

空閨の嘆きを抱いているであろう月の女神に同情する李白ではあるが、さてそれ以上に、この美人をどうしようなどという野心は持たない。月を友人として、この世のつかのまの春を「行楽」すれば、それで満足なのである。酔いが深まれば、天空と地上とに「分散」するだけのこと。――「我酔うて眠らんと欲す　卿且《しば》らく去れ／明朝　意有らば琴を抱いて来たれ」(山中にて幽人と対酌す)。

李白の詩精神は、宇宙を包んでいた。月も星も、山も川も、かれが親しみの目をもって見るとき、同じ親愛の情をかれに投げ返すのであった。晩年、落魄の生活を送ったかれが、一夜、長江の流れに舟を浮かべて酒をくむうち、水に浮かんだ月かげを取ろうとして川に落ち、溺れ死んだといわれるのは、現在の研究では伝説にすぎないとされる。しかし、そうした伝説の発生する可能性は、かれの詩の中に十分に含まれていた。月を手にとってもてあそぶほどの詩精神と、それが実は水面に浮かぶむなしい像にすぎなかった現実とが、李白の悲劇を象徴する。

ついでに言っておこう。「白髪三千丈／愁へに縁《よ》って箇《かく》の似《ごと》く長し」（秋浦歌）と李白がうたったのは、誇張でもなんでもない。人間の髪の毛がどれほどの長さまで伸びられるかなどという問題は、専門の学者にまかせておけばよいことだ。李白の髪が何センチあったかも、考証したい人があったら考証するがいい。ただ一つだけ、動かし得ない真実は、「白髪三千丈」とうたった瞬間の李白の髪が、たしかに三千丈の長さを持っていたことである。ここが理解できない人は、李白の詩を享受する資格を持たない。

月　夜　　　杜　甫

今夜鄜州月　　今夜　鄜《ふ》州の月
閨中只独看　　閨中只《ただ》独り看ん
遙憐小児女　　遙かに憐れむ　小児女の
未解憶長安　　未だ長安を憶ふを解せざるを
香霧雲鬟湿　　香霧　雲鬟《うんくわん》湿《うるほ》ひ
清輝玉臂寒　　清輝　玉臂《ぎょくひ》寒からん
何時倚虚幌　　何れの時か虚幌《きよくわう》に倚《よ》り
雙照涙痕乾　　雙照　涙痕《るいこん》乾かん

天宝十四載（七五五）十一月、安禄山の反乱が勃発したとき、旅さきにあった杜甫は、家族を連れて鄜州（今の陝西省鄜県。延安に近いところ）へ避難したが、翌年八月、玄宗の子の粛宗がさらに西北の霊武で即位したと聞き、そのもとへ馳せ参じようと単身で出かける途中、安禄山軍につかまって、長安へ連れもどされた。それから翌年の四月、変装して長安を脱出し、粛宗の行在所にたどりつくまでの半年あまり、かれは長安城内にとじこめられていたのである。「国破れて山河在り」に始まる「春望」、「少陵の野老　声を呑んで哭《こく》す」に始まる「哀江頭」などの名作は、この時期の作品だが、「月夜」も同じころ、鄜州に残した妻子を思って詠じたものである。

こよい長安に照る月を、遠く離れた鄜州の空閨から、妻も見上げているであろう。白居易もうたった「三五夜中　明月の色／二千里外　故人の心」といった発想は、発想自体としては、さほど新しいものではない。しかし、杜甫の想像力は、そこから出発して、ただちにその空閨の中へとしのび入る。

そこには、小さい子供たちもいた。杜甫には二人の息子と、おそらく二人の娘とがあったといわれる。かれらの心には、長安にある父を思う感傷はない（また、ついでに言うと、前の「月下独酌」にもここにも出る「解」の字は、可能を意味する言葉で、「能」にひとしい。理解するという意味ではない）。「お月さまいくつ」などとうたって遊んでいたかもしれないし、月光を顔に受けながら、すやすやと寝こんでいたかもしれない。

だが、杜甫の妻は違う。彼女は窓辺に立ったまま、いつまでも月を見ている。むろん、同じ月を仰いでいるだろう夫の身を思いやっているのである。家の外をとざした夜霧は、窓から流れこんで、いつしか彼女の髪に露の玉を作る。窓わくにもたれた彼女の白い腕には、冴えかえる月光がつめたく反射する。それでも彼女は動かない。いま長安から月をながめている杜甫自身のように、いつまでも動かない……。

李白のように、陽気に酒を飲んでいられる状況とは違うのだと言ってしまえばそれまでの話だが、「月下独酌」と「月夜」との差は、単なる環境の相違ではなくて、二人の詩人の資質の差にかかわると言えよう。杜甫には、天地自然を自分のムードの中に捲きこんで、そこから創造された新しい詩的自然をうたおうとする態度はない。そのかわり、自然を向こう側へ突き放して、こちら側に立つ詩人との間に散る一瞬の火花をとらえようとする激しさと鋭さがある。

鄜州の月は、離れ離れに暮らす夫婦の嘆きを知らぬ。杜甫もまた、月が鏡であったならなどという詠嘆も洩らさないし、涙で月を曇らせもしない。かれが描くのは、さんさんと降りそそぐ月光だけである。それは別離の悲しみも、親子の愛情も、そして人の世の有為転変をもよそにして、ひたすらに降りそそぐ。「国破れて山河在り」とうたったときの山河にひとしく、人の世の興亡や愛憎を超越した地点に立つ。

しかし、月が人の世を超越しているからといって、杜甫は広寒宮の女神の前に畏伏しようとするのではない。限りある人の身というさだめを負いながら、久遠の月かげに対峙して、凝視するひとみを動かさず、不変の輝きをわが詩の中にとどめようとするかれの姿は、李白のそれに劣らず巨大である。

雪月花といい、花鳥風月ともいう。月は風雅の遊びにふさわしい。嫦娥が月に昇ってからアポロ十一号に至るまで、洋の東西を問わず、多くの人が月を仰ぎ、さまざまな感慨を抱いたことであろう。私がことさらに風雅の遊びではない二首の詩を選んだのは、人間の足が月の大地をふむご時勢の中でも、ときにはこの二首を思いおこしてくれる人があってほしいと念願するからである。

天の川

遅遅鐘鼓初長夜　遅遅たる鐘鼓　初めて長き夜
耿耿星河欲曙天　耿耿《かう》たる星河　曙《あ》けんと欲するの天

——白居易「長恨歌」

あまりにも有名な句だから、意味はいまさら説明するまでもなかろう。

安禄山の乱が鎮圧されたあと、蜀へ避難していた玄宗皇帝は、ふたたび長安の都にもどった。「帰り来《きた》れば池苑皆旧に依る」（長恨歌）とはいうものの、帰って来た人はもはや、昔の人ではない。「長恨歌」はそこを、もっぱら今は亡き楊貴妃への追慕という叙情でつらぬいている。叙情の世界だけのことならば、それでよかろう。しかし現実の政治は、もう少しなまぐさい動機によって動かされていた。

玄宗はこのとき、すでに天子の位を去って、「上皇」となっていたのである。かれは蜀へと避難する途中、皇太子に命じてあとにとどまらせ、安禄山軍に対する抗戦に従事させると同時に、帝位をゆずる旨を言いわたした。かくて新しく天子の位についたのが粛宗皇帝であり、安禄山軍を破って長安を回復したのも、かれの指揮する軍隊だったのである。

至徳二載（天宝・至徳の年号は、何年といわずに何載とよぶ。至徳二載は七五七年）十月、粛宗が長安へ帰ったのとほぼ同時に、蜀にあった玄宗も、帰京の途についた。十二月、玄宗の一行が長安の西北、咸陽《かんよう》の町に到着し、そこの望賢宮にはいったとき、粛宗はみずから迎えにおもむいたが、その模様を宋の司馬光の『資治通鑑《つがん》』は、次のようにしるしている。

上皇（玄宗）は宮の南楼に在り。上《しやう》（粛宗）は黄袍《はう》を釈《と》き、紫袍を著《つ》け（黄袍は天子の着衣である。それをぬいで紫袍に着かえたとは、粛宗がみずから帝位を去って、玄宗を復位させようという意志をあらわす）、楼を望んで馬より下り、趨《はし》り進んで楼下に拝舞す。上皇は楼より降り、上を撫して泣く。上は上皇の足を捧げ、嗚咽《をえつ》して自ら勝《た》へず。上皇は黄袍を索《もと》め、自ら上の為に之を著けしむ。上、地に伏し頓首して固辞す。上皇曰く、「天数人心、皆汝に帰せり。朕をして余歯（晩年）を保養するを得しめしは、汝の孝なり」と。上已《や》むを得ずして之を受く。父老、仗外（行列の外）に在り、歓呼し且つ拝す。……

このあと、粛宗は玄宗の行列を先導して都にはいった。そして玄宗は、自分が皇太子時代の住居であり、帝位についてからも楊貴妃とともにしばしば遊んだ、思い出の深い興慶宮に落ちついたのである。かれは左右のものに述懐した。「吾天子為《た》ること五十年、未だ貴しと為さず。今、天子の父と為れり、乃ち貴きのみ」と。

まことにうるわしい父子の恩愛である。玄宗がこのままで余生を送り得たならば、楊貴妃は失ったとしても、まだしも幸福な晩年ということができたであろう。かれももちろん、それを望んだに違いない。しかし無情な歴史の嵐は、かれのこのささやかな希望をも吹きとばしてしまった。玄宗晩年の悲劇は、むしろここから始まる。

安禄山の大乱をひきおこす原因を作ったとはいえ、当時の人々の目に映じた玄宗は、なお「開元・天宝の盛世」を建設した明君であった。かれが興慶宮から外出するときには、町の「父老」たちが沿道に立って万歳を叫んだというし、玄宗もまた、時には酒宴をもうけて、父老たちをもてしたこともあったという。このように人気のある上皇の存在が、天子にとっていささか煙たいものであることは、容易に想像がつこう。

しかも玄宗の側近に仕えるのは、やはり開元・天宝以来の旧臣、陳玄礼・高力士たちである。これに対して粛宗の側近は、新政権にふさわしく、安禄山討伐以来名をあげた新人たちが多かった。

当然、旧臣たちの中には、近ごろの政治家や将軍たちを成り上がり者と見る傾向があったらしい。粛宗側近の人々にとっては、それがおもしろくない。

そこで、粛宗に最も信任があり、権力を握っていた李輔国（安禄山の乱のあとで頭角をあらわした、成り上がり者の筆頭である）が、天子に向かって次のように進言した。

「上皇は興慶宮において、毎日外部の者と交際をしておられ、陳玄礼と高力士は陛下に対してけしからぬたくらみをいたしております。上皇に不穏のおん志があるはずはありませぬが、側近の小人どもにそそのかされないとは限りませぬ。陛下は天下のあるじであらせられますから、平民と同じ孝行の道をつくし、かえって世の乱れを招くことがあってはなりますまい。上皇を内裏へお移し申し、外部の小人どもとの交際を絶つのが上策であります。」

粛宗は父のために涙を流して弁護し、いまさら玄宗が帝位に返ろうなどという野心を抱くはずがないと主張した。

しかし李輔国は承知しない。進言が聴き入れられないとみると、勝手に玄宗を拘束するための手をうちはじめた。まず詔勅を偽造して、興慶宮にあった三百頭の馬を、十頭を残して全部召し上げてしまう。このとき玄宗は、高力士に向かって、「吾が児は輔国の惑はす所となれり。孝を終ふるを（最後まで孝の道を守ることを）得ざらん」と語ったという。

上元元年（七六〇）七月、粛宗は病気にかかった。李輔国はこの機に乗じて再び勅旨を偽造し、天子が太極宮にあって上皇と遊宴を希望していると伝えさせた。太極宮は唐初に皇居のあったところだが、低湿の地なので、東北の高地に大明宮を構築し、皇居を移したのである。したがって大明宮を東内、太極宮を西内とよび、興慶宮は東内の東南にあるため、南内とよんでいた。

そこで玄宗は太極宮へおもむこうとしたが、興慶宮を出たところに、李輔国が武装した五百騎を従えて待ちうけ、「興慶宮は手狭《てぜま》ゆえ、天子には上皇が西内に移転なさるよう希望しておられます」というと、そのまま太極宮へ連れ去ってしまった。その一方では病中の粛宗を脅迫し、この処置を承認させたうえで、陳玄礼を免職にし、高力士は蜀へ流罪とし、玄宗側近の人々を一掃してしまったのである。

このクーデターは李輔国の指揮によって行なわれたのだが、実はもう一人、有力な尻押しがあった。粛宗の皇后、張氏がそれである。粛宗が一言の文句もつけられなかったのは、張皇后がこわかったことも原因となっている。現に玄宗が西内に移ったあと、粛宗は皇后に監視されて、父のもとへは一度も訪れていない。

張皇后の思わくを書いていると、話が長くなるばかりだからはぶく。ともかく西内に移った玄宗は、長年親しんだ側近の臣下から引き離され、新しく配属された家来たち——その中には李輔国の命を受けた監視役もふくまれていたにちがいない——にとりまかれて、憂欝な日を送ることとなった。その生活は宝応元年（七六二）のかれの死まで続いたのである。「西宮南苑　秋草多く／落葉階に満ちて紅掃はず」という「長恨歌」の一節は、このような史実をふまえたものであった。

しかし、話が初めからわき道にはいってしまった。私はいま、「長恨歌」の実録を物語ろうとしているわけではない。それならばそれで、語るべきことはまだいくらでもある。だが、ここで私の言いたかったのは、このような境遇にあった玄宗の悲しみをうたう「長恨歌」が、暁の空にかかる天の川を点出したところにあったのである。

「星河」とは天の川である。また「天漢」「星漢」「雲漢」などともよぶ。「漢」の字がつくのは、湖北省を流れる大河、漢水を、天上に見たてたものらしい。その「星河」が、愁いの眼をもって見上げる空に、夜の名残りの光芒を放っている。日本ならばここで、明けの明星あたりが登場するはずのところであろう。それを「星河」とした白居易の胸中には、どのようなイメージが描かれていたのであろうか。

天の川は古くから、詩の題材となっていた。すでに『詩経』には、「雲漢」と題する詩もあるし、天の川をたたえた作（大雅棫樸）も見える。しかしいまは、「長恨歌」の発想と何かの意味でつながりがありそうなものだけを、拾ってみることにしよう。

まず、六朝では第一級の詩人に数えられる、晋の潘岳の「寡婦の賦」の一節をあげる。

四節流兮忽代序　　四節流れて忽ちに代序し
歳云暮兮日西頽　　歳云《ここ》に暮れて日は西に頽《お》つ
霜被庭兮風入室　　霜は庭を被《おほ》うて風は室に入り

夜既分兮星漢廻　　夜既に分にして（真夜中で）星漢廻《めぐ》る

空閨を守る寡婦の、悲しい夜の歌である。深更、さむざむとしたあばら家の窓からのぞけば、天空には天の川がきらめいている。「廻る」とは、天の川がカーヴを描いていることを表現したものらしい。時間の経過にともなって、ほかの星座とともに天の川が天空を回転する意味にも解釈できそうだが、その場合には「星漢転ず」と表現するようである。唐の王維の「夜、潤州に到る」と題する詩にはいう。

夜入丹陽郡　　夜　丹陽郡に入れば
天高気象秋　　天高うして気象秋なり
海隅雲漢転　　海隅　雲漢転じ
江畔火星流　　江畔　火星流る

ここで「火星」というのは、惑星ではない。今でいえば、さそり座のアンタレスである。「流」とは、低く沈みかけることをいう。アンタレスが地平線に低く見えるのは、もはや夏も過ぎたことを示す。雲漢が「転じた」のも、同じように秋の訪れを告げるものとされているのである。

ところで「寡婦の賦」の発想には、先行する作品がある。

明月皎皎照我牀　明月皎《かう》皎として我が牀を照らし
星漢西流夜未央　星漢西に流れて夜未だ央《つ》きず
牽牛織女遙相望　牽牛・織女　遙かに相望む
爾独何辜限河梁　爾《なんぢら》独り何の辜《つみ》ありてか河梁に限らるる

魏の文帝曹丕《ひ》（三国志の英雄曹操の息子）の「燕歌行」の結びの部分である。全篇は旅に出て帰らぬ夫を思う妻の嘆きの歌で、牽牛と織女とは、すなわち自分ら夫婦の身の上にほかならない。「星漢西流」とは、天の川が西をさしたことをいう。今から千七百年以上も昔の星座について、私は詳しい知識を持たないが、深更に天の川が西をさすのは、秋のたけたことを意味するらしい。

かくて天の川は、夫と死別もしくは生別した女性が、小夜ふけて、すきま風に身をすくめながら、またはベッドの上で月光を浴びながら、嘆きつつふり仰ぐ空にかかっているものであった。亡き楊貴妃を思って寝もやらぬ玄宗の明けゆく空を眺めやる目に映じたのは、その天の川の、残光だったのである。

だから晩唐の詩人李商隠の「嫦娥」と題する七言絶句では、次のようにうたう。

雲母屛風燭影深　雲母《うんも》の屛風　燭影深し
長河漸落暁星沈　長河漸く落ちて暁星沈む

嫦娥応悔偸霊薬　嫦娥は応《まさ》に霊薬を偸《ぬす》みしを悔ゆべし
碧海青天夜夜心　碧海青天　夜夜の心

これははなはだ難解な詩である。作者の心中の何か屈折した感情を表現したものと考えられるのだが、その内容は確定しがたい。ただ、前に書いたとおり、嫦娥は夫が手に入れた不老不死の薬を盗んだため、地上には住めなくなり、天へのぼって月の女神となった。そこでこの詩は、李商隠の愛していた女性がかれを裏切って、身分の高い人と結婚したのを嫦娥にたとえ、その女性も今では自分を捨てたことを後悔しているだろうという心をこめて作ったものだと解釈する説がある。

今ごろあの女も、おれを振ったことを後悔しているだろうなどと考えるのは、ずいぶん手前勝手な話だが、恋する当人の身になってみれば真剣な問題である。その男が暁の空を望むとき、やはりそこには「長河」、つまり天の川が落ちかかっていた。

男と別れた女や女と別れた男が夜空を仰ぐとき、なぜ天の川ばかりが目につくのかとたずねるのは、この際、野暮というものであろう。詩人の目にうつる天の川はそのような悲しみをたたえたものとして、遠い昔から、大空を流れ続けていたのである。

たしかに天の川は、大空を流れていた。曹丕が「星漢西に流る」とうたったとき、理屈からいえば天の川が西をさしていたことを意味するには違いないが、作者の脳裡にはまた、とうとうと流れさかまく大河の映像があったのではないか。その証拠には晋の左思の「蜀都の賦」、あの「洛陽の紙価を貴《たか》からしむ」とうたわれた名作の中に、次のような一節がある。

若雲漢含星　　雲漢の星を含んで
而光耀洪流　　光耀《くわうえう》し洪流するが若《ごと》し

これは蜀の天嶮を流れる川の勢いを表現した部分である。つまり地上の川を天の川にたとえたのだが、たとえられた天の川は、多くの星を中にふくみ、光りかがやきつつ、あふれ流れるものとされているのであった。

玄宗の眺めた、すなわち白居易の目にうつった天の川とは、そうしたものだったに違いない。それは天空の星くずを集めて一筋に去りゆく、壮大な流れだったのである。

では天の川の落ち行くさきはどこか。黄河なのである。晋の張華の著として伝えられる『博物志』という本の中に、次のような話が載っている。

黄河の河口近くに住んでいる男があった。毎年、八月になると、必ず槎《いかだ》が上流から流れて来ては、また帰って行く。そこである年、食糧を持って、槎に乗りこんでみた。すると槎は川をさかのぼり、日数を経て、一つの町に着いた。町では大勢の娘が機《はた》を織っている。川岸で牛に水を飲ませている男を見かけたので、ここはどこかとたずねたら、男は「郷里へ帰ってから厳君平にききたまえ」と答えた。厳君平とは当時有名な易者である。男はそこから引きかえし、家に帰り着くと、さっそく厳君平を訪問して、見たままを物語った。すると君平は驚いて言った。「この前、天文を案じていたら、客星（今の天文学でいえば、変光星または彗星の一種にあたるらしい）が牽牛星のそばにあらわれた。ふしぎなことと思っていたが、その客星がきみだったのだ。きみが見たのは牽牛星と織女星で、きみは天の川をさかのぼっていたのだよ。」

この話にも見るように、天の川には、古くから牽牛と織女の伝説がまつわっていた。愛の悲しみをうたう詩に天の川が登場するのは、多かれ少なかれ、二つの星の悲恋への連想をこめてのことであろう。通常「古詩十九首」とよばれる、作者不詳の古い詩の中に、「迢迢《ちょう》たり（はるかな）牽牛星／皎《こう》皎たり河漢の女」とうたい出される一首があって、その結びに言う。

河漢清且浅　　河漢は清く且つ浅く
相去復幾許　　相去ること復《ま》た幾許《いくばく》ぞ
盈盈一水間　　盈《えい》盈たり　一水の間
脈脈不得語　　脈脈として語るを得ず

雲

雲無心以出岫　　雲は心無くして以て岫《しう》を出で
鳥倦飛而知還　　鳥は飛ぶに倦《う》みて還るを知る

——陶潜「帰去来辞」

彭沢《ほうたく》の令を辞して「まさに蕪《あ》れんとする」田園へと帰った陶潜の目にうつった風物である。「岫」とは『爾雅』に「山に穴有るを岫と為す」とある。山中にできる洞穴のごときものをいうらしい。富士山麓に風穴という所があるが、たしかに冷たい風が吹き出て、季節によっては霧を吹いているようにも見える。中国の山中でも同様な場所があることを体験した人があったらしく、いつのころからか、山中の洞穴は風を吹き出すところ、また雲の湧き出るところと考えられていた。淵明もまた、山の彼方に立ちのぼる雲を、岫から湧き出たと見たのである。

世俗と縁を切り、杖を片手に田園を「流憩」する淵明は、その雲の動きを「無心」と感じた。雲はべつに天下を掩い尽くそうとする野心を持つわけでもなく、農民に慈雨をもたらそうという目的意識があるわけでもない。ただおのれの性《さが》に従って、ゆっくりと立ちのぼり、風のまにまに流れて行く。それがそのまま、淵明の心象風景でもあったのである。

無心の雲とは、ごく散文的な言いかたをすれば、人間にとって無意味な雲である。そして田園に帰った淵明も、天下国家にとっては、もはや無意味な人間である。無意味と無意味とが触れあって、意味の深い詩情が生じた。そのときの淵明の心には、世間にひろがっている「意味のある」雲に対する、いくばくかの抵抗感が存在していたかもしれない。

たとえば、卿雲がある。帝舜のとき、この雲があらわれた。めでたいしるしと百官は喜び、舜も「卿雲爛たり／糺《あっ》まりて縵縵《まん》たり」という「卿雲歌」を作った。もっともこの歌は、後世の偽作とするのが定説となっているのだが。

卿雲はまた慶雲とも書き、中国語では発音が少し違うのだが、景雲とも書く。『史記』天官書の説明では、卿雲とは「煙の若《ごと》くして煙に非ず、雲の若くして雲に非ず」と言う。これでは説明されただけわからなくなってしまうが、なにしろ舜の世にあらわれたものだから、なみの雲とは違った、よほどめでたい雲と思っておけば、まずまちがいはあるまい。

同様にめでたい雲では、五色の雲というのがある。帝舜よりも昔のことになるが、五帝の一人である黄帝は、蚩尤《しゆう》と涿鹿《たくろく》の野で戦った。これは中国神話における神々の戦いの中で、最大のものの一つである。これに勝った黄帝が中国を支配する最初の天子となったのだが、晋の崔豹《さいひょう》の『古今注』によれば、この戦争の間、「金枝玉葉」の形をした五色の雲が黄帝の頭上にとどまっていたという。神武天皇の金の鵄《とび》のようなもので、黄帝の勝利を保証するために、めでたい雲があらわれたのである。

「華蓋」というものがある。むかしの中国の天子の絵を見れば、背後から侍従や女官が傘のごときものをさしかけているのが目につくであろう。車に乗るときは、車上に立ててある。これが華蓋であって、黄帝の頭上の雲にあやかったものだという言い伝えがある。つまり天子の頭上には、常人にはない瑞気が立ちこめていて、それが雲の形をなす、すくなくともなしているはずだと考えられたのであった。しかし黄帝はともかくとして、末世の天子ともなれば瑞雲もしだいに色あせ、ついに消滅するのも、やむを得ない。やむを得ないが、だから消滅しましたと言っていたのでは、天子の威厳が保てない。華蓋を代用品に仕立てたのは、瑞雲の消滅を自覚した末世の天子の、思案の末のことだったかもしれないのである。

もっとも、瑞雲がほんとうに立ちこめていたとしても、それは通常、凡俗の目には見えないはずであった。別の言いかたをすれば、見えないからこそ、瑞雲はめでたく尊いのである。それを見るためには特別の術が必要なのであって、雲を見る以上、目は空に向くわけだから、占星術とも関係を持ち、一括して「観天望気の術」と呼ばれる。

この術を心得た者には、天子の上にある五色の雲ばかりでなく、いずれ天子になるべき人の頭上に立つ雲をも見わけることができる。漢の高祖劉邦と楚の項羽とが天下を争っていたころ、項羽の軍師の范増《はんぞう》は敵の大将の人物を察知しようと、術者に命じて「其の気を望」ませた。すると劉邦の頭上の気は「皆竜虎を為し、五采を成し」ているとの報告があったので、范増は「此れ天子の気なり」と判断したという。『史記』項羽本紀に范増自身の言葉として記録されている話である。「気」の凝ったものがすなわち雲である。劉邦が生まれながらにして持っていた「天子の気」は、彼の頭上に凝って竜虎の形をなし、五采（五色）の雲となって輝いた。そんな雲を戴いていようとは、当の劉邦自身、気づかなかったであろう。范増はさすがに智謀の士であって、劉邦が容易ならぬ敵であることを項羽よりも早く見ぬき、鴻門の会などの機会を利用して、劉邦を殺そうとはかった。しかし范増の智略も、しょせんは天から授けられた「天子の気」に対抗することはできなかったのであって、漢楚の争覇戦がついに漢の勝利に終わったことは、いまさら説くまでもあるまい。

卿雲といい五色の雲といい、いずれも瑞祥としての雲であった。こんどは少し方角を変えて、色気のある雲の話をしよう。この雲は「朝雲」と呼ばれる。

戦国時代の末ごろ、楚に屈原という人があった。楚の王室の一族で、政治家であり詩人でもあったが、政敵におとしいれられて王の信頼を失い、国都から追放された。彼は洞庭湖周辺の湿地帯を放浪しながら、自己の痛憤を歌謡に表現して「離騒」などの名作を残したが、最後は汨羅江《べきら》に身を投げて、悲劇的な生涯を閉じた。

この屈原の弟子と伝えられる人に、宋玉という者があった。政治家の弟子というのもおかしいから、たぶん文学上の弟子であろう。ただし彼は、どうやら師の屈原を裏切ったらしい。屈原は「顔色憔悴、形容枯槁」（漁父の辞）して洞庭湖畔を放浪し、ついには投身自殺したというのに、宋玉は師を追放した楚の襄王の信任あつく、常に王の側近に侍していたからである。

あるとき、襄王が宋玉を従えて「雲夢《うんぼう》の台に遊び、高唐の観を望」んだことがある。雲夢とは楚国にある大湿原で、狩猟の獲物がきわめて多く、王室の所有地となっていた。その湿原に台地を築いて展望台としたものに登り、彼方の高唐観という離宮を眺めたのである。すると、高唐観の上に一条の雲が立ちのぼり、「須臾《しゅゆ》の間、変化無窮」であった。珍しい雲だと思った王が、宋玉にたずねると、宋玉は「朝雲」でございますと答えた。朝雲とは何かという再度の問いに答えて、宋玉は次のような物語をした。

むかし、楚の先代の王が高唐観に遊んだとき、昼寝の夢に一人の女性があらわれ、自分は巫山の神女で、いまは高唐に来ているが、王がここに遊ばれると聞いたので、「枕席を薦《すす》めん」として出て来たと言った。つまり、お寝間のお伽《とぎ》をつとめましょうと申し出たのである。据え膳食わぬは何とやらいう観念が古代中国にもあったかどうかは知らないが、人情はどこでも同じと見えて、王は神女の申し出を快く受け入れた。

つかのまの歓楽が終わって、神女は立ち去ろうとしたが、別れを告げながら、妾《わらわ》は巫山の南の険しいあたりに住み、「旦《あした》には朝雲となり、暮《くれ》には行雨（通り雨）となり、朝朝暮暮、陽台の下《もと》」にあると告げた。次の朝、王が巫山のかたを望むと、はたして雲がたゆたっていたので、そのあたりに廟を建て、朝雲と名づけたという。

これは宋玉の「高唐の賦」という作品の、イントロダクションの部分にしるされた話である。いずれは巫山のあたりで語られていた伝説に取材したものであろうが、考証はこの際、どうでもよい。

要するに「巫山の雲雨」という成句にもなって残った、なまめかしい雲もあったことが確認されれば、それでよいのである。

ただし、この雲は、文人は好んで詩文の中に取り入れたが、倫理道徳を表看板とする学者先生の口にすべきものではない。そして学者先生が考えた雲は、とかく敵役的な性格を持たされることが多かった。孔子も「不義にして富み且つ貴きは、我に於いて浮雲の如し」(論語・述而)と言った。べつに雲の悪口を述べたわけではないが、孔子さまが雲を不安定ではかないものの象徴とされた以上、後世の雲、ことに「浮雲」に対する通念は、その制約を蒙らざるを得ない。かたくるしい説教とは縁のなさそうな顔をしている李白までが、

総為浮雲能蔽日　総《す》べて浮雲の能《よ》く日を蔽《おほ》ふが為に
長安不見使人愁　長安見えず　人をして愁へしむ

――「金陵の鳳凰《ほうわう》台に登る」

と詠じた。昔からの注釈家の説によれば、ここの浮雲とは君側の奸臣をさしたものであり、それが太陽、すなわち天子の明智をくもらせているがゆえに、李白が朝廷から追われ、長安を見ることができなくなったことを述べたのであるという。そこまで比喩的に解釈してしまうと、この詩全体の持つムードがこわれるような気がするのだが、ともかく浮雲が一つの障害であり、人を愁えさせるものとなっていることは否定できない。

しかし、障害としての「浮雲」は、詩の世界にはそれほど多くは現れない。ふつうに登場するのは、次のような浮雲である。

西北有浮雲　　西北に浮雲有り
亭亭如車蓋　　亭亭として車蓋の如し
惜哉時不遇　　惜しいかな時に遇《あ》はず
適与飄風会　　適《たまた》ま飄《へう》風と会ふ
吹我東南行　　我を吹いて東南へと行かしめ
行行至呉会　　行き行きて呉会に至る

——魏の文帝「雑詩」

この浮雲は「車蓋の如く」ではあるが、めでたい五色の雲ではない。それは亭亭と（はるかに、ふらふらと）していて、飄風が吹けばたちまちに東南へ、呉会の地方（呉郡と会稽郡、すなわちいわゆる江南の地）へと流されてしまう。作者は天子であるが、この詩は放浪の旅人になりかわって作ったもので、以下には他郷をさすらう人の嘆きが綴られる。

だから李白も、友人との別離にのぞんで、こう歌った。

浮雲遊子意　　浮雲　遊子の意

落日故人情　　落日　故人の情

――「友人を送る」

名残りを惜しんで立つ二人の上を、ひとひらの雲が流れ去る。あれが、行方さだめぬ旅に出で立とうとする遊子の心なのだ。落日は二人の姿を照らしながら、山の端《は》にしばしたゆとう。これが見送る友、すなわち李白の思いなのだ。六朝以来、遊子の象徴としていささか月並みに堕した浮雲を、李白は赤い夕日の色に染めることによって、別離の哀愁の中によみがえらせた。

このあたりで、別の雲に移ろう。こんどは、もっと豪快な雲である。

漢の高祖が項羽を亡ぼして帝位に就いたあと、淮《わい》南の反乱を征討した帰り道に、故郷の沛《はい》を通ったことがあった。もとは沛の町の遊び人だった高祖の昔を知る人が、まだ多く残っている。高祖はその人々を集めて大宴会を催したが、宴半ばにして、即興に三句の歌を作り、高らかに歌った。

大風起兮雲飛揚　　大風起って雲飛揚す
威加海内兮帰故郷　　威　海内に加はって故郷に帰る
安得猛士兮守四方　　安《いづ》くにか猛士を得て四方を守らん

宴席に興を添えるため、沛の少年たちの合唱隊が座につらなっていた。それがこの歌を、くりかえして歌った。高祖はとうとう立ちあがって舞いはじめ、「慷慨傷懐して、泣《なみだ》数行下」ったという

（史記・高祖本紀）。

さしあたり問題にしたいのは、この詩の第一句である。ところがこの句の解釈には昔からさまざまの説があって、とても一々は紹介しきれない。ただ、これだけは断定的に言ってよいと思うのだが、第一句は英雄の風懐を示した、壮大なスケールで歌いおこされている。その中に現われる雲は、だから、「大風」に吹きまくられて「飛揚」するものには違いないが、飄風にあおられて行方も知らず流れ去る「浮雲」のような、弱々しい存在ではなかろう。慷慨して涙するのもまた英雄の風懐の一つであって、この歌のメロディはもはや知るすべもないのであるが、高祖は激越な調子で、壮大な内容を持つ第一句を歌いおこしたと想像されるのである。

その高祖は漢朝の初代皇帝だが、七代目に武帝という天子があった（もっとも帝室に内紛があって皇統が乱れ、天子の数にも多少の差が生じた。数えかたによっては、武帝は六代目ともいえる）。内には儒教を尊崇し、外には大軍を派遣して領土を広めた、高祖以来の傑物の天子である。この人が祭祀のために行幸のみぎり、今の山西省を流れる汾《ふん》河に船を浮かべて酒宴を開いたときに、次の二句に始まる「秋風の辞」を作った。

秋風起兮白雲飛　　秋風起って白雲飛び
草木黄落兮雁南帰　　草木黄ばみ落ちて雁《かり》南に帰《おもむ》く

ここにもまた、風に吹かれる雲の姿が提示された。武帝もあるいは、曾祖父にあたる高祖の「大風の歌」を思いおこしつつ、この第一句を構想したのかもしれない。

武帝の表現も、決してスケールが小さくはない。しかし「大風の歌」の持っていたものの中から、何かが失われたような気がする。つきつめてみれば、それは疾風怒濤の時代を生きぬいた高祖の激情ではなかったか。万物凋落する季節に、秋風を受けて飛ぶ「白雲」には、清冽なおもむきがある。しかし「大風起って雲飛揚す」の一句を包む、天地混冥といってよい感覚は、ここにはない。

「秋風の辞」は、「歓楽極まって哀情多し／少壮幾時ぞ　老ゆるを奈何《いか》んせん」という有名な二句によって結ばれる。これも一つの慷慨には違いない。しかし高祖の慷慨にくらべれば、はるかに内省的と見るべき性質のものである。似たような歌い出しではあるが、二つの歌の間には、匹夫が剣をとって天下を斬りしたがえた創業期から、海内ことごとく帝室の威になびいた中葉に至るまでの、漢王朝の年輪がうかがえるであろう。

さて、ここに「白雲」が登場した。やはり詩の中で、飽かずにとりあげられた景物である。それは後世、南朝劉宋の謝霊運が、

白雲抱幽石　　白雲　幽石を抱《いだ》き
緑篠媚清漣　　緑篠《せう》　清漣《れん》に媚《こ》ぶ

——「始寧の墅《しょ》に過《よぎ》る」

と詠じたように、俗塵を離れた清澄な自然の描写の中に立ちあらわれたし、唐の王維が「南山に帰臥」しようとする失意の友人を慰めながら、

但去莫復問　　但《た》だ去れ　復《ま》た問ふこと莫《な》けん
白雲無尽時　　白雲は尽くる時無からん

——「送別」

と歌ったように、静かな隠遁生活の象徴としても展開した。淵明の見た「無心の雲」も、たぶんこれと同じ白雲だったであろう。だが、この雲の中に立ち入るだけの紙数は、もはやなくなっている。
ここまでの叙述をふりかえって見れば、ひとえに風雲漠々として、一筋の論理の道もなければ、ましてや結論めいた終着点もない。だが、それはそれでよいのかもしれなかった。もともとが、雲をつかむような話だったのだから。

露と霜

白露横江　　白露　江《かう》に横たはり

水光接天　　　水光 天に接す
縦一葦之所如　一葦《ゐ》の如《ゆ》く所を縦《ほしいまま》にして
淩万頃之茫然　万頃《けい》の茫然たるを淩《しの》ぐ

言うまでもなく、蘇軾「前赤壁の賦」の一節である。壬戌《じんじゅつ》の秋、七月既望、長江の流れに小舟を漕ぎ出したときのかれをとりまく風景は、この四句に描き尽くされた。

だが、それにしても、「白露横江」とは何のことか。白露《はくろ》が秋のおとずれを告げる露であることは、どんな漢和辞典にでも説明されていよう。しかし、草の葉ずえにおく露ならば、中国でも日本でも、しばしば詩歌の題材になったし、第一、われわれの生活体験の中にあることだから、しごく理解しやすい。川の上に「横たわる」白露となると、これは生活体験の上に存在しないばかりか、そもそも物理的に不可能なことなので、問題は少々ややこしくなる。

実は私も、この一節に対する昔からの注釈を全部調べあげた上で、ものを言っているわけではない。しかし、私の目にふれた注釈の中には、この部分を精々「合理化」して説明しようとするために、全体としてはかえって珍妙な解釈におちいったものがあった。

しかも、露ばかりではない。何気なしに読んでしまえばわかったような気がして、考え出すとわからなくなる表現が、これもまた有名な詩の中に含まれている。

月落烏啼霜満天　　月落ち烏啼《な》いて　霜　天に満つ
江楓漁火対愁眠　　江楓　漁火　愁眠に対す

もちろん、唐は張継「楓橋夜泊」の初二句である。この詩には、いろいろとわかりにくい点が多い。有名な作品だから、どの漢文教科書にものっているのだが、漢文の読書力をつけるためにはむしろ不適当な教材だと、私などは考えている。しかし、教材には不適当でも、こんな詩が作られている以上は、何とか理解の筋みちを立てなければならない。

いろいろとわかりにくい点がある中で、最初につきあたるのは、「霜満天」の三字であろう。霜が地上に満ちわたるのならば、誰にでも理解できる。天空いっぱいの霜とは、何のことか。これも、こじつけて説明しようとすればするほど、楓橋のあたりの晩秋の夜のイメージからは、遠くなってしまう傾向がある。

それでは、どう考えたらよいのか。まず、おたがいに、露は空中の水蒸気が冷却してとか、霜はそれがもっと急激に冷却してとかいう、小学生でも知っている理科の知識を、全部捨ててかかることにしよう。蘇軾は今から九百年も前、張継はそれからさらに三百年も昔の人である。かれらには、いまの小学生ほどの理科の知識もなかったのだから。

とは言っても、かれらが全くの無知だったわけではない。かれらにはかれらなりの、自然科学の知識があった。惜しいことに、それが現在の自然科学の結論と違う、というのはつまり誤った知識だったのである。それだけのことなら、べつに問題はない。科学の進歩は、絶えず古い知識を否定して行く。今のわれわれの知識ですら、十年もたてばどう変更を強制されるか、わかったものではなかろう。だから、千年も前の人が幼稚な科学知識を持っていたと言って笑おうと、同情しようと、それはご随意というものだ。だが、その誤った知識にもとづいて、かれらの詩的世界が構築されたとなると、問題は全く別となる。いくらばかばかしく見えても、われわれはその中へとはいって行かなければならない。かれらの描いた「詩的真実」の世界を求めなければならない。

これは、大きくは中国自然科学史の問題と関係する。資料はそこから求められなければならないのだが、この方面の研究は、いまの段階ではまだ乏しい。そこで、不十分ながら私の手持ちの、ありあわせの材料をもとにして話を進めよう。いずれはその方面の専門家が、補足または修正をしてくれることだろうから。

『詩経』秦風、蒹葭《けんか》の詩の冒頭に言う。

蒹葭蒼蒼　　蒹葭蒼蒼たり
白露為霜　　白露　霜となる

この句に対して、漢の毛萇《ちょう》が伝えたという注釈、いわゆる毛伝は、「白露凝戻《ぎょうれい》して（凝りかたまって）霜となる」と説明している。つまり露がさらに冷却され、凝固したものが、霜なのであった。ついでに言えば、寒気がますますきびしくなると、霜はさらに凝結して、ついに氷となる。『易経』坤《こん》の卦に、「霜を履《ふ》んで（経過して）堅氷至る」とあるのが、その証拠である。

そこで、露といい霜といっても、冷却の程度が違うだけで、もとは同じものであることがわかった。それならば、露はどうしてできるのか。この謎に対する説明は、私の手持ちの資料の中にはない。ないということは、説明できないほど困難な問題だったわけではなくて、昔の人にとっては説明を要しないほどの、自明の理だったことを示すもののように思われる。

それは、やはり経書の一つである『礼記《らいき》』の月令篇《がつりょう》、孟秋の月（すなわち陰暦七月）の条に、「涼風至り、白露降《くだ》る」とあり（白露が秋を告げるものという観念は、この記事からおこった）、古来の注釈は、ほかの部分については詳しい説明を加えながら、この句には何も言っていないことによっても知られよう。そして、「白露降る」とあることは、明らかに、露が雨や雪と同じく天から「降る」ものであると考えられていたことを示す。地表に近いところの水蒸気が冷却して、飽和状態になって、などと考えていたのでは、「降る」ということばの出てくるわけがない。

また、同じ『礼記』の礼運篇には言う。聖天子が世に出て善政をしくときは、天下はよくおさまり、災害がすべて消滅するばかりか、いろいろとめでたい現象がおこる。「故に天は膏露《こうろ》を降《くだ》し、地は醴泉《れいせん》（よい酒のわく泉）を出す」と。後漢の鄭玄《じょうげん》の注によれば、「膏」とは「甘」のことだというから、膏露はすなわち甘露である。こんな結構な露が、地表のあたりをうろうろしているわけはない。天上界に膏露という特別の露があって、天が聖天子の徳に感じたとき、はじめて地上へと降って来るのである。

この考えを裏書きする記録がある。前に書いた漢の武帝は、中国史上最も有名な独裁君主の一人だが、この天子が晩年、不老不死の術に熱中した。そのために、前半生ではあれほど英明だった、帝王中の帝王ともいうべき人物が、信じられないほどのまぬけぶりを発揮して、むらがり寄るペテン師どもの食いものにされ、大金を投じて無益な努力を続ける。その努力の一つとして、宮殿の前に、すばらしく高い銅の柱を立てた。頂上には大きな掌状の盤をのせ、これを仙人掌と名づける。後漢の歴史家、班固の著として伝えられる『漢武故事』によれば、この盤によって「雲表の露を承《う》け」る、つまり雲の上にある露を採集しようというわけで、その露を粉末にした宝玉とあわせて飲めば、不老不死が得られると教えられたからであった。

ずいぶんつまらないことを考えたものだが、それはこの際、どうでもよい。大切なのは、この術を教えた方も教えられた方も、露が「雲表」にあると信じていたところにある。それが地上におりて、葉ずえにおく露の玉となる。そこまでの経過で、露の持つ霊力は失われてしまうのだから、まだ天上にあるうちの、早く言えばイキのいい露を採集して飲めば、霊験あらたかだというわけなのである。

雨でも同じことだが、むかしの人は、雨の粒が最初から天上にあって、それが落ちて来るのだと信じていた。落とすのは、雷さまの役目である。雷のところでもう一度詳しく書くが、ある男が雷の見習いのような職につき、車を牛にひかせながら天上を歩いて、水を撒いた。その水が下界では雨となって降ったという話が残されている。

雨がこのとおりである。露を降らせるのが誰の所管事項かは知らないが、ともかく同様に、天上からまき散らされたのであった。草葉に結ぶ露の玉は、このようにして落ちて来た、天界の霊液のなれの果てだったのである。

はじめに引用した『詩経』の例から見れば、こうして天上から降って来た露が、地表が冷却しているときには凝結して霜となるもののようにも考えられる。しかし、むかしの人には、そのような変化の過程はどうも理解しにくかったらしい。だから、露も霜も本来は同じものだが、気温の変化に応じて、最初から露または霜として降って来ると信じられていたようである。「白露、霜となる」という句は、したがって、厳密には「白露として降っていたものが、寒くなるにつれ、天上で凝固して、霜の形で降るようになる」と解釈すべきであろう。

露は「降《くだ》る」と表現された。霜もまた同じく、「降る」ともいい、「隕《お》つ」ともいう。これも、霜が最初から霜として降ると考えられていたことを示す証拠になる。日本語でも、露は「おく」だが、霜は「おりる」という。むかしの日本人も、天からおりて来ると考えていたのであろうか。

もっとも、「霄露」は天のくだす奇瑞であるが、霜はむしろ、天の怒りの表現と考えられた。「秋霜烈日」といえば、容赦のないきびしさを表現する。また、夏の桀《けつ》王は悪逆無道の君主として聞こえた人物だが、この王の治世に、天は「夏に霜を隕とした」と伝えられる。さらに、戦国時代の諸子の一人である鄒衍《すうえん》は、燕《えん》の恵王につかえたが、姦臣の讒言《ざんげん》にあい、投獄された。そのときかれが天を仰いで泣くと、真夏だというのに、天は霜を降らせてくれたと、漢の武帝の叔父すじにあたる劉安が編集した『淮南子《えなんじ》』に見えている。

ここで、時代を大きく飛ばせてみる。南宋の朱熹《しゅき》といえば、朱子学を建設した一代の大儒であることは、言うまでもなかろう。この人と弟子との問答が、『朱子語類』という本になって伝わっている。朱子はおそろしく博学な人だったから、問答の範囲もはなはだ広いものであって、その中に霜と露の話が出てくる（『朱子語類』は問答のことばを忠実に記録しようとしているので、口語ないしは非常に口語的な文体を用いている。これを訓読したのでは、かえってわかりにくくなるおそれがあるから、この本だけは翻訳して引用する）。

霜は露が凝結してできたものさ。雪は雨が凝結してできたものさ。むかしの人は、露は星や月の気だと言っているが、まちがいだね。現に、高い山の頂上では、晴れた晩でも露はできない。

露は下の方から、むらむらと立ちのぼってくるものさ。

大儒朱子のお言葉ではあるが、この説明はやはり、説明になっていない。ただ、かれが露を下界の現象と見、天上から降って来るとする説を否定した点は、卓見と言ってよかろう。高山の頂上ではなどという説明は、理由にならないことだが。

それよりも、露は星や月の気だと言った「むかしの人」とは誰のことか、急には思いあたらないが、はなはだ詩的な空想である。星の精気がしたたり落ち、露の玉となって結ぶなどという着想は、西洋の詩人でも考えそうなことではないか。しかし、空想もここまで詩的になると、かえって信用しにくくなるらしい。私の手持ちの材料には、この説を裏書きするものは出てこないのである。

朱子の説は、卓見ではあるが、かれの独創的見解であった。ということは、すくなくともかれ以前の人々は、露や霜が、星や月とまでは言わずとも、天から降って来るものと信じていたことを意味する。そしてこの辺のところが、唐・宋ごろの詩人の常識だったらしい。

このような常識が生み出した詩的世界の例を、唐詩の中から拾ってみよう。まず張若虚《じゃくきょ》の「春江花月の夜」といえば、初唐の甘美な詩風を代表する名作であるが、その中に次のような句が見える。

空裏流霜不覚飛　　空裏の流霜　飛ぶとも覚えず
汀上白沙看不見　　汀《てい》上の白沙　看れども見えず

春の夜、去年《こぞ》の名残りの霜は、もはや地上におりることもなく、月明の空を淡く流れゆくのである。同じ霜が、秋の夜ならば、川の上に舟を浮かべた詩人の衣《ころも》におりて、心をいたませるようすがとなる。「一片の氷心玉壺に在り」の名吟で知られた、盛唐の王昌齢の「江上にて笛を聞く」と題する詩には言う。

水客皆擁棹　　水客（船頭たち）皆棹《さを》を擁し
空霜遂盈襟　　空霜　遂に襟に盈《み》つ

また、中唐の李端の「古離別」は、旅の空に老いゆく人の、わびしい別離の情をうたった詩であるが、それは次の二句によって歌い出される。

水国葉黄時　　水国　葉の黄ばむ時
洞庭霜落夜　　洞庭　霜落つる夜

そして杜甫は、安禄山の乱がおさまったのち、避難していた家族を迎えようと、荒涼たる風景の中を旅する「北征」の詩のうちで、こううたった。

昊天積霜露　　昊《かう》天（大空）に霜露積み
正気有粛殺　　正気　粛殺《しゆくさつ》たる有り

だから、蘇軾が「白露江に横たはり」とうたったとき、それは露の玉が川の上におくことを意味するわけでもないし、川の両岸に続いていることをも意味しない。地上におりれば玉となって結ぶべき露の気が、月光にかがやきながら、長江の上を、そして「一葦」の小舟を、静かに覆い包んでいるのである。

同じく、「霜天に満つ」とうたった張継の見た風景は、杜甫が「昊天に霜露積む」と感じたような、きびしく、清らかなものだったにちがいない。天上に満ちわたった霜は、いずれは地表へ降りて、すべてを白く覆いつくすであろう。秋はいよいよ深まったのである。「客船」の窓からさしのぞいた詩人は、近づく冬の足音を感じている。

繰りかえして言う。われわれの科学知識に従うならば、これらの詩人はすべて、誤っていた。しかし、その誤りが生み出した詩の美しさに、感動をおぼえない人があるだろうか。文学のおもしろさは、すくなくとも文学のおもしろさの一つは、ここにあった。「うそから出たまこと」の世界のすばらしさ、美しさに。

雷

地震と火事はともかく、戦後とみに権威を失墜した親父につきあって、雷さまもどうやら落ち目になったようである。虎の皮のふんどしもビキニ・スタイルの横行する時代となっては目をとめてくれる人もなく、ヘソを取られるぞとおどかしても、近ごろでは女子供も驚かない。桑原桑原などというのは、もはや現代語の語彙から消滅したのではないか。それでも時おり、落雷のために電車が止まって大混雑になったなどというニュースを聞くと、親父のはしくれである私は、ふと旧知に会ったような思いがするのである。

これから、雷の話を書く。もちろんフランクリンなどというよけいな男が出てくる前の、まだ威風堂々としていたころの雷についてである。

雷はなぜおこるか。これは古代人にとって、重大な疑問であった。雲がひろがったと思うと、大きな音がして電光が走る。どうしても、あの雲の上に神か化物かがいて、何かをしているとしか思われない。その姿を、いろいろな民族がさまざまに思い描いた。中国人も例外ではないのだが、まず次の文に目を通しておこう。

陰陽相薄《せま》り、感じて雷と為り、激して霆と為る。

――「淮南子・天文訓」

これでは簡単すぎるので、もう少しパラフレイズする必要があろう。昔の中国人は、万物を構成する根源は陰気と陽気の二つであると考えた。男が陽で女が陰、山が陽で川が陰といったたぐいである。もっとも純陰・純陽のものは、現実にはきわめて稀であって、ほんとうに女らしい女・男らしい男にはめったにお目にかかれないようなものである。

陰陽はまた、相互に消長をくりかえす。一年でいえば、まず春分は陰陽がちょうどフィフティ・フィフティになった時点である。それから少しずつ陰が衰えて陽が伸び、夏至には陽の極点に達する。ところが「物極《きわ》まれば必ず衰える」という原則があるので、夏至の日には陰が死滅するのではなく、むしろその日、これから伸びようとする陰の一点の芽が生ずる。そして秋分に再び両者のバランスがとれ、引き続き陰が増大して冬至には極点に達するのだが、同時にまた、一点の陽気が芽ぶく。

さてそこで、陰陽は交替したり、はじめからミックスされた状態で存在することはあるが、陰は陰のまま、陽は陽のままで接触し、または極端に近接することは珍しいらしい。たまにその状態になると感応現象がおこる。それが雷なのだと、淮南子は説くのである。近接のしかたが急激ならば、霆となる。霆には雷の音・電光・特に激しい雷などという意味があるが、ここはもちろん、最後の意味に用いてある。

『淮南子』の説は、当時には珍しい「科学的」なものであった。陰陽をプラス・マイナスの電気におきかえれば、今日でも通用しそうなほどである。しかし、こうした抽象的な説明は、一般にはわかりにくい。もっとわかりやすい説明を考えると、どうしても雷に具体的な形象をあたえなければならなくなる。話としてもその方がおもしろいのだが、それはしばらくあとまわしにして、現実の雷についてもう少し考えてみよう。

現代のわれわれ、特に都会に住む私などは、平素、雷を念頭においていない。高層建築のならび立つ東京で、わざわざ私の陋屋に落ちかかる酔狂な雷がいるはずはないから、安心なものである。たまに変電所に落ちて停電でもしたとき、はじめてあわてるにすぎない。ところが農業中心の古代の社会では、雷は日常の生活に重要な意味を持っていた。

雷は当然、雨をともなう。炎天の続いたあとに来る雷雨が作物にとって大きな恵みであることは、言うまでもあるまい。雷が雨を降らすわけではないが、今でもむし暑い夏の夕方に遠雷の響きを聴けば、一降りあるだろうと期待をもつのだから、昔の人が雨を降らせるものとして雷を考えたのは、ごく自然である。明の楊基に「江村寒食」と題する詩があるが、その首聯には、

小雨送花青見萼　　小雨　花を送りて青く萼《がく》を見《あらは》し
軽雷催筍碧抽尖　　軽雷　筍《たけのこ》を催《うなが》して碧に尖を抽《ぬ》く

寒食とは冬至から百五日目をいうので、今の暦では四月の初めになる。江南の地方では、花ももうあらかたは散って、タケノコが頭を出しはじめた。そのころの雷だから春雷ということになるわけで、夏の大雷雨とは違うから、軽雷と表現した。その雷が鳴って雨が降るたびにタケノコが少しずつ伸びるのを、雷がタケノコに催促して、その碧の尖端を地下から抽《ぬ》き出すとうたったのである。

このように、雷は植物を生育させるものと意識されるので、農村においては重要な天然現象として注目された。そこで、この詩からも読みとれるであろうが、雷は季節感をあらわすものの一つともなる。『礼記』の月令《がつりよう》は一種の歳時記であるが、その中には春分が来てから「雷乃《すなは》ち発し」、秋分が来ると「雷乃ち声を収む」と、わざわざ雷の鳴りはじめと鳴りじまいがしるしてある。

だから、雷は冬には鳴らない。鳴ったところで、人間にとっては何の役にもたたないのである。万一冬に雷が鳴ったら、これは大異変とされる。おそらく後漢代にできたと思われる民謡に「上邪《じようや》」と題されるものがあって、雷を主題にしているわけではないのだが、いま全文を掲げてみよう。

上邪
我欲與君相知
長命無絶衰
山無陵
江水為竭
冬雷震震夏雨雪
天地合
乃敢與君絶

上や
我　君と相知りて
長く絶衰すること無からしめんと欲す
山に陵無く
江水為《ため》に竭《つ》き
冬雷震震として夏に雪を雨《ふ》らし
天地合し
乃ち敢て君と絶たん

これは若い男女の、愛の誓いの歌である。上とは天のことで、「天よ！」と呼びかけ、それに向かって誓う。相知とは、当時の民謡の中では恋人となることを意味する。もちろんプラトニック・ラヴなどというむずかしいもののなかった時代だから、お茶を飲みましょうというくらいの手がる な恋仲ではない。命も当時の特殊な用法で、令と同じく、使役の意味を示す助字である。つまり二人の恋が永久に絶えも衰えもせぬようにしたいというのであって、以下にはおよそあり得ないことをならべ、そうなったときこそ、あなたとの恋が終わる時だとうたう。つまり、二人の恋の終末は絶対に来ないのである。

後世、この歌は臣下が君主に対して忠誠を誓ったものだと解釈する学者が出た。日本でもこれに同調する人が多く、実朝の「山はさけ海はあせなん世なりとも」の歌と同じ心だというので、戦時中はことに重んぜられた。忠義の心にあつい人がそう解釈したがるのはご勝手だが、もとが恋歌だったという事実まで動かすわけにはゆかない。

ところで、その絶対におこり得ない現象の代表の一つが、「冬雷震震夏雨雪」なのであった。紀元一世紀か二世紀の農村の、おそらくは教養のない青年男女でも、あるいはむしろ農村の男女であったからこそ、冬に雷は鳴らず、夏に雪は降らないものと確実に知っていた。震震とは雷の鳴る音である。日本でゴロゴロというのを、向こうでは震震と聞いた。ついでに言うと、震が動詞または名詞に用いられたときは、落雷の意味になる。だから雷に打たれて死ぬのを、震死という。

さて、雷が季節に応じて現われたり消えたりするものだとすれば、その行動のあとをたどってみようという考えが生ずる。ここではじめに書いた、雷とは何かという疑問と連絡がついてくるのである。

前の民謡と同じ後漢代の蔡邕《さいよう》という人は有名な文人だが、その説明によると、雷は冬の間は地中にもぐっているのだという。そして春の初めに地表まで出て来る。ちょうど啓蟄《ちつ》と呼応した現象である。春の半ばになると天のいちばん下部まで昇って行き、そこで声をあげるようになる。ちょうど初春の鶯のように。——この考え方を発展させて、雷はもともと陽気のものであるが、春の半ばに昇って行く天には、まだ陰気が相当に残っている。そこで陰陽が正面衝突して音が出るのだという解釈が生まれた。これなら、前の『淮南子』の説明と平仄が合うわけである。

この説明でぐあいが悪いのは、雷が蛇や蛙と同じようになって、どうも威厳に乏しいことである。雷をどう感ずるかは個人差のあることだが、こわいと思うのが大方の感覚であろう。『論語』にも、孔子は「迅雷風烈には必ず変ず」(郷党)とある。変とは顔色を変えることだが、顔色を変えて夜中でも起きあがり、衣冠をつけて端坐するのだという説明も生まれた。孔子は雷ぎらいだったのかもしれないが、後世の註釈家は、むろんそんな恐れ多いことは言わない。聖人は天の怒りを慎しまれたのだと解釈している。

雷は恐れ慎しむべきものらしい。さっき書いた『礼記』の月令にも、春分になって雷が鳴り出す三日前(三日前という測定がどうしてできたかは不明だが)、役人が木鐸《ぼくたく》を振って村々をめぐり、「雷が鳴るぞ」とふれまわる。人民はこれを聞いたら、慎しまねばならぬ。最も慎しみのない行為は雷雨の夜に夫婦の営みをすることで、それによって生まれた子は必ず不具である。そんなことにならないように警告をあたえるのだとしるしてあるが、昔の役人はずいぶん親切な「教化」を施してくれたものである。

それほど慎しむべき雷であるならば、神でなければならぬ。事実、雷神という言葉もあるが、多くは雷師または雷公という。雷公と聞くと、われわれは熊公八公とならべて軽く見がちだが、公は本来諸侯のみが用いる称号だから、おろそかに考えてはいけない。そして雷公の本名は豊隆というのだとも伝えられていた。

雷公の姿はどのようであったか。『山海経《せんがいきょう》』という古い地理書（といっても、想像的なもの）には、雷神を記述して、顔は人間で首から下は竜、腹をたたくと雷鳴になるとある。これもわれわれには、タヌキの連想があって、あまりおそろしくは感じない。次に、やはり後漢のことになるが、王充という学者が書いた『論衡』の中に雷虚という一篇があって、その中に、近ごろの画家が描く雷公は力士のごとき姿をし、左手に「連鼓」を引き寄せ、右手に椎《つち》を持って撃つ動作をしている、と書いてある。

どうやらこれが、本朝に渡来した雷さまらしい。もっとも中国の雷公は、以後にまた変貌した。王充は当時に珍しい合理主義者で、『論衡』という書は世間の通念に一々難癖をつけたような本だが、雷虚も雷に関する俗説を否定するために書かれている。その中で、絵にある雷公は嘘だ、空中に浮かんでいるなら翼がなければならぬはずで、仙人でも羽化して登仙するのだと論じた部分がある。これが影響して、後世の雷公の絵はすべて翼が書きそえられることになったらしい。理屈には合っているが、どうも、くそリアリズムの感じがする。

雷公は天の怒りを代表する。『論衡』によれば不孝不義の人を懲らしめるものとされたらしくて、王充はやはり否定しているのだが、この観念は非常に広く、長く伝わった。震死した人間は必ず悪人で、時には死体に天罰をあらわす文字が火傷となって浮き出ていることもあるという。

あるとき、近所で評判のよい嫁が震死した。雷公にもまちがいがあると皆が騒いだが、あとでだんだんわかったのは、その嫁は表面しごく従順だが、裏では陰険な手段で姑をいじめていた。まことに天罰は爽《たが》わざるものと、一同感じ入ったという。家庭内の秘事まで立ち入って調査しなければならないのだから、雷公の職務は当今の税務署員の比ではない。

また、『論衡』によれば、雷が鳴るのは雷公が竜をつかまえているのだという俗説もあったらしい。つかまえて何にするのか知らないが、『山海経』の雷神も竜の体をしていたところから見ると、雷と竜は特に関係が深いように見える。中唐に書かれた『広異記』という書には、次のような話がある。欧陽紹《しょう》という気の強い男があって、ある地方の役人をつとめたとき、住民に害をなすものの棲む大きな池があるので、その水をほかへ流し出そうとした。ところが堤防を切ったとたんに雷がおこり、池を守ろうとする。紹は二十人の部下と弓矢で応戦し、雷が落ちかかって着物は焦げ、肌が焼けただれても、一歩も引かなかった。ついに雷がおさまり、池が乾《ひ》あがると、あとには蛇のような形で頭も目もない動物がいた。紹はそれを粉末にして飲んでしまったので、人から忽雷（雷をばかにする）とあだなをつけられたという。

忽雷というあだなから見ると、この話では、蛇のような動物を雷の正体としているようである。『論衡』の記載とは矛盾するが、ともかく竜が棲むのは大きな池や沼で、そこからは水蒸気が立ちのぼり、雷雲が発生する。そう考えれば、雷と竜との結びつきは、ごく自然である。

忽雷のように雷と戦った人の話は、ほかにも例が多い。『捜神記』によれば、楊道和という農民が畑仕事の途中で雷雨にあい、桑の木の下に逃げこんだ（日本の「桑原」と考えあわせるとおもしろそうだが、これ以上の資料はまだ見あたらない）。すると雷が落ちかかって来たので、鋤《すき》で格闘し、雷公の肱《ひじ》を叩き折ると、地上にころがったまま動けなくなった。その唇は丹のごとく、目は鏡のごとく、三尺余の毛の生えた角《つの》があり、首は猿に似ていたという。どうも人間に退治される雷となると、神というよりは怪獣に近くなるのも、やむを得ぬなりゆきであろう。そこから雷獣という観念が展開するのだが、中国の雷獣は、どうしたわけか羊に似ているという記録が多い。しかし、これは羊の問題として考えた方がよさそうなので、ここでは省くことにする。

また、雷になった人もあった。劉宋の劉義慶の『幽明録』に見える話だが、ある男が重病で昏睡状態におちいり、夢うつつのうちに天上に昇ると、死んだ父がいた。ちょうど天界で雷公の職が欠員になっているので、どうせお前もいずれ死ぬのだし、いまのうちによいポストにつけてやろうと思って呼んだのだという。そこで雷公になると、水甕《がめ》を積んだ大八車のようなものがあり、牛に曳かせながら、左右に水を撒くと、それが雷雨になるのである。ただし命令どおりに廻らなければならない。一度勤務しただけで、こんなつらい仕事はいやだと言ったら、それでは下界へ帰れと言われ、気がつくと病気がなおっていたという。この種の話は素朴でおもしろいが、あまり大きく発展してはいない。

現代中国の周作人は有名な魯迅の弟であるが、雷公についての随筆を書いている。その中に、中国では不孝息子が震死したというような、勧善懲悪にこじつけた陰惨な話ばかりだが、日本ではまぬけな雷の話が多く、雷公をばかにしたようでいながら実は親しみをこめている、と論じた部分がある。日本でも菅公の亡霊は雷と化して悪人を撃ったし、中国にも落雷したのはいいが、木の股にはさまって動けなくなった雷公を助けたら、礼に来たなどという話があるので、周先生の意見は日本びいきの度が過ぎたというものであろう。ただ、全般的にはたしかに日本の雷の方が親しみを持てるように感ずるのは、すくなくとも華北の地方よりは夕立の多い本邦の風土の故であろうか。

虹

虹の根もとには巨万の財宝が埋もれている、という話があったのは、グリムの童話だったかしら。

その財宝を求めて、山の端《は》にかかった虹が消えぬうちにと追いかけて行った若者のことを、いまだに覚えている。それは美しい理想を求めてひたすら前進する青年の情熱を象徴するような、ロマンティックな物語であった。

これから中国の虹について書くわけだが、どのように美しくロマンティックな文章になるかと期待されると、実は困る。どう思案をめぐらしても、そちらの方向へ話の持って行きようがないのである。だが考えてみると、日本の文学においても、虹はどれほど重要な題材となっていたか。自分の無学を白状することになってしまうようだが、乏しい記憶を総動員してみても、虹をうたった和歌・俳諧のたぐいは、あまり思いあたらない。すくなくとも、名句秀歌といったものの中にはなさそうに思われる。

しかし、ものには順序があるので、最初はなるべく虹の美しいイメージをこわさないところから話を始めよう。

両水夾明鏡　両水　明鏡を夾《さしはさ》み
双橋落彩虹　双橋　彩虹を落す

——李白「秋、宣城の謝朓《ちょう》が北楼に登る」

秋の日暮れがた、楼上に立って宣城（安徽省）の町を見おろしたときの作である。町は二筋の川を両脇にかかえているように見え、その川が暮色の中であざやかに光るのを「明鏡」と表現した。

川には二つならんで橋がかかっており、美しく彩色されたそのアーチ状の曲線は、空から七彩の虹が落ちて来てここにとどまったかのごとくに見える。

虹そのものを描いたわけではないが、李白の頭の中に美しい虹という観念が固定していなければ、このような表現が生まれるはずはなかろう。ついでにもう一つ、

長橋臥波　　長橋の波に臥するは
未雲何龍　　未だ雲あらざるに何の竜ぞ
複道行空　　複道の空を行くは
不霽何虹　　霽《は》れざるに何の虹ぞ

——杜牧「阿房宮の賦」

秦の始皇帝が首都咸陽に築いた阿房宮の壮麗を描写した部分である。複道とは建物の間を空中でつなぐ廊下で、廊下自体が二階建ての構造になっているものをいう。上の方を皇帝が歩くわけで、臣下が廊下の途中で皇帝とすれ違うことのないようにしてある。その複道は、もちろん極彩色であろうし、アーチ状の弧線を描いていたであろう。それを虹に見たて、雨あがりでもないのに、何という虹がかかっているのかと表現した。

虹が天空に曲線を描く彩色ゆたかなものであり、かつ雨あがりに出るものという観念が唐の詩人たちに共通していたことは、以上の例によって知ることができる。これは日常の体験からして明ら

かな事実であって、特に新しい発見というわけではない。ただ、上の二例はどちらも建造物の壮麗を虹にたとえたのであり、虹そのものを描写したのではなかった。そこで今度は、ほんものの虹に眼を転じよう。

江虹明遠飲　　江虹　遠飲　明らかに
峡雨落余飛　　峡雨　余飛を落す

――杜甫「晩晴」

杜甫の晩年、三峡の険にのぞむ夔《き》州の町でわびしい生活を送っていたときの作である。山峡の町に通り雨があって、まだぱらぱらとわずかの雨は残っているものの、空はもう晴れあがってきて、川上はるかに虹のかかっているのがくっきりと見える、そうした風景である。

　この詩全体は尽きる時もない放浪生活の悲しみをうたったものなので、景物すべてが蕭条たる趣を帯びている。虹も、その景物の一つなのである。だから、川上にかかった虹が「明らか」だとは表現してあるが、美しいとは書いてない。しかもその虹が、「遠飲」しているのである。この表現はどこから生まれたか。話はここらから、本論にはいることとなる。

　虹というものは、古代の中国人によれば、字に虫ヘンがついているのでもわかるとおり、正体は虫だと考えられていた。それも竜か蛇のような長虫なのである。もっと厳密にいうと、虹はこの虫の雄なのであって、雌は「蜺《げい》」（霓《げい》とも書く）と呼ばれ、合わせて「虹蜺」というのが正式の名称なのである。

この虫はどうやら、天に住んでいるらしい。それが人間の前に姿を現わすには、一定の周期がある。『礼記』月令《がつりょう》などの記載によれば、虹が出て来るのは清明節（陽暦では四月五日ごろ）から十日ののちであり、虹が隠れてしまうのは小雪（同じく十一月二十二日ごろ）の日からであるという。つまり蛇と同様に、虹も冬眠するのである。

この虫は、どういうわけか、天から下りて来て水を飲みたがる習性を持つ。『漢書』燕の刺《し》王伝によれば、燕王の宮殿の井戸に虹が下り、水を飲んだため、井戸が枯れてしまったという。また劉宋の劉敬叔の『異苑』には、薛《せつ》願という者の家に虹が下り、釜から水を飲んだという話が載っている。ガブガブという音がして、水はすぐになくなった。願は酒を運ばせ、釜の中にそそいだが、入れたと思うとすぐに空《から》になってしまったという。水を飲むつもりで酒を飲まされた虹が、酔って赤くなったらどんな色になるのか、はなはだ興味のある問題だが、『異苑』の著者もそこまでは説明していない。

杜甫の詩に見えた「江虹」も、峡谷の水を飲みに来たのである。近づけばガブガブという音が聞こえたのかもしれないが、杜甫は遠くからそれを眺めていた。これが美しくロマンティックな風景であり得るかどうか。

長虫というやつは、概して気味の悪いものである。そして場所は三峡の険という僻陬《すう》の地である。こんな所には、どのような怪物が棲んでいるか、わかったものではない。高みに登って見おろせば、川の中をワニが泳いでいたと、杜甫は別の詩にうたっている。そうした怪物の一つとして「江虹」は立ち現われているのであって、決して美しくもないし、親しみの持てる相手でもない。僻陬の地のおどろおどろしい風物として、杜甫はこの虹を受けとったのであり、それが彼の荒涼たる心境と適合するものだったのである。

これが杜甫という特殊な境遇にあった詩人の特殊な受け取りかたと見るわけにはいかないことを、以下に説明しなければなるまい。

さきほどの『異苑』の話には、実は続きがあった。薛願から酒をたらふく飲ませてもらった虹は、お礼をする気になったと見えて、釜の中に黄金を吐き出した。これだけでも薛願は酒代のもとを取り返したわけだが、さらにその後は、家に災難がなくなり、日ましに富み栄えたという。つまりは虹をたいせつにもてなしたため幸福を得たことになるのだが、虹に関する話としては、このような例は少数派に属する。

多数派はさきの『漢書』の例なのであるが、これについても前後の事情を述べておかなければならない。燕の刺王という人は例の漢の武帝の息子で、帝位につく野心を持っていた。ところが武帝は刺王を嫌って、弟の昭帝を後継者に指名した。刺王は当然、おもしろくない。朝廷内の重臣の一部と気脈を通じ、クーデターをおこして昭帝を廃し、自分が皇帝になろうと画策していた。その矢先に、虹が井戸水を飲んだのである。ほかにも、いろいろな異変が宮殿内におこったので、刺王はすっかり意気沮喪してしまい、「妖祥」がおこり、「兵気且《まさ》に至らんとする」現状では、自分の望みはとげられないであろうと言った。そしてそのとおり、陰謀が露見して、刺王は自殺する羽目に追いこまれた。

虹は「妖祥」なのである。事実、古い占卜の書は、すべて虹の出現を凶兆と解している。『淮南子』原道訓にも、太古の聖天子の世には徳をもって天下をよく治めたので、「虹蜺出でず、賊星行かず」というめでたい状態だったとある。竜が出現するのは一般にめでたいこととされるが、同じ長虫でも、虹は嫌われる存在だったらしい。それにしても、虹のかかるのが為政者の不徳のしるしとされるのでは、天子も宰相も、夕立のあとには天を仰いでおろおろしていなければならなかったことであろう。

ここで思いあたるのは、俠客の荆軻《けいか》が燕の太子丹のために秦の始皇を刺しにおもむく、あの有名な易水の別れのくだりである。「風蕭蕭として易水寒し」とうたわれたのだから、どうも夕立のあとの風情とは見えないが、ともかくこのとき、「白虹」が日を貫いたという。『史記』によれば、太子丹は「これを畏れ」たとある。どこをどう畏れたのかは説明がないし、注釈家たちの説も当て推量らしいものが多くて信用しかねるが、「白虹日を貫く」現象が事の成らざる凶兆と見られたことは、まちがいがない。

ちょっと脇道にそれるが、「白虹日を貫く」とは、われわれには理解しがたい現象である。どだい白い虹などというものがあるはずはないし、虹が日を貫くような角度で空にかかる道理もない。だがここで注意しておかなければならないのは、われわれは「にじ」といえばあの七色の光の帯しか考えないが、昔の中国人はどうもそうではなかったらしいことである。

天空におこる光の現象は、「にじ」だけとは限らない。たとえば黄道光《こうどうこう》などというものもある。そのほかに何があるかと言われると、あわてて気象学の本をひっくり返さなければならなくなるのだが、ともかくそれらの光をひっくるめたものが「虹」と考えられたらしいのである。だから白虹もあれば丹虹・青虹もあるし、直虹というのもある。「虹＝にじ」と固定して考えたのでは、「まっすぐなにじ」などという現象は説明のしようがない。だいたい虹は長虫なのだから、蛇にも黒蛇・白蛇その他いろいろあるように、虹にも色彩・形状の違いがあってさしつかえないのである。そして白蛇・白鹿・白鳥など、白い動物は（つまり動物の白子なのだが）とかく神の使いだとか、神秘的な霊力を持つとか信じられた。白虹もその一つだったのであろう。

その白虹が、これから壮途に出で立とうとする荊軻の前に現われた。あれ虹が出たと皆がふり仰ぐような、風流な景色ではない。燕の太子丹がどれほど易占に通じていたかは知れないが、それを見たとたんに、わが事成らずと予感した。それほどに暗く、不吉な現象だったのである。

白虹は虹の中でも特に不吉と考えられたようだが、前に書いたとおり、虹がそもそも不吉な存在なのであった。それはどうも、兵乱——敗北などというイメージにつながっていたらしい。だが、それだけとは限らなかった。というところから虹に対する別の視角が展開して行く。

漢の劉熙《き》の『釈名』に言う。

「虹」は「攻」なり。純陽の陰気を攻むるが故なり。陰陽和せず、婚姻錯乱し、淫風流行し、男女相奔随《あひほんずい》するを楽しめば、此の気盛んとなる。

いまの言葉で簡単に言ってしまえば、性道徳が乱れれば虹が盛んに出現するというわけで、それにしては昨今の東京で虹の出かたが少ないのはふしぎだということになる。

このような考えかたは、易占の書にはかなり広く見られるものである。虹が時ならずして出るのは、「女謁、公を乱すなり」（易通卦験）という説もある。女謁とは愛妾のたぐいが表むきのことに口を出し、旦那にいろいろと注文や指図をすることで、これも性道徳の乱れの一種といえよう。

ここに一つの物語がある。さきほども引用した『異苑』に見えるものだが、昔、さる夫婦があって、饑饉にあい、野草ばかり食べているうちに、飢え死にしてしまった。その魂が「青虹」と化したので、土地の人々は青虹を「美人虹」と呼ぶようになったという。

『異苑』の記録には、多くの脱落があるように思われる。栄養失調で死んだ夫婦が、虹になるにしても青虹となったのはつじつまが合っているが、美人虹という以上、妻の方は美人でなければならない。美人とその夫が飢え死にするに至るまでの経過、そして虹と化する動機には、もう少し複雑な話の筋があったにちがいないのである。そこが判明すれば、虹と性道徳の乱れとの関係に結びつけることが可能であるかもしれないのだが、いまではもう、どうすることもできない。私たちは深淵の前に立って、対岸へ通ずる道の崩れ去ったあとを眺める思いをするばかりなのである。

ただ、その美人虹の後身かどうかはわからないが、虹が人間と怪しい交渉を持つことはあった。陶潜の著と伝える『捜神後記』は、次のような話を記録している。

廬《ろ》陵（江西省）の田舎に、亭主が役人として町に住み、妻が一人で留守をしている家があった。そこへ、身のたけ丈余にして容貌端正、目のくらむような色美しい着物をまとった男がたずねて来て、妻を誘った。以後、二人はたびたび逢引きをしたが、場所はきまって谷川のほとりであった。ある日、男が谷川の水を黄金の瓶で汲み、妻に飲ませると、妻は妊娠して人間の姿をした子を生んだ。その子が乳を離れるころ、男が引き取りに来たが、おりしも風雨すさまじく吹き荒れ、やがてその家の庭から二条の虹が立つのを、近所の人々が見た。後年、妻は谷川のほとりで二匹の虹が水を飲んでいるのを見かけ、こわがっていると、虹は人間に姿を変えた。あのときの男と自分の生んだ子だったのである。

竜や蛇が人間の女を見こんでこれと交わったという話は昔からすくなくないが、この話も同じ系列に属するものであろう。こうした系列は、ときにはすぐれた人物の誕生に及ぶこともあるのが通例であって、上古の帝舜の母が大きな虹を見、「感じて」舜を生んだ（史記・五帝本紀注）といわれるのも、その一つである。しかし、何分にも聖天子の誕生のことだから、淫乱にわたる点はない。あったとしても、切り捨てられてしまったであろう。そうなると話としてはおもしろくないから、これ以上には発展しない。発展するのは、虹の子供を生んだ、さきほどの空閨を守る妻のような話である。

「蛇淫」という語もあるように、蛇の性は多淫とされた。虹も蛇の同類である以上、淫乱であり、好んで人間の女性を犯すものと考えられたのも、ふしぎではない。男女関係の乱れに虹が責任を持たされたのは、当然ということになる。こうして虹の美しい七色も、「霓裳羽衣《げいしょううい》」などといって、せいぜい女性の着物の模様程度に堕落してしまった。これでは童話風の甘美な物語に展開のしようがないのである。

地

文

『名山勝概記』(二)より「華山」の図

山

采菊東籬下　　菊を采《と》る　東籬《とうり》の下《もと》
悠然見南山　　悠然として南山を見る

——陶潜「飲酒」

南山という山は、見たわけではないから保証しかねるが、話に聞くかぎりでは、そう高い山ではないらしい。東籬のもとに立つ陶淵明の、たぶんほろ酔いか、それとも二日酔いの目にうつったその姿は、ふり仰ぐような壮大なものではなかったに違いない。

その南山に立ちこめる「山気」をながめながら、淵明は「真意」のあることを感じた。魏晋のころに流行した清談の影響を受けて、当時の詩には、老荘風の、いわゆる「玄学」の趣意を含めたものが多い。淵明の言う「真意」なるものも、「辯ぜんと欲すれば已《すで》に言を忘る」と片づけられてしまっては、いかにも玄妙なように見えて、われわれ凡俗にはわけのわからないありがたさだけが残る。当時の詩の大部分は（といっても、今ではごく少数しか伝わらないのだが）、始めから終わりまでこの調子の、玄妙不可思議なことばの羅列であって、同じ影響のもとにありながらも清新な感覚と描写力を持つところに、陶淵明の詩の意義があるというのが、昔からの批評なのである。

ところで、淵明の言う「真意」の内容が、凡俗に近づきかねるものであるにしても、彼が南山のたたずまいの中に、理想の世界を思い描こうとしたことだけは確実である。それを具体化したのが、同じ作者による「桃花源の記」だったと言えよう。秦末の乱世をのがれた人たちが、山の奥深く、社会との一切の交渉を絶って、平和な生活をいとなむ。老子の言う「小国寡民」の理想社会である。俗世の人間は、たまたまそこへ迷いこむことはできても、再び訪れる道を知らない。

「山の彼方の空遠く、さいわい住むと人の言う」と、西洋の詩人はうたった。中国の詩人は、山の奥深くに、この世の治乱興亡・毀誉褒貶を超越した、絶対の世界を夢みていたのである。

もっとも、陶淵明の生きた時代は四世紀の末から五世紀の初め、中国の文化がだいぶ進んだあとである。それ以前、つまり秦・漢のころまでの中国人の山に対する認識は、どうも違っていたらしい。だいたい中国文化発祥の地である北方、中原の地帯は、黄河流域の原野であった。もちろん山がないわけではなく、長安と洛陽を結ぶ中間には殽《こう》山の山脈があって、函谷関の要衝を形成しているし、長安の南方には秦嶺山脈が横たわり、河南の平原へ出るには藍関、蜀へは大散関の難所をひかえる。しかし、それらの山々を背後にした平原は、江南の地方ほど複雑な地形を持たない。峠をひとつ越えたら人情も風俗も違うというような、山国の人たちの持つ感覚は、生まれるわけがなかった。

中原の人たちは、古くから山の代表として「五岳」を数えてきた。東の泰山（山東省、標高一五四五米）・南の衡山（湖南省、一二六六米）・西の華山（陝西省、二二〇〇米）・北の恒山《こう》（山西省、約二二〇〇米）・中央の嵩山《すう》（河南省、二三〇〇米）である。どれも、さほどの高山ではない。日本へ持って来てさえ、中級山岳もしくはそれ以下に属する。まして広い中国のことだから、もっと高い山はいくらでもある。たとえば華山の西方には、後世のことわざに「武功の太白、天を去ること尺五（一尺五寸）」とうたわれた太白山（四〇〇〇米）があるし、恒山の南には、三〇四〇米の五台山がひかえている。それにもかかわらず、五つの山が五岳と呼ばれるようになったのは、山容の秀麗さも一つの原因ではあろうが、平地にのぞんでそびえ立つことが、さらに大きな動機となったことであろう。恒山だけは山西の山岳地帯の山だが、大同を中心とする桑乾盆地の南端に突出しているから、やはり平地にのぞむこととなる。ちょうど関東平野に住む人たちが、さして高くもない筑波山を、富士とならぶ名山としたのに似ている。

つまり五岳とは、平野部の人々が、朝夕ふり仰ぐ山々をたたえて、名づけたものであった。山々を越え歩くことをなりわいとし、または山の奥深く住む人たちの間に生まれた発想ではない。ということは、五岳を数えた古代の中原の住人にとって、山は、すくなくともある程度以上の山は、生活の場ではなくて、別の意味を持つ場所であったことを示す。いうまでもなく、信仰の対象としての意味である。

どの民族でも同じことだが、一つの山には、そこを支配する神が住むと信ぜられていた。中国でも事情は変わらない。『楚辞』の「九歌」は、楚国に昔から伝わる祭祀の歌詞を、詩人の屈原が修正したものといわれるが、その中に「山鬼」という一章がある。

若有人兮山之阿　人有るが若《ごと》し　山の阿《くま》
被薜茘兮帯女蘿　薜茘《へいれい》を被《き》　女蘿《ぢょら》を帯ぶ
既含睇兮又宜笑　既に睇《ながしめ》を含み又笑ふに宜《よろ》し
子慕予兮善窈窕　子《し》　予が善《よ》く窈窕《えうてう》たるを慕ふ
乘赤豹兮従文狸　赤豹に乗り　文狸《ぶんり》を従へ
辛夷車兮結桂旗　辛夷《しんい》の車に桂の旗を結び
被石蘭兮帯杜衡　石蘭を被　杜衡《とかう》を帯び
折芳馨兮遺所思　芳馨《けい》を折って思ふ所に遺《おく》らんとす

これが「山鬼」の前半の部分である。「九歌」ははなはだ難解な作品であって、句と句とがどのようにつながってゆくのか、正確には追跡しかねる点が多い。しかし、これだけの表現からでも、薜茘や女蘿というツタカズラの類を身にまとい、赤豹などにまたがり、あるいは辛夷《こぶし》の車に乗った山鬼、すなわち山の神のイメージは、おぼろげに描き出すことができよう。そして祭りの場にあった古代の民衆は、宗教的興奮とともに、一層はっきりとそれを思い描くことができたはずである。

また、『山海経《せんがいきょう》』という本がある。夏の禹王の作として伝えられるが、それはもちろん嘘で、戦国時代から秦漢のころにまとめられたものであろうといわれる。これは一種の地理書で、中国全土の山を順次に記述しているのだが、山中の物産に加えて、そこに住む神や怪物に関する説明がある。たとえば、

　平逢《へいほう》之山、南に伊《い》洛《らく》を望み、東に穀城之山を望む。草木無く水無く、沙石多し。神有り、其の状人の如くにして二首、名づけて驕虫と曰《い》ふ。是れ螫《せき》虫（人をさす虫の神）為《た》り。実に惟れ蜂蜜の廬《いほり》（蜜蜂の本拠）なり。其の之を祠《まつ》るには一雄雞を用ひ、禳《はら》ひて殺す勿《な》かれ。

『山海経』には空想的な部分が多く、実際の地理とは合致しにくい。中原の地方から遠く離れるにつれて、その程度はますますはなはだしくなる。それにしてもこれは、古代の中国人が持っていた山への関心を示す、重要な資料となることであろう。

　山への関心にも、二通りあることが考えられる。一つは登るものとしての山であり、一つは眺めるものとしての山である。前者の場合には、山は生産の場所となる。「そこに山があるから登るのだ」などという精神は存在しない昔のことだから、物ずきで山へ登る男はいない。木を伐るか草を刈るか、それとも鳥獣を追うか、ともかく生活上の必要にせまられて、人は山へと登った。山は生活の場所でなかったと前に書いたが、そこに住むことはなくても、生きてゆくために山へ登らなければならぬ必要は存在したのである。そのとき、山中の通行を安全にするため、また獲物の豊饒を祈念するため、人々は山の神と交渉を持たなければならなかった。

　しかし、生産の手段を求めて山に登るならば、コースは大体きまっている。ぜひとも山頂をきわ

めなければならぬこともないのだし、あぶない岩場も、通らずにすませれば、それに越したことはない。五岳の場合は、だいたいが岩山だし、千米を越える頂上まで登る必要は少ないであろう。そこで、これらの山々は登るためのものというよりは、下界から眺めるものとなった。ある高さから上は、もはや神の世界なのである。そこまで登ろうと思い立つ人は、神の世界に触れようと志したことになる。

一番よい例が、泰山である。この山では昔から、封禅《ほうぜん》という儀式がおこなわれることになっていた。天子が山頂に登って、天地の神々を祭り、天下泰平を報告するものである。神々を相手に、天下が泰平になったと言いきるには、よほどの自信がなければならない。だから歴代の天子が封禅を挙行するわけにはゆかず、秦の始皇・漢の武帝などという、すぐれた独裁者の時代だけに限られた。それだけにこの式典は、国家の重大な行事として、一層大切にあつかわれたものである。

封禅とは、地上の主宰者である天子が、天界の主宰者に会見を申しこむ儀式と考えてよかろう。そして会見の場所に泰山が選ばれたとは、この山が、天上界と地上界との中間にあると考えられたためらしい。やはり武帝の時代には、天上の神となった老子が華山に降臨したという話が伝えられ、武帝は山麓に廟を建てて祭った。これも華山が、天界から地上へ降るはしごのようなものと考えられたことを示している。

ただし泰山の場合は、単に天地のかけはしというだけではなく、それ自体が天界の一部と考えられていた痕跡がある。というのは、この山中のどこかに、死後の世界、つまり冥土があった。晋の干宝《かんぼう》の『捜神記』には、次のような話が記録されている。

　後漢のころ、泰山の近くに胡母班《こぶはん》という人が住んでいた。ある日、泰山のふもとを歩いていると、赤い着物の兵卒があらわれて、「泰山府君のお召しです」と言う。あとについて行ったら、山中に立派な宮殿があった。そこで泰山府君のもてなしを受け、黄河の神の嫁となっている府君の娘への手紙をことずけられた。無事に使命をはたして泰山へ帰り、ふもとの樹木をたたくと、前の兵卒が出て来て、泰山府君の前に案内する。府君との話をすませ、外へ出て見ると、数百人の囚人が労役に服しており、自分の亡父もその中にあった。近寄ってたずねれば、生前の罪のため、三年の刑に処せられているのだという。班はさっそく泰山府君の前へ出て、父を赦免して郷里の土地神に任命するようにと哀願した。府君は「亡者に近づいてはならん」と、渋い顔をしたが、ようやく承諾してくれた。班は喜んで家に帰ったのだが、それから一年ばかりの間に、何人かの子供が次々と病死する。おそろしくなって、また泰山へ出かけ、樹木をたたいて府君に会うと、事情を訴えた。すると府君は大笑いをして、「だから亡者には近づくなと言ったのだ」と、すぐに土地神となった班の父を呼び寄せ、なぜ孫どもを殺したと訊問した。すると父は、「久しぶりに孫たちに会い、うれしさのあまり、供物などを分けてやろうと呼び寄せたのです」と答えたので、すぐに土地神を免職になり、班の一家はその後、無事に暮らすことができた。

泰山府君は泰山の神であり、同時にまた、仏教が中国に根をおろす前の、冥界の支配者であった。

唐以後になると、彼の地位は閻魔大王に占領され、血の池や針の山などという、おそろしい地獄が出現する。しかし漢から魏・晋にかけては、日本のイザナギの神がおとずれた黄泉《よみ》の国とはまた性格の違った、陰影に乏しい死後の世界が、泰山のふところ深くに存在したのである。後漢のころの歌謡の一つで、葬式のときにうたわれた「蒿里行《こうりこう》」という歌には、

蒿里誰家地
聚歛魂魄無賢愚
鬼伯一何相催促
人命不得少踟蹰

蒿里は誰が家の地ぞ
魂魄を聚歛《しゅうれん》すること賢愚無し
鬼伯一《ひと》へに何ぞ相《あひ》催促する
人命は少しも踟蹰《ちちゅう》するを得ず

鬼伯とは、冥土の使いである。そして蒿里とは、注釈家たちの説によれば、泰山の山中にある地名だとも、泰山の一峰の名だともいう。いずれにしても泰山の中には、このような別世界があった。それは後世の学者が「泰山信仰」という名で呼ぶほどに、広く深く信ぜられていたのである。

それでも泰山は、天子が登ろうと思えば登れないことはない程度の高さであり、しかも中原の一角に位置していた。もっと辺鄙で、もっと高い山になれば、もはや人間は跡を絶って、完全に神の所有となる。崑崙《こんろん》山がその代表である。

崑崙山については、後にあらためて書きたい。ここでは、さきの『山海経』の一節だけを引用し

ておこう。

崑崙の丘は、是れ実に天帝の下都なり。神陸吾《りくご》これを司《つかさど》る。其の神の状は虎身にして九尾、人面にして虎爪なり。是《こ》の神や、天の九部（九つの城）及び帝の囿時《いう》（庭の手入れ）を司る。崑崙の虚は方八百里、高さ万仞。上に木禾《ぼくくわ》有り、長さ五尋、大いさ五囲。面に（四面に）九井有り、玉を以て檻（てすり）と為す。面に九門有り、門ごとに開明獣有りてこれを守る。百神の在る所なり。……

崑崙山は完全に神の世界であった。泰山を中心とする中国本部の高山も、多かれ少なかれ、同様に神の領分を持っている。そこへ分け入ることができるのは、選ばれた人間に限られる。このような古代人の観念と、自然を愛するがゆえに山を愛し、あるいは山へ登ろうと志す陶淵明以下の詩人たちの心との間には、まだ大きな隔たりがあった。

陶淵明が山を愛したことについて、多くの例を引くまでもない。「帰去来の辞」一篇によっても、それは知られよう。春が来れば、かれは「或《あるい》は巾車に命じ、或は孤舟に棹さし、既に窈窕《えうてう》として以て壑《がく》を尋ね、亦崎嶇《きく》として邱《をか》を経《へ》」て、山中の景勝をめぐり歩くことに、心をおどらせたのである。ただし、この場合、高山の頂きをきわめようなどという冒険精神は、含まれていない。といって、のんびりしたヴァンデルングに、自然の美しさを心ゆくまで享受しようという境地もまた、かれのすべてではなかった。上の引用が導き出す句は、「万物の時を得たるを善《よみ》し、吾が生の行《ゆく》々休するを感ず」である。うららかな春景色への陶酔の底には、つめたい諦観が流れている。それは「春愁」ということばで表現できるような、甘いペーソスではない。「富貴は吾が願ひに非ず、帝郷は期す可からず」という、痛切な自覚の上に立っていたのである。

この二句を、悟りすました隠者の、世俗を低く見くだしたことばと読みとることはできない。こう言いきるまでには、淵明の心の中に、どれほどの葛藤があったことか。かつてはかれも、人なみに「富貴」を求めて、仕官の道を歩んだことがあった。富貴とだけでは、かれに対して苛酷に過ぎるかもしれない。東晋末の乱世を正し、万民を救おうとする使命感が、かれを駆り立てたと言うべきであろうか。ともかくかれは、彭沢《ほうたく》の令を辞職して「帰去来の辞」を作るまでに、何度か出仕し、ことごとく失敗した。それらの苦い追憶が、「富貴は吾が願ひに非ず」の一句に凝集している。

現世の富貴に対置されるものが、帝郷、つまり神仙の世界であった。淵明がこの世界にあこがれ、みずから神仙になることを志したという証拠はない。しかし神仙界に生きることは、魏晋時代の人人にとって、ごく一般的な願望だったのである。淵明にしても、「此の中　真意有り」と言う、その「真」に示される絶対の世界は、具体的に言い替えれば、神仙界につながる可能性を持つ。多くの同時代人と同様に、かれもまた、神仙に心を寄せる時期を持っていたかもしれない。だが「帝郷は期す可からず」と、かれは自らこの甘い期待を、冷たく拒否し去ったのである。

では、神仙界とはどこにあるのか。昔の人たちは、さまざまな場所に、それを設定した。天上にあるというのが、その一つである。修行を積み、仙界にはいることを許された人が「白日昇天」したという伝説は、昔から数多く語られている。また、東方の海上遠く、蓬萊の島に神仙が住むというのも、その一つである。だから秦の始皇帝は、数千の童男童女を大船にのせ、東の海へと送り出した。蓬萊をたずね、不老不死の薬を持ち帰らせようとしたのである。

このような、凡俗には手のとどかないところと比べれば、もっと手がるな、近い場所にも、仙界とまでは言わずとも、その入り口か、もしくは出張所のごときものがあった。深山の奥がそれである。

陶淵明の作として伝えられる、『捜神後記』とよぶ小説集がある。偽作説もとなえられているものだが、六朝の作品であることに疑いはない。その中に、次のような話がしるされている。

会稽《かいけい》郡（浙江省）の山あいの村に、袁相《えんしょう》・根碩《こんせき》という二人の男が住んでいた。ある日、連れだって狩猟に出かけたが、山深く分け入ったところで、山羊の群を見つけた。あとを追うと、山羊はますます山奥へと逃げこんで行く。とうとう高い断崖に滝のかかっている所へ出た。山羊は断崖に開いた洞門の中へ姿を隠したので、二人も続いてはいったところ、その向こうは大きく開け、美しい花が咲いている。小さな家があって、十五、六ばかりの美しい娘が二人、住んでいた。娘たちは二人の男の姿を見ると、うれしそうに「ずいぶん前から待っていたのよ」と言い、家の中へ引き入れて、そのまま夫婦となってしまった。その後、この里に住む同じような娘で、やはり婿を見つけたものがあり、二人の妻はお祝いに出かけたが、留守の間に、袁・根の二人は故郷へ帰りたくなった。そっと家を抜け出し、逃げ帰ろうとすると、妻たちはそれと気づいて、追いかけて来たものの、二人の決心を知って、小さな袋を贈り、あけてはならぬと言いふくめて別れた。二人は無事に故郷へ帰り着いたが、ある日、根碩が外出中に、家の者が袋をあけて見ようとした。口を開くと、中にまた袋がある。それを開けば、また袋が出てくる。こうして五番目の袋を開いたとき、小さな青い鳥が現われて、あっというまに飛び去った。帰って来た根碩は落胆したが、どうしようもない。それから何日かたって、野らで働いている根碩の所へ家の者が昼飯を持って行くと、かれは畑の中につっ立ったまま、身動きもせずにいる。そばへ寄って見たら、立っているのはかれの肉体だけで、魂はすでに、どこかへ飛び去っていた。

「桃花源の記」と浦島太郎とをつき合わせたような話だが、山の奥深くには、このような女性が住むと信じられていたのである。唐の初めに書かれた小説「遊仙窟」は、万葉集などにも影響を与えたものだが、これも張文成という才子が、黄河の上流の、土地の故老が神仙窟とよぶ谷間の奥へ分け入って、絶世の美人に会い、一夜の歓楽をきわめたことをしるす。

これらの物語は、六朝から唐へかけて、少しずつ形を変えながら、いくつも語られた。そして「遊仙窟」の美人は格別の神通力を持っていたとは見えないけれども、その他の場合はすべて、山中に住む女性は神仙であり、尋ねて来た男たちを歓待してくれる。根碩の物語でも、最後は悲劇に終わったように見えるが、実はそうでない。この話の結末に、魂のぬけた根碩の畑に立つさまが、「蟬脱《せんだつ》」した如くであった、とあるのは、かれの霊魂が神仙界へと去って、永生を得たことを暗示する。蟬脱とは仙術に使われることばで、蟬が殻からぬけ出すように、人間が肉体をこの世にとどめ、魂のみ仙界にはいることをいうからである。

だいたい、美しい女性が待っているだけでも結構なことなのに、仙術まで授かる可能性があるとは、これほどうまい話はない。若い男なら、さきほどの張文成のように、深山幽谷の奥までも尋ね入ろうと勇み立つのは、しごく当然のなりゆきであろう。

この場合、女と仙術のどちらか一つだけを取らねばならぬと、二者択一の決定を強要されたとしたら、現代のわれわれならば、いささか迷うに違いない。しかし昔の人は、というよりも昔の小説家は、はなはだ割りきった答えを出していた。仙術の方が優先するのである。あるいは、美人ならば人間世界で出会う可能性があるけれども、仙術となると、このような場所でなければ授かることがないという考慮が働いていたのかもしれぬ。女の方にウェイトをかけたのは、ただ一人、「遊仙窟」の作者だけであった。

だから、山奥に住む佳人は、容易に枯れ木のごとき老人に置き換えて語られることもある。数としては、むしろこの方が多かろう。その老人がすなわち仙人であって、この場合は、むろん色気はぬきになる。仙人は尋ねてきた男に、よく来たといって、不老長生とまではゆかずとも、空中を飛ぶとか、壁をつきぬけるとか、要するに仙術の一端を授けてくれる。

実は、仙人に会えなくても、山にはいれば、それだけで目的を達し得ることがあった。山中の薬草、もしくは霊ある石を採ればよいのである。薬草採りは生活に直結することだし、職業としても成立する。しかしゲンノショウコやゴオウばかり捜していたのでは、とかく利が薄い。それよりも、不老不死の力を持つ薬草が、深山のどこかに生えているのではないか。

ここで少し、不老不死の話をしておかなければならぬ。昔、秦の始皇帝や漢の武帝は、莫大な国費を投じて、この術を求め続けた。ところが六朝になると、不老不死も「民主化」されて、帝王だけが求めるものとは限らなくなったらしい。さすがに庶民までは行きわたらなかったと見えるが、貴族以下、一応の身分のある人たちの間に、この術は大流行を見た。

では、どうすればこの術が得られるか。答えは簡単である。不老不死の薬をのめばよい。こうして怪しげな処方が、次々と作られた。原料は動・植・鉱物のすべてにわたるが、鉱物質のものは特に好まれたらしい。何分にも乱暴な処方が多いから、しばしば副作用がおこる。発熱するのは通常のことで、これを当時のことばでは「石発」といった。赤い顔をしながら、ちと「石発」してね、と言えば、高価な薬をのんだということになって、はばがきいたそうである。

薬の原料には、硫黄で飼った雄雞の血などという、西洋の魔女が使いそうなものもあるし、だいたいがあちらにもこちらにもあるというものではない。ガマの油ではないが、これより北は筑波山のふもとというわけで、とかく山の中から採って来るものが多かった。そこで不老不死という、仙術の中でも人間の最も求める術を獲得するには、どうしても山へはいらねばならぬ。よほど運がよければ、処方だの調合だのと手間をかけずに、単独で効能を発揮する草や石が見つかるかもしれなかったのである。

そこで、人間が山へ登るには、薬とりという重要な目的が加わった。袁相・根碩は山羊を追って山へはいったし、桃花源をおとずれた武陵の人は「魚を捕ふるを業と為《な》」していたのだが、そしてその上に「じいさんは山へシバカリに」というのを補足すれば、山地に住む庶民の生業は尽くされていたのだが、薬とりも、結構商売になる仕事となったらしい。現に袁相・根碩の話と同系統の物語の中には、主人公を「採薬」のため山中にはいった民とおきかえたものも、いくつか発見できる。

ところが不老不死の霊薬は、凡俗の目に、たやすく見いだしうるものとは思われない。この薬を求める以上、名もない民の中の「業者」にまかせてはおけないのである。そこで衣食に不自由のない人たちが、世をのがれて山中に住み、日ねもす草鞋《わらじ》がけで植物や鉱物の採集を続けるという風潮を生じた。「登山人口」はこの連中を加えて、飛躍的な増大を見たことになる。

つまりは、素人が山へ登るようになったのである。これに応じて、「登山技術」もまた開拓されねばならぬ。とはいっても、当時のことだから、技術にもおのずから、神秘的な要素が多かった。陶淵明より百年近く前の人、晋の葛洪《かっこう》は、最後は仙人になったという伝説のある人物だが、その著『抱朴子』に、次のようなことを書いている。

或るひと登山の道を問ふ。抱朴子曰く、凡そ道の為に薬を合はせ（不老不死の薬を調剤し）、及び乱を避けて隠居する者、山に入らざるは莫《な》し。然れども山に入る法を知らざる者は、多く禍害に遇《あ》ふ。故に諺《ことわざ》に之有り、曰く、太華（華山）の下《もと》、白骨狼藉《ろうぜき》たりと。皆一事を偏知するのみにして、博備すること能はざれば、生を求むるの志有りと雖《いへど》も、反《かへ》って強死（非業の死）するを謂《い》ふなり。山には大小と無く、皆神霊有り。山大なれば則ち神も大に、山小なれば則ち神も

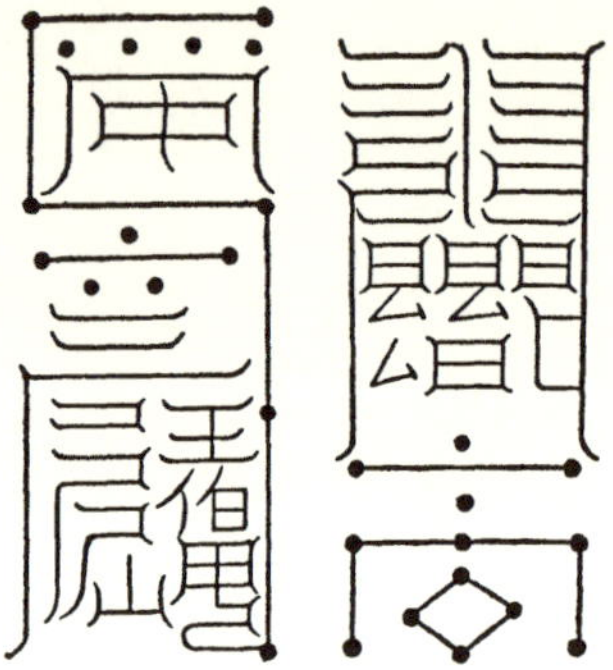

入山符二種

小なり。山に入って術無くば、必ず患害有らん。……

（登渉）

そこで抱朴子の教える登山の法とは、吉日を選ぶこと、方角の吉凶を見分けること、心身を清浄に保つこと、および、「入山符」または「昇山符」とよばれる護符を携帯することに要約される。この護符の書き方が十八種も示されているのだが、いずれも甚だ奇怪な、文字とも絵ともつかぬ図形である。これを桃の板に書いて山に登れば、悪獣毒蛇を遠ざけ、また山居の門口《かどぐち》にかかげておくときは、魑魅《ちみ》罔両《もうりょう》が恐れて近づかぬという。

こうした用意を整えたうえで、当時の人々は山へ登った。陶淵明にしても、ことによったら、昇山符の一つぐらいは携えて「崎嶇を経」たのかもしれない。しかし、これらの通念をふまえたうえで、かれは「帝郷は期す可からず」とうたった。これはもう、諦観などという生やさしいことばで覆いきれるものではない。一人のすぐれた詩人の、自覚と意志の強烈な表白なのであった。

ここに、謝霊運（三八五―四三三）という詩人がある。六朝を代表する作家の一人で、陶淵明よりすこし後輩にあたる。二人とも晋・宋の王朝交替期に遭遇したわけだが、淵明が晋の遺民という立場を守ったのに対し、かれは宋（いわゆる劉宋）王朝に仕えたので、普通には宋代の詩人とされている。

謝霊運は陶淵明などと違って、押しも押されもしない大貴族の出身であった。ところが王朝の交替にあたって、バスに乗りそこね、冷飯を食わされたあげく、永嘉郡（浙江省）の太守に左遷された。腹をたてたかれは、職務などは心にもかけず、役所をしめたまま、郡内の山水の名勝を巡り歩いて、「動《やや》もすれば旬朔《じゅんさく》を踰《こ》ゆ」――十日以上も、あるいは足かけ二か月も、帰って来なかったという。とうとう約一年で辞職し、郷里の始寧《しねい》（今の浙江省上虞）の山荘にこもって、やはり山水を遊歴することを唯一の楽しみとした。しかし、政界への野望を捨て去ったわけではなかったので、政敵からの攻撃もまたきびしく、ついには広州（広東省）へ流されたうえ、死刑に処せられた。

かれの生涯は、六朝文人の一典型を示すものであるが、それはそれとして、ここではかれの登山だけを取り上げてみる。鳥獣を追うのでもなく、薬草を捜すのでもなく、ひとえに名山を愛して、その頂きをきわめようとする古代のアルピニズムは、どうもこの辺から始まったように思われるからである。

そのアルピニズムは、かれの場合、詩と密接に結びついていた。つまりは詩を作るために、山へ登ったようなものである。だからかれは、中国における山水詩の元祖とよばれ、「白雲　幽石を抱き／緑篠《せう》　清漣に媚《こ》ぶ」とか、「密林　余清を含み／遠峰　半規（落日の半分）を隠す」というような、後世に記憶される名吟を生んだ。

かれは登山のために、特別の履物を考案した。下駄のような形で、取りはずしのできる二枚の歯があり、登りには前の、降りには後ろの歯を取り去る。足をいつも水平に保つための工夫である。

もっともかれの登山は、リュックサックに世帯道具をつめこむような、貧乏くさいものではない。かれは大貴族である。荷物は全部、従者にかつがせる。のみならず、あの山に登ろうと思えば、まず何百という人夫を動員して、森林を伐り開かせ、けわしい崖には石段をきざませ、頂上までの道を作ってしまう。そのあとから霊運先生が、ふところ手をしながら登る仕組みなのである。ロープウェイやバス道路の発達した近ごろの日本の山は、どうかすると、六朝のいにしえに還《かえ》ったのかもしれない。

空　山

空山不見人　　空山　人を見ず
但聞人語響　　但《た》だ人語の響きを聞くのみ

——王維「鹿柴」

あまりにも有名な詩であるし、べつにむずかしい文字もない。誰にでもすぐわかりそうに思えるが、存外そうでない、というところから話を始めよう。

「空山」とは「人気《ひとけ》のない山」の意味だと、おおかたの注釈書は説明しているであろう。私自身、そう書いたことがある。この説明は決して誤りではない。しかしまた、すくなくとも詩語としての「空山」の説明には、十全でない。ではどう説明したらいいかというと、それが以下の主題になるのだが、かなりくどくどと言葉を費やさなければならない。あまり長すぎてはかえってわかりにくいから、できるだけ簡潔にしようとすれば「人気のない山」あたりに落ちつかざるを得ないのだが、その過程を全く無視して結論だけを鵜のみにすると、「人気のない山に人影が見えず、人声だけが響く」とはどういう情況なのか、イメージが混乱してしまうだろう。

「空」にはいろいろな意味がある。字引を見れば「そら。むなしい。から。……」などと、いくつも解釈が出ていよう。しかし「空山」というときは、要するに「空《から》っぽの山」のことであり、「空《そら》と山と」でないことは、言うまでもあるまい。そこで「空っぽの山」とはいったい何が空《から》なのかを考えなければならないわけだが、まず少々廻り道をしてみたい。「空山」と同様に、「空×」という結びつきの漢語を拾って歩こうと思う。

身近なところから始めよう。「空室」といえば、近ごろのアパートやホテルでは「人が住んでいない（泊まっていない）部屋」の意味になる。中国でも同じ意味に使われることはあるが、そうとばかりは限らない。原憲といえば孔門の弟子の一人で、生涯を貧乏で過ごしながら道を楽しむ心を失わなかった賢者であるが、この人が一生を「空室」の中で暮らしたと、『史記』遊俠伝に書かれている。これは原憲が家賃も権利金も払えないので、空間《あきま》を見つけてもぐりこんだという意味ではない。人間の生活に必要な家具もない、がらんとした部屋の中に住んでいたのであることは、明白に知られよう。つまり「空室」は居住者があってもかまわないのであり、家具調度の類がないのを「空っぽ」と意識したように見える。

ところが同じ部屋でも女性の私室・寝室を「閨《けい》」というが、夫が旅などに出たあとの妻を「空閨を守る」と表現する。やはり「空っぽの閨」には違いないが、そこには妻が住んでいるほかに、誰に見しょとてというわけで煤だらけになっていようとも鏡台はあるだろうし、ダブルベッドも置いてあろう。質屋に通うほどの貧乏でない限り、家具のひととおりはそろっているはずなのである。しかし妻の寝室なるものは夫を迎え入れてはじめて機能を十分に発揮するのだから、その夫が欠けた閨はやはり「空閨」と意識される。

「室」も「閨」もいわば一種の入れものであり、その中にあるべきもののないのが「空」とされる。ただし、「あるべきもの」の判断は場合によってことなる。人間が住む場所だから人間のいないのを「空」とも言えるし、人が住む以上は家具調度が必要だから、それのないのを「空」とも言える。そして人が住み、家具調度があっても、最も重要なものが一つ欠けているだけで、やはり「空」と言えるのである。

だが、「室」や「閨」は中にあるべきものがはっきりしているので、まだわかりやすい。「空山」の山では、「あるべきもの」が何かと言っても、すぐには答えにくいのが道理であろう。そこで、もう少し「空山」に近いケースをあさってみることが必要になる。

四十七士ではないが、「山」といえばすぐに「川」を思いつく。そこで考えてみると、「空江」という語があった。

空江浩蕩景蕭然　空江浩蕩《かうたう》として景蕭《せう》然たり
尽日菰蒲泊釣船　尽日菰蒲《こは》に釣船を泊す

——五代、張佖《ひ》「洞庭にて風に阻《はば》まる」

雲陰故国山川暮　雲は故国に陰《かげ》りて山川暮れ
潮落空江網罟収　潮は空江に落ちて網罟《まうこ》収めらる

——唐、李郢《えい》「晩《くれ》に松江駅に泊す」

前の例は一日中菰《こも》や蒲《がま》の茂みの中に漁船をとめたままで見る「空江」の、ただ水のみがひろがって（浩蕩）うらさびしい（蕭然）風景を詠じ、後の例は曇り空の日暮れどき、水かさが落ちた「空江」の岸で、漁師たちが仕掛けた網（網罟）をとりこんでいる（あるいは、とりこんでしまった）ありさまを描いている。

「江」が「空」だとは、頭の中だけで考えればどうにでも解釈ができよう。水が一滴もないのが「空」とも言えそうだし、魚が一匹もいない、または水面に浮かぶものが一つもないなど、どれをとっても「空」と表現できそうに思える。だが、いくつかの用例をつきあわせた結果、確実に言えることは、「空江」には水量の多少はあっても水が流れているのであり、また水面から下の部分は問題になっていない。そこで水面に目をつけるとしても、当節の日本の川と違って汚染されていなかったとはいえ、「易水にねぶか流るる」ぐらいのものはあったであろう。それも問題外で、水面に多少の浮遊物はあってもかまわない。とすれば、残るところは水鳥のたぐい、これはある程度考慮に入れてよさそうだが、より重要なのは船である。前の張俶の例では、川が荒れて、見わたす限り他の漁船と客船の姿もないことを表現しているのであり、李郢の例では夕暮に客船の航行が絶えたことももちろんだが、この詩の結びに「櫂《たう》声遙かに散ず採菱《さいりょう》の舟」とあるところから見れば、菱つみの舟ないし漁船がみな引きあげてしまった風景にかなりの重点があろう。

これは「江」と名づけられるもの、長江にせよ湘江にせよ、いずれもが交通の重要なルートであり、漁業の場所だったところに発した観念であろう。つまり「江」には必ず船が航行しており、または沿岸の漁民が舟を漕ぎ出している。それらがすべて見えず、ただ茫々と水のみひろがっているのが「空江」なのである。それなら船は一隻もないけれど、両岸にずらりと人がならんでいるのはやはり「空江」かと言われると少々困るので、常識的にそのような情景は想像しにくいが、あったとすればどうも「空江」のイメージからははずれそうに思われる。しかし重点が沿岸の人間よりも船の方にあることはたしかで、岸辺にちらほら人影があったとしても、船が全くなければ「空江」と言ってさしつかえがなかろう。

しかし同じく水に縁があっても、河川交通と関係がなければ、事情は違ってくる。

薄暮空潭曲
安禪制毒龍

薄暮　空潭《たん》の曲《くま》
安禅　毒龍を制す

——王維「香積寺に過《よぎ》る」

香積《こうしゃく》寺とは終南山中にあった名刹である。その境内を歩きながら作った詩だが、空潭（潭は川が淵になっている所）の岸の片すみに、心静かに座禅を組む僧がいたのである。「毒龍」とは仏典にもとづく言葉らしく、淵の中に棲む龍なのか、それとも心中の邪念をさすものなのか、内典にうとい私にはよくわからないが、それはこの場合あずけておいてよい。問題は「空潭」で、ここらの川が交通路になっていたはずはないから、客船が「空」なのではない。釣船を淵に浮かべることはありそうにも思えるが、すくなくとも船だけを主体において言ったものではなさそうである。まわりで人間が酒もりをしていたり、水面を「毒龍」がのたうったりしていたのではどうも「空潭」にはなりそうもないので、ここは落葉が浮かぶぐらいのことはあっても、静まりかえって何も見えぬ水面と、人影もない岸辺とを想像すべきであろう。

潭が出たついでに、谷を見よう。これには「空谷の跫《きょう》音」という有名な成句がある。跫音とは足音のひびきのことで、『荘子』徐無鬼篇に「それ空谷に逃《のが》るる者は、人の足音の跫然たるを聞きて喜ぶ」とあるのにもとづく。この際の「空谷」が人間もいなければ人家も見えない谷を意味していることは、いうまでもあるまい。そんな場所に逃げこんだのだから、山で遭難しかかったのと同じことで、人間の足音が響いただけでもうれしく感じるのである。谷は人間の住むべき所とは限らないはずだが、そこを行く者の主観によって、この場合は人影が見えないのを「空」と表現したことになる。

さて、そろそろ水のふちを離れて、陸地へ移ることとしよう。山と縁のある言葉に、まず「空林」というのがある。

空林野寺経過少　空林野寺　経過するもの少《まれ》に
落日深山伴侶稀　落日深山　伴侶稀なり

——唐、戴叔倫「越渓村居」

空林伐一声　空林　伐《き》ること一声
幽鳥相呼起　幽鳥　相呼びて起つ

——唐、皮日休「樵斧」

「林」が「空」だといえば、葉をすべてふるい落とした木々が立ち並んでいるありさまを想像したくなる。ところが、戴叔倫の詩には「米を負うて家に到れば春未だ尽きず」という句もあるので、晩春の候だと知れる。「空林」の木々は、落葉樹とすれば緑の若葉を萌え立たせていなければならない。しかも「空林野寺」という表現は、次の「落日深山」との対句で考えれば、「空林と野寺と」ではなく、「空林」に包まれて「野寺」があるように見える。つまり林の中に寺が見えても「空」

であることにさしつかえはなく、要するに通る者もなくてしんかんとしていれば、「空林」と言えるらしい。

皮日休の例では、季節ははっきりしない。木こりが「空林」の中にはいって、伐木の音を一度響かせれば、奥深く巣くっていた鳥どもが鳴きながら飛び立つことをうたっているだけである。この林は葉が落ちていたかもしれないが、「空」の重点はそこにあるのではなく、人影もなければ物音もせず、静まりかえった林をまず考えるべきであろう。そこに斧の音がして、鳴きさわぎはじめた鳥の声とのコントラストを見なければなるまい。

林からクローズアップして、「空枝」という語がある。

夜来揺落悲　　夜来　揺落《えうらく》悲し
桑棗半空枝　　桑棗《さうそう》　半ば空枝

——唐、鄭谷「揺落」

揺落は秋になって木の葉が落ちることである。ゆうべの風にさそわれて、クワもナツメも、半ばまでは丸坊主の枝、すなわち「空枝」になったことがうたわれている。ところが

遊糸縈故蕊　　遊糸　故蕊《ずい》に縈《まつ》はり
宿葉守空枝　　宿葉　空枝を守る

——唐、王建「山中にて花を惜しむ」

ここの「宿葉」は「宿夜」になっている本もあるので多少問題だが、「宿葉」が正しいとすれば、この「空枝」は丸坊主でない。作者が賞玩したのは花の枝であるから、花が散ってしまえば、いくら葉があっても「空枝」なのである。

ずいぶん廻り道をしてしまった。「空×」という組合せは、探せばまだいくらもあるのだが、この先どれほど続けても、同じ結果の積みかさねとなるであろう。そろそろ本題に返って、「空山」への道を歩き出さなければなるまい。

ここまでの道中でわかったのは、「空」とは「空《から》っぽ」に違いないが、何もかもないがらんどうを意味するとばかりは限らず、何か一つ足りないだけでも、それが本来あるべきもの、重要なものであれば、「空」と言えることである。だから「空山」といっても、草も木もない禿山を考える必要はない。

と言っても、あるべきもの、重要なものが定めにくい場合もあれば、人により状況によって判断が違うこともある。しかし、どんなときにでも共通するのは、何かが欠けたことによって発生する虚《うつ》ろな感じであるといえよう。晩春ならば花の散ったあとの枝が虚ろに感じられ、秋には葉を落とした枝が虚ろに見える。散るものは違っても、空虚な感じだけは一致しているのである。

空虚である以上、そこから淋しいという感情もおこれば、静寂という印象も生ずる。「空閨」は淋しいものであり、「空林」は淋しい場合もあろうが、静寂の方に傾くことが多かろう。しかし、ものごとはどちらか一つと割りきりにくいのであって、淋しさと静寂は矛盾するものではないから、同居させてもいっこうにかまわない。

そこで「空山」には、まずがらんとした空虚感が必要である。そのためには葉の落ちた秋冬の山の方が都合がよい。だから「空山」は私の知る限り、秋山・冬山に使われることが圧倒的に多いのだが、

曙月孤鶯囀　　曙月に孤《こ》鶯《あう》囀《さへづ》り
空山五柳春　　空山に五柳春なり

——王維「沈居士の山居に過《よぎ》りてこれを哭す」

これは明らかに春の山である。友人の死後、その山荘を訪れての作だから、空虚感はひとしお濃い。どれほど木の葉が茂ろうと、「空山」の感じは失われないのである。つまり「空山」の「空」は、見通しがきく枯木立の山の方が感じは出るのだが、それが絶対的な条件とは限らない。鬱蒼と茂った原始林の中にあっても、「空山」は成立するのである。

王維が「五柳春なり」とうたったその「空山」は、「孤鶯」がさえずるぐらいの静かな山だったであろう。だが、「空」の重点はそれよりも、この山中に住んでいた人が今はないむなしさ・淋しさにかけられている。逆に

古木鳴寒鳥　　古木に寒鳥鳴き
空山啼夜猿　　空山に夜猿啼《な》く

――唐、魏徴「述懐」

この「空山」は前に「寒鳥」の語をひかえているから、秋か冬の山に違いない。ただし「夜猿」が啼くからには一面の暗闇で、見通しがきくもきかないも、問題にならぬはずである。そこでこの「空」には、淋しい感じもこめられているであろうが、最も主要なのは静寂であろう。物音一つなく、静まりかえった夜の山中に、猿が啼く。猿の声は昔から旅人の涙をそそるものとされているので、静寂を破るその鳴声が、「馬を駆って関門を出で」た魏徴の胸に、ひとしお深いわびしさと悲壮感とをかきたてたのである。

人に空虚感をあたえ、静寂な、あるいは淋しい山の条件はいくつもあろう。木々の葉が散りつくしたのもその一つだが、それが絶対的な条件とならないことは前に述べた。鳥獣の姿が全く見えないのも「空山」のおもむきに相違あるまいが、鶯が一羽さえずったり、兎が走ったりするぐらいでは、その趣が消えることもなかろう。とすれば、ギリギリに煮つめたところ、「空山」の「空」を失わせる最大の要素は、人間のほかにない。遊山の人がぞろぞろしているのではもちろん「空」といえないし、人家はあってもいいが、人間のいとなみが活発に感じとられるようでも困る。「空山＝人気《ひとけ》のない山」という等式は、こうして成立するのである。

だが「空山」は、人跡未踏の深山幽谷とも限らないので、人間を全く拒否するわけではない。人里近い山のある日ある時、ふと見まわせばあたりに人影もない、といった状況でも「空山」は成立する。

ここで冒頭にたちかえり、「空山人を見ず」と王維がうたったときの「空山」のイメージを描かなければならないのだが、実はもう紙数が尽きた。だが考えてみると、「空山」の中味をこれだけ追いかけたあとでは、多言は無用なのかもしれない。輞川荘《もうせん》の奥深くにあった王維の「空山」は、ここまでに書いたことを道しるべとして、読者がおのおのに訪れるべき場所であろうから。

崑崙

崑崙山南月欲斜　　崑崙《こんろん》山南　月斜《なな》めならんと欲す
胡人向月吹胡笳　　胡人　月に向かひて胡笳《こか》を吹く

——岑参《しんじん》「胡笳の歌」

唐代の名臣として知られ、書道の達人でもあった顔真卿《がんしんけい》が河隴《かろう》の地方へと出張するにあたって作られた有名な七言古詩の一節である。送別詩の常法として、旅だつ人がこれから見るであろう風物・抱くであろう旅愁が思いやられており、この詩では当然、崑崙山をはじめとして楼蘭・天山など西域の地名が点出されるのだが、その地理的関係は必ずしも明確でない。もっとも、見方をかえればこれは一種の辺塞詩ともいえるのであって、唐代の辺塞詩には東北の地名と西北のそれとを一つにうたいこみ、いったいどこの辺塞を詠じたものか、判断に苦しむ場合がすくなくない。それというのも作者が内地にいて、ただ想像だけで辺塞の風物をうたおうとするために、なんでもいいから知識の中にある、そして語感のよい辺塞の地名を用いようとした結果であろう。岑参のこの詩には、さほど大きな地理的矛盾は認められないが、これによって顔真卿の旅程がわかるというほどには、はっきりしていない。

ところで作者岑参は、みずから辺境防衛軍に投じ、楼蘭よりももっと先の、当時の最前線にまで行ったことのある詩人である。だからこの詩も、あるいは作者の現実の体験をふまえて作られているのではないかと想像するのも可能なのだが、それにしては前に書いたとおり、地理的な叙述が明確でない。そこで従来、さまざまな考証が発表されたけれども、最も有力な説は顔真卿が西北へ出張したのは天宝七載（七四八）であり、岑参が河西節度使の幕下にはいって西北の辺塞へとおもむいたのが翌天宝八載とするもので、今のところはまずこれを定説としてよかろう。

そうすると、「胡笳の歌」が作られたのはもちろん天宝七載になるわけで、このときの岑参は、一年たてば自分も顔真卿と同じ道をたどって崑崙山南にかたぶく月かげを見る運命になろうとは、知るよしもなかった。したがってこの詩にうたわれた辺塞の風物は鮮やかなリアリティを帯びているように見えるが、すべては作者の想像力の所産ということになる。その想像力の中で、「崑崙山」

がどのようなイメージをもっていたか。岑参の脳裡に浮かんでいたものは、もはや復原するすべもないのだが、せめてたどれるかぎりは、そのあとをたどってみよう。

だが話の順序として、まず現実の崑崙山について多少の説明を加えておかねばなるまい。現在の中国地理で崑崙山というのは、新疆ウイグル自治区の大きな部分を占めるタクラマカン砂漠（タリム盆地）の南縁に沿って東西に延び、チベットとの境界をなす山脈のことである。ただ、そこに到達するまでの崑崙山は、時代により人により、あちらこちらに移動していた。

漢の武帝のとき、探検隊が黄河の水源をつきとめて帰ったことがあった。それは西域の于闐《うてん》（ホータン）にある山で、山からは多く美玉を産した。使者がその美玉を採集して都へ帰ると、武帝は「古図書を案じ」て、その山を崑崙と命名したという（史記・大宛伝）。

ホータンはタクラマカン砂漠の西南縁にあった国である。だから武帝が命名した崑崙は、たしかに今の崑崙山と一致していたであろう。そして「于闐の玉《ぎょく》」といえば、後世までも美玉として名の響いたものであった。漢の探検隊がそれを採集して帰ったのも、嘘ではあるまい。ただ探検隊は一つだけ、重大な誤りをおかしていた。黄河の水源はホータンにはなかったのである。彼らはたぶん、砂漠の中を旅行するうち、つい別の川を黄河の上流と思いこみ、その水源へとたどり着いたのであろう。

そして、武帝が案じたという「古図書」は、今ではたずねようもないのであるが、「崑崙」の命名には理由があったと考えられる。『禹《う》本紀』という書は夏《か》の禹王が天下の水利を治めたときのことをしるしたと伝えられ、現在では偽書とされているものであるが、『史記』にも引用されているので、武帝時代よりも前から存在していたことはまちがいない。その書物に、

河《か》（黄河）は崑崙より出《い》づ。其の上に澧泉《れいせん》・華池あり。

と書いてあったのである。つまり黄河の水源は崑崙山だという伝説が先行していたわけで、武帝が探検隊の報告にもとづき、ホータンにある山を崑崙と名づけたのは、当然の行為なのであった。しかし残念なことに、探検隊の報告そのものがまちがっていたので、武帝ほどの大帝王の命名にもかかわらず、ホータンにあったという、すなわち現在の崑崙山脈と、黄河の水源としての崑崙山とが、後世までも混乱をおこすこととなった。

　しかも混乱に輪をかけたのは、崑崙山に神秘的な性格をあたえようとする傾向である。中原に住む人々にとって、生活と密接に関係する黄河ほどの大河であれば、その水源が神秘に包まれていると考えたくなるのも、人情の自然であろう。日本でも利根川の水源をたずねて行ったら、岩間に清水の湧き出るところ、不動明王の尊像が安置されてあったという伝説を聞いたことがある。利根川とは比較にならない大河のことだから、黄河の水源についての伝説も、当然にスケールの大きいものとなる。

　黄河のみなもとが大空に通じ、天の川につらなるという伝説は、前に書いた。そこまで想像力を飛翔させずとも、さしあたり常識的に考えられる水源の山を神秘的にしようとする意識がはたらいて、崑崙はいつしか、神々の住む山といわれるようになった。すでに戦国の末期、屈原の「天問」

には「崑崙の県圃《けんぽ》」という語が見えている。この県圃が、神々のいます所とされていたらしい。さらに降って、晋《しん》の張華の『博物志』によれば、崑崙山は一万一千里平方の広さをもち、「神物の集《つど》」うところであり、五色の雲と五色の水とを出す。その水のうち、白いものが東南へと流れ、中国本土にはいって黄河になるのだという。これが崑崙についての叙述の最も典型的な例である。

もっとも、崑崙はあまたの神々が神集《かむつど》いに集いたまう場所であるにしても、この山じたいを守る神がなければなるまい。その神の名は、これもいつしか、西王母《せいおうぼ》とされるようになった。『山海経《せんがいきょう》』の西山経には、西王母の姿を描写して、

其の状は人の如く、豹の尾・虎の歯にして、善《よ》く嘯《うそぶ》く。蓬髪戴勝（おどろの髪にかんざしをつけ）、是れ天の厲および五残（天の災害・刑罰・殺戮）を司《つかさ》どる。

と書いてある。なんとも異形の神であって、黄河の水源を守るには、このようなおどろおどろしい姿がふさわしいと考えられたのであろう。

ところで、話はここから少し脇道へそれるのだが、西王母の変貌について紙数を割かなければならない。まず周王朝第五代の穆《ぼく》王という天子は、たいへんに旅行が好きな人で、八匹の駿馬を駆って天下を周遊したといわれるが、めぐりめぐった末、とうとう崑崙山に到達して、西王母に会ったと『穆天子伝』（これも穆王時代の記録として伝えられたものだが、偽書とされる）に記録されている。このときの西王母がどのような姿をしていたかは記載がないが、ともかく穆王は錦などを手土産にして西王母を訪問し、瑤池《ようち》という池のほとりで酒宴をもよおしたとあり、二人がうたいかわした詩ま

で残されている。いくら穆王が物ずきでも、「豹尾虎歯」の怪物に会いたいとは思わなかったろうし、酒をくみかわして詩まで贈答したとは、常識では考えにくい。どうやらここの西王母は、異形の神の相貌を脱して、まず普通の人間の姿をしていたと見てよさそうである。

しかし西王母が神である以上、普通の人間というだけでは、おもしろくない。そこで「西王母像」は時代が降るにつれ、別の展開を見せはじめた。

さきほどの漢の武帝の事跡をしるしたといいながら、実はやはり後世の偽書とされるものに、『漢武内伝』という書物がある。これには武帝の宮殿に西王母が空から降臨したことが中心に記述してあるが、そのうちの西王母がはじめて姿を現したくだりに、

これを視れば可《およ》そ年は三十許《ばか》り、修短　中を得て（背は高からず低からず）、天姿晻靄《えんあい》、容顔絶世。

とある。西王母という名からは当然に女神が想像されるわけで、年のころ三十ばかりとは、当時としては大年増になるが、これも「母」の文字があるから若い娘とは考えにくかろう。そこで年増の色気をたたえた絶世の美人が作りだされたのであって、こうなればもう豹尾虎歯の怪物はあとかたもなくなってしまった。

時代はさらに降るが、武帝とならぶ有能な、しかも派手ごのみの帝王に、唐の玄宗がある。彼が楊貴妃に「春寒　浴を賜う」た華清池、すなわち驪《り》山に湧く温泉を中心にして建てられた離宮は、もと「温泉宮」という、しごく素朴な名称だったのが、天宝六載（七四七）に華清宮と改名された。「華清」とは道教にゆかりのある語ではあるが、玄宗の胸中にはまた、『禹本紀』にしるされた崑崙

山の華池も連想されていたであろう。その華池が、穆王が西王母と酒をくんだ瑤池と同じものとすれば、楊貴妃の姿はいよいよ『漢武内伝』に見えた西王母のイメージとかさなるわけである。貴妃が玄宗の後宮にはいったのは二十七歳のときで、「年のころ三十ばかり」というには少しく若いが、さほどふさわしくない年齢でもない。

これを裏書きするように、玄宗と楊貴妃が宴遊のおり、勅命をもって作らせた李白の「清平調詞」三首の第一首には、次のような句がある。

若非群玉山頭見　若《も》し群玉山頭に見るに非ずんば
会向瑤台月下逢　会《さだ》めて瑤台月下にて逢はん

楊貴妃の美しさをたたえて、これほどの美人は、群玉山のあたりで見るのでなければ、瑤台に照る月のもとで逢う以外はあるまい、というのである。群玉山はやはり『穆天子伝』に見える山名で、崑崙山の一峰なのかどうか、地理的な関係ははっきりしないが、ここが西王母の住家と考えられたこともあった。そして瑤台は、穆王が西王母と酒宴を開いた瑤池のほとりにあったとされる台である。つまり李白の詩は、楊貴妃になぞらえることのできる美人は、西王母以外にないといっているのであった。

「清平調詞」は玄宗の賞讃を博したが、このとき李白が玄宗側近の高力士という宦官《かんがん》に無礼をはたらいたため、遺恨を抱いた高力士が楊貴妃に李白を讒訴《ざんそ》して、そのために李白は宮廷から追放されたという。これはたぶん伝説であろうが、李白が追放されたのは事実であり、彼の放縦な行為が玄宗側近の人々に不快の念をあたえたこともまた事実らしい。

その高力士の讒訴は、「清平調詞」の第二首に、楊貴妃と比較できるもう一人の美人として漢の趙飛燕《ちょうひえん》をあげてある点にあった。趙飛燕も絶世の美人とされた女性で、漢の成帝の寵を受けたが、実は悪女であり、成帝は飛燕への愛のために精力が枯渇して死んだと伝えられる。そのような女になぞらえたのは楊貴妃を侮辱したしるしだというのが、高力士の言い分だったのである。

同じ讒訴をするなら、高力士はもう一つのこじつけを考えてもよかった。第一首で楊貴妃を西王母になぞらえたのだから、三千の寵愛を一身に受けた美人を「豹尾虎歯」の怪獣に見たてるとはなにごとかと、文句をつけてもよさそうなものである。だが高力士は、そこには目をつけなかった。この伝説（たぶん李白が追放されたあと、巷間に流れたものであろう）が作られた当時の人々の意識には、もはや美人の西王母という観念がしみこんでいたのであろう。

崑崙は遠い遠い西のはての山である。そこからは黄河が流れ出し、美玉が多く埋もれ、そして西王母という神が住む。ここまでは、いつの時代にも一般的な通念だったと見てよい。ただそれが、遠いところだからどんな恐ろしいものが棲んでいるかわからないと考えられていたのを、時代が降るにつれて、むしろ「山の彼方の空遠く」にある仙境——理想境と思われるようになった経過は、はっきりと見てとることができる。

とはいうものの、唐代になっても、いざ現実にその方角へ旅をすることになれば、道中の辛苦や危険を考慮しなければならない。なんとかパックで夢の国へ御招待、などというコマーシャルはなかった昔のことである。帝王ならば、穆王のように駿馬をよりすぐって馳せめぐることもできたし、武帝のように先方から訪問してくれることもあったし、または玄宗のように財力を使って、眼前に崑崙のおもかげを現出させることもできたろう。高級官僚とはいっても一介の臣民が、そこまで僭上の沙汰を望むことはできない。

だから天宝七載、顔真卿は前途への期待というよりも、大きな不安を抱きつつ、河隴《かろう》へと旅だった。見送る岑参の心にも、同じ不安があったに違いない。ただ送別のあいさつとしては、不安をむき出しにしたのでは不親切だし、失礼になろう。そこで詩人は、全体に胡笳の哀調を響かせた一首を作ってはなむけとした。

河隴という地名はかなり広い区域をさしたものであるが、要するに黄河の上流地帯と考えてよい。そして崑崙が黄河の水源である以上、河隴まで行けば、当然に崑崙山が見えるはずだと、岑参は予測した。河隴の風物がどのようであるか、彼は行ったことがないのだから、知るよしもない。黄河の水源が実際にはどこにあるかもわからない。ただ河隴まで行けば、はるかな山なみの中に、たしかに崑崙山があるに違いないと思うのは、当時の地理の知識としてしごく通常である。ここに現代の崑崙山脈を持ちだしたのでは、かえって話が食い違ってしまう。

そこで河隴の崑崙山が見えたとき、美玉を取って来いとか、西王母に会っておいでとか、そそのかすこともできたであろう。しかし王命を帯びて旅だつ顔真卿に対して、それでは不まじめに過ぎる。だから岑参は、わずかに崑崙山南の月かげをのみ点出して見せた。それは李白が瑶台の月のもとに逢うであろうとした美人の華麗なムードとは縁遠いけれども（「清平調詞」が作られたのは「胡笳の歌」より五年前の天宝二載と想定される）、なお若干の甘美な連想をともなうことを許容するものといえよう。そのことが「胡笳の歌」を、「涼秋八月　蕭関の道」に代表される粛殺たる風物を詠じながらも、おそらく胡笳のメロディがそうであったような、いささかの甘さを含んだペーソスを基調とさせることに役立っていると考えられる。

さて、ここまで書けば首尾一貫したように見えるが、実はその先に、別の問題が派生しているのである。唐では今の東南アジア地域から来た人種を崑崙と称し、多くは奴隷として使役されたので、崑崙奴《こんろんど》と呼んだ。彼らはしばしば唐代小説の中に登場するが、今の日本でいう忍者に近い、ふしぎな術や能力を持ったものとして描かれる。崑崙の神秘性はむしろこちらに継承されたともいえようが、黄河水源の崑崙が、どのようにして南海のもっと先にも通用させられたのであろうか。今の私にはまだ説明できないし、納得できる説明を聞いたこともない。崑崙山の全貌は、なお深い雲の中に姿を没しているようである。

海

山の話が続いた次には、つりあい上、海の話をすることにしよう。

ただし海の話となると、われわれ日本人が普通に持っている海の観念を、一応伏せておくことにしてから始めねばならぬ。山にしたところで、中国は火山帯に乏しいから、山相は日本と違うところが多いようである。しかし、どのみち地面が盛りあがって、高くなっていることに変わりはない。それが海の場合は、地面が低くなって、塩からい水がたまっている、というだけではすまされない点がある。この地形を「海」という言葉で表現したとき、日・中二つの民族が描いたイメージには、大きな差があった。それは何よりも、「四面海もて囲《かこ》まれし」島国に育った民族と、茫漠たる大陸に生きた人々との差から生まれたものである。

漢の劉熙《りゅうき》の『釈名《しゃくみょう》』という本がある。字書の一つといってよかろうが、さまざまな言葉について、その語源を説明することを主目的とする。そして「海」の項には、次のように書かれている。

海は晦《くわい》なり、穢濁《わいだく》を承《う》くることを主《つかさど》り、其の色黒くして晦《くら》ければなり。（一本には「黒きこと晦の如ければなり」とする）

つまり海は、多くの川から流れこむきたないものを引きうけるために、黒くて晦い色をしている。だから海といわれるようになったのだ、というのである。

『釈名』の説明は、古いだけにいろいろと参考になる点もあるが、一方ではこじつけも多くて、そのまま信用はできぬものとされている。海は晦なりという説も、どこまで信じてよいかは、わからない。ただ、語源の研究は当面の目的ではないので、海とは晦いものという通念が存在したことだけを確認しておけば、次に進むことができる。

劉熙によれば、海とは河川の流すよごれものを一手に引きうける、ごみためのようなものである。はからずも現今の公害問題を予言したように見えるが、その昔に工場地帯があったわけではなし、かれの言う「汚穢」とは、濁った水のことを考えたのであろう。黄河はもちろん濁流だし、揚子江にしても、海にそそぐあたりは、いくら昔でもやはり濁っていたろう。

とはいうものの、そのために海全体が黒くて晦いとは、ちと誇張が過ぎた。劉熙はほんとうに、海を見たことがあったのだろうか。かれの伝記は、さほど詳しくはわからないのだが、北海の人だという。昔の中国人の場合、どこそこの人とあるのは、すべて籍貫、すなわちその家の出た土地をさす。われわれの生活にあてはめれば本籍地というところだが、それを選択し決定する自由はないのであって、原則として祖先の発祥地に固定される。だから、籍貫の地名と生誕の地もしくは居住地とは、必ずしも一致しない。たとえば唐の韓愈は昌黎《しょうれい》（河北省）の人とみずからも名のり、韓昌黎先生ともよばれるのだが、おそらく生涯、昌黎の土を踏んだことは一度もなかった。

そこで劉煕が北海の人というのも、北海に住んでいたことを保証するものではないが、かりに先祖代々の家や土地が北海にあり、そこで育ったか、たまにはそこへ帰郷したこともあったとすると、北海というのは今の山東半島のつけ根のあたりの、北部の地方なのである。海にはきわめて近い。黄河の河道は、当時は今よりももっと北をまわっていたが、海へと流しこむ黄土の色は、山東半島北部の海面にも影響していたかもしれない。それにしても黒とは、どうも考えにくい色である。あるいは日本でいう黒潮を、向こうでも黒と感じたのかとも思うが、この辺になるともう、空想に近くなってしまう。ともかく、絶対に確実なのは、劉煕の言うような海は、夏になったら海水浴に行こうと考える人間の頭にある海とは全く別のものだ、ということである。

「釈名」の海については、吉川幸次郎博士に「森と海」という論文がある。それによれば、中国の文化は中原《ちゅうげん》という内陸部から発生し、拡大された。従って海は、文化から最も遠い距離にある。そこで「晦い」という意識が生じた。ただしそれは、魔性のものの跳梁する、暗黒の世界という意味ではない。原始信仰の時代には、あるいはそのような考え方があったかもしれないが、すくなくとも文献が残る程度の時代からのちの中国人が、海は晦いと考えたのは、単に物理的な黒さか、または無智蒙昧《もうまい》の地という意味においてであった。空想的な非合理の世界を想定する習慣は、中国人の間には、成育しにくかったのである。

その通りだと私も思うのだが、博士の所説の後半の方は、これから書くことと直接の関係はない。さしあたって必要なのは、海は文化から最も遠い場所だという点であって、これは重要な指摘である。日本人が飛鳥・奈良・京都と、山間の平地を選んで都を占めたのは、どのような理由によるものか、無学なことだが、私は知らない。ただ、それらのモデルとなった中国の都は、明らかに内陸の平野部にあった。長安も洛陽・北京も、魏の都の鄴《ぎょう》、北宋の都の汴京《べんけい》(開封)も、すべてそうである。南京も揚子江に面し、舟運の便はあるが、海岸ではない。わずかに南宋の都となった臨安(杭州)が銭塘江《せんとう》の河口にあるのを、例外とする程度であろう。上海や香港のような海港が栄えたのは、ずっと後世のことであった。

日本の場合は、文化は海岸地帯から山地へ向けて進んだと、考えてよかろう。だから山国が未開の地方だなどと言えば、現在もそこに住んでいる人たちから怒られそうなので、言い方に気をつけなければならないのだが、ともかく昔から、日本の大都会は、海岸に多い。都は内陸にあっても、武将が幕府を開くとなると、鎌倉や江戸のように、海岸の町が選ばれる。どうも日本人にとって、海とは「晦い」どころか、ゆたかな恵みを与える、明るく好ましい場所と意識されて来たらしいのである。

ところで中国人の考えた海は、厳密にいうと、二つに分類できる。かりにそれを、観念的な海・現実の海と言い分けることにしよう。後者は、説明するまでもあるまい。前者は、中国人の宇宙観にかかわる。

原始の民族ならば、どこでも同じようなものであろうが、上古の中国人は、自分たちの住む大陸の果ては大きな海になっていると考えた。つまり中国大陸は、無辺際にひろがる大海の中に浮かんでいるのである。全世界を「四海の内《うち》」、すなわち四方をとりまく海の内側と呼んだのは、この考えにもとづいている。

これは全く、頭の中で作りあげられた海の観念であった。海など一度も見たことのない連中が、寄ってたかって、四海というものを作りあげたのである。日本の山村でも、生涯海を見る機会を持たずに終わる人があろう。昔ならば、なおさら多かったに違いない。そして中国大陸は、もちろん、はるかに広い。海までの距離は遠いし、第一、海は辺土なのだから、わざわざ出かける必要もおこるまい。昔の中国には、海を見たことのない人口が、圧倒的に多かったと考えてよかろう。そうした人たちが、伝聞をもとにして、四海のイメージを作った。劉熙が海を晦いと言ったのは、あるいは実地の体験にもとづいたかもしれないが、中原に住む人々が『釈名』を読んで、なるほど海は晦いものかと知ったときには、その人の頭に描かれる晦さは、もっと抽象的なものになるのが道理である。

もっとも、海を晦いものとしたのは、劉熙の創見ではなかった。同じ考えは、さらに古い文献にも見える。たとえば『荘子』逍遙遊の、あの有名な書きおこしの一節は、

北冥に魚有り、其の名を鯤《こん》と為す。鯤の大いさ、其の幾千里なるを知らざるなり。化して鳥と為る。其の名を鵬《ほう》と為す。……是《こ》の鳥や、海運《うご》けば則ち将に南冥に徙《うつ》らんとす。南冥は天池なり。……

古来の注釈によれば、北冥は北方の、南冥は南方の、海である。すなわち四海のうちの二つであった。そして海は、冥と言いかえられている。冥は「冥土」ともいうように、本来、幽暗の意である。ここにも、海をくらいものと見る例証があった。

後世では、水に関係したものだからサンズイをつけて、北溟などと書く。それにしても、くらい意味に変わりはない。また、海のことを滄溟とも言い、漢和辞典を見ると「あおうなばら」と解釈している。それで誤りはないのだが、二つの言葉の持つニュアンスには、いささかの相違があろう。あおうなばらと言うとき、われわれ日本人は、日ねもすのたりのたりとした、明るい海を想像する。ところが滄溟の滄は、本来は「つめたい」という意味である。「滄熱」という言葉があり、気候の寒暖を意味する。「蒼」と同音で、たがいに通用するところから、「あをし」という和訓も生じたわけだが、この蒼もまた、あおうなばらの青い色とは、少しく色調が違う。「蒼茫として暮れ行く」などという表現があるように、たそがれどきの青とも灰色ともつかぬうすぐらい色、あれが蒼である。見る人に冷たい印象を与えるから、蒼＝滄という等式が成立する。つまり滄溟とは、ひえびえとした、くらい色の水をたたえた海ということになる。あおうなばらの語感とは、どう見てもつりあいがとれない。

荘周という思想家は、あまりに多くの伝説に包まれた、えたいの知れない人物である。しかし、たぶん海を見たことはなかろう。蒙県の人というから、今の河南省商丘のあたりで、海には遠い。もちろん南冥や北冥がどの辺にあって、どんな様子をしているものか、荘周にたずねたところで、知っているはずはなかろう。かれの頭にあったのは、宇宙のはて、太陽の光も及ばぬ暗黒の地に、まんまんとたたえられた水であった。そのような場所だから、鯤などという、とほうもない魚も住むであろう。それが、鳥に化ける。その鳥は宇宙の北端から南端まで、人間の思惟を絶した大旅行を試みる。逍遙遊、すなわち、『荘子』全書の第一におかれた一篇の冒頭において、荘周は、人間が考え得る限り最も壮大なスケールの空想を描いて見せたのである。

孔子もまた、海について語ったことがある。

子曰く、道行《おこな》はれずんば、桴《いかだ》に乗りて海に浮ばん。（論語・公冶長）

孔子は別に、海とはどのようなものだとも言っていない。しかし、以上の諸例から見るときは、孔子の脳裡にあった海のイメージも、ほぼ類推することができよう。

もっとも孔子は、魯《ろ》の人である。生地の曲阜《きょくふ》は、内陸には違いないが、洛陽あたりにくらべれば、ずっと海に近い。海岸の住民と会って、海とはどんなものか、聞いたことがあったかもしれないのである。ただし孔子自身が海を見たかどうか、これはたぶん、大変めんどうな考証を必要とするであろうし、わかったところであまり役に立たないことだから、研究した人もない。

だがともかく、孔子は海が好きだったという証拠は、どこにもなかろう。「知者は水を楽しみ、仁者は山を楽しむ」と言ってはいるが、その水とは川のことであって、海ではない。だから孔子もまた、海とはくらいものと考えていたと見て、大した誤りはなさそうである。

とすれば、桴に乗って海に浮かぼうとは、これはなみなみならぬ決意の表現である。「わたの原八十島かけて漕ぎ出でぬと」といった、風雅な話ではない。人類の文化に対して強い情熱を抱き続けた孔子が、ついに文化の光の及ばぬ、暗黒の世界へ去ろうかと考えた。この言葉に含まれたかれの暗い絶望を、われわれは感じとるべきであろう。

また、孟子も斉の宣王に説いた中で言った。

泰山を挾《さしはさ》んで、以て北海を超《こ》ゆ。人に語りて曰く、我能《あた》はずと。是れ誠に能はざるなり。

（梁恵王上）

泰山は、孟子も天下を周遊した人だから、見たことがあったかもしれない。しかし北海は、むろん想像上の存在である。想像の北海は、宇宙の北のはてに、無限にひろがる。泰山を小わきにかかえなくても、跳び越えられるはずがない。これを聞いた斉の宣王にしても、海を見てはいなかったろうが、かれのイメージにある北海を思い浮かべて、なるほどできない相談だと、得心したことであろう。

ここまで、孔孟も荘子も、現実の「あおうなばら」を頭において、海と言ったのではなかった。そしてかれらの言葉を聞き、または著書を読むのも、文化の進んだ地域の人々である以上、やはり内陸の住人に限られた。その人々はまた、自分たちの持ちあわせる観念的な海の映像を使って、聖賢の言う海を理解した。その間に少しの違和感も生じなかったのは、あたりまえのことである。

ところが、たぶん戦国時代も末近くなってから、現実の海が少しずつ問題になりはじめた。それは特に山東半島の沿岸地帯、四海の分類で言えば、東海に属する。しかしこの話をする前に、一応、現実の四海を説明しておこう。

東海と南海は、問題があるまい。実際に、そこに海があるのだから。めんどうなのは北海と西海である。上古の中国人がいくら努力したところで、北や西へと進んだ末、海の見える地点まで到達できるはずがなかった。それにもかかわらず、やはり海はなければならない。さきに劉熙が北海の人だといった、その北海は郡の名であって、河北省の地方は夷狄《いてき》の住むところだった昔では、山東半島の北岸といえば中国本土のほぼ北縁を示すから、この名を得たのであろう。四海の一である北海は、もっと遠くになければならぬ。

時代が降って漢の武帝のころ、蘇武《そぶ》という人が北方の匈奴《きょうど》へ使者に立ち、そのまま抑留されてさまざまな辛苦を経たあげく、ようやく漢へと帰った、有名な事件がある。そのとき、『漢書』の蘇武伝によれば、匈奴はかれを北海のほとりに連れて行き、羊を飼わせたという。

孟子・荘子以来、音にきこえた北海を眼《ま》のあたりに見た中国人は、蘇武を最初とするかもしれない。ただしその北海とは、どこかの湖であって、北極海ではない。バイカル湖のことだという説もあるが、そうだとすれば、西暦紀元の始まる前、すでに一人の流刑者が、バイカル湖のほとりにあてもなくさまよう姿を見せていたのである。

また『史記』大宛《だいえん》伝は、やはり武帝のころに西方を探検して帰った張騫《ちょうけん》の報告を資料とするが、それには西方に条支《じょうし》という国があり、「西海に臨む」そうだ、と見えている。条支はアレクサンダーの帝国が崩壊したあと、メソポタミアのあたりにできた国であった。それが臨む西海とは、地中海か、またはペルシア湾ということになろう。

ただし、このくらいの遠方になると、いくら宇宙のはてだと言っても、あまりに遠すぎる。普通に中国人が西海と呼んだのは、今の青海省にある青海、土俗の名ではココノール湖であったらしい。これにしても北海にしても、辺地には海があるはずと思っているから、大きな湖に出会えば、すなわち四海の一つと見立ててしまう。淡水も鹹水も区別がないのは、ほんものの海の水をなめたことがないのだから、しかたがなかろう。

そこで、さきほど問題がないと書いたが、別の意味でいろいろと問題を含む東海にもどろう。これは上古の中国人にとって最も接触しやすい海であった。とは言っても、揚子江下流の沿海地方は呉・越の国で、まだ文化の及ばぬところと考えられていたから、接触の範囲からは省かれる。それより以南は、なおさらのことである。したがって東海に接する地域もおのずから限定され、ほぼ現在の山東省の沿海部ということになる。

現在の山東省といえば、昔の斉・魯の国である。ここに、方士と呼ばれる職業が発達した。

方士の定義は、専門的にはなかなかむずかしい。だが、この職業が職業として成立するのは、要するにかれらが神秘の世界に関する知識を持ち、そこへ往来するすべを心得ているからであった。神秘の世界とは神仙の住む国であり、時にはそれが死者の霊魂の住居と共通して考えられることもある。前者の場合、その国を訪れることができれば、または神仙と会う機会を持てば、不老不死の薬を授かる望みがある。後者の場合は、死者の霊魂をもう一度この世へと、呼びもどすことができる。いずれにしても、方士は神秘の世界と人間世界との間を取り持つ、媒介者の機能を持っていた。

紀元前二一九年、秦の始皇帝は東方巡幸の旅に出て、山東半島南部の海岸にそびえる瑯邪《ろうや》の山に登り、東海を眺望した。次いで武城侯王離らの重臣と「海上に議した」（史記・始皇本紀）というから、中国史上初めて、海上（とは、つまり海浜のことである）で閣議が開かれたわけである。

このとき、『史記』によれば、斉の方士徐市《じょふつ》らが建白書を呈出した。その内容は、

海中に三神山有り。名づけて蓬萊《ほうらい》・方丈・瀛《えい》洲と曰《い》ふ。僊（仙に同じ）人これに居る。請《こ》ふらくは斎戒して童男女とこれを求むることを得ん。

天下に一つとしてはばかるもののない始皇帝にとって、最後に残された恐怖は、「死」であった。人間である以上は避けることのできないこの運命に対し、帝王の権力を使い果たしてでも挑戦しようと、始皇帝は決意する。そのためには、ぜひとも神仙の住む国を発見して、不老不死の薬を授からねばならぬ。

秦といえば今の陝西《せんせい》省、黄河と渭《い》水とに囲まれた山国である。そこから出て来た始皇帝は、瑯邪の頂から渺茫と果てしのない東海を望んで、その神秘に魅入られてしまったのだ。こうして、万里の長城を築いたのに劣らぬエネルギーを投入しつつ、壮大な海上作戦が展開される。

始皇帝はまず徐市に命じて、童男童女数千人を引き連れ、仙人を求めに出発させた。数千人の文字に懸値《かけね》はあろうが、ともかく相当の船団を組んで出航したことに、疑いはない。しかも船団は、

一つだけではなかった。『史記』封禅書は同じ事実を記録しながら、「船、海中に交《まじは》る」と表現している。

伝説によれば、徐市の船は東へ東へと進んで、一つの島にたどり着いた。目ざす蓬萊ではなかったが、いまさら中国へ引き返すわけにもゆかない。数千の童男童女は思い思いに夫婦となって、風光明媚なこの島に住みついた。島とはすなわち、日本国であったという。

だから日本人の祖先は、秦の始皇帝治下の人民だったのだという説をとなえる中国の学者があった。日本人の中にも、これに同調する人があったとみえる。いま和歌山県新宮の付近に、徐福（徐市は、別の文献ではこのようにも書かれている）の墓と称するものがあるそうだが、私はまだ見ていないので、たしかなことは知らない。そして徐福の船が着いたのは、紀州の熊野浦だったという説も伝えられていると聞く。

日本まで行ってしまえば住みごこちもよかろうが、当時の航海術では、そこまでは期待しがたい。ふたたび『史記』の記録によれば、徐市の船団をはじめとして、すべての船が手ぶらで舞いもどって来た。そして待ちかねた始皇帝に、どうも風向きが悪くて神山には着けませんでした、でも神山を見ることはできました、と報告した。

方士の中にも、まじめに神山を捜そうとしていた者はあったかもしれない。だがどうやら、多くは始皇帝を食い物にして、ここでひとかせぎしようとたくらむ連中だったとみえる。神山は見つかりませんと言ってしまったのでは、元も子もない話になるから、一応はあることにしておいて、始皇帝の欲求をいっそうそそりたてたのである。むろん、一度の失敗ぐらいで引き下がる皇帝ではない。額に青筋を立てて、どうあっても神山に到達せよと、莫大な探検費が追加交付されることは、十分計算にはいっていたであろう。

すべては方士たちの思わく通りに運んだのだが、そもそもが存在しないものを捜すのだから、しまいには言いわけの種が尽きてくる。それに相手は気の短い独裁君主である。巨額の国費を使いながら失敗を重ねるふとどき者と、いつ怒り出すかもしれない。何か決定的な弁解が必要である。

それならば、なるべく見なれない草根木皮を集めて煎薬にでもしたうえ、不死の薬を授かって来ましたとうそをつけばよさそうなものだが、さすがに方士たちも、そこまで「非良心的」なことはできなかったらしい。かれらは始皇帝の前へ出て、このように報告した。——蓬萊山に着くことは可能なのですが、いつも大きな「鮫魚《こうぎょ》」がじゃまをするので、着けませぬ。弓の上手を船に同乗させ、鮫魚が出たら「連弩《ど》」（連発式になっている石弓）で退治するよう、御高配を願います。

どういう偶然か、このころ、始皇帝は海神とけんかをした夢を見た。よしというので、船団には大きな網を持たせ、皇帝みずからは連弩を携えて、陸上から射撃する作戦を採った。そして瑯邪から海岸伝いに東北へと進んだが、鮫魚なるものはいっこうに見あたらない。とうとう山東半島の突端を回って、芝罘《チーフー》まで来たとき、やっと大きな魚を見かけたので一匹を射殺した。さだめし溜飲を下げたことであろうが、それから西へと引き上げる途中で、始皇帝は病気にかかり、そのまま死んでしまった。

こうして始皇帝の悲願はむなしく裏切られたわけだが、東海に神山があるという記憶だけは、後世まで残った。それは万里の長城と並んで、この英雄天子のモニュメントであったと言えるかもしれない。

だから、およそ千年を隔てた唐の白居易ともなれば、神山の伝説をどこまで信用していたかは知らないが、「長恨歌」を作るにあたっては、この古い記憶をよみがえらせた。

忽聞海上有仙山　　忽ち聞く　海上に仙山有るを
山在虚無縹緲間　　山は虚無縹緲《へうべう》の間《かん》に在り
楼閣玲瓏五雲起　　楼閣玲瓏《れいろう》として五雲起り
其中綽約多仙子　　其の中《うち》綽約《しやくやく》として仙子《せんし》多し

亡き楊貴妃を慕う玄宗の情に感じて、方士が貴妃の霊魂を捜し求める一節である。霊魂はすでに俗界を遠く隔たって、仙山の楼閣に住居していたのであった。

また、盛唐の王維には、「秘書晁《てう》監の日本国へ還るを送る」と題する、五言六韻の長律がある。晁監とはすなわち、「三笠の山に出でし月かも」とうたった日本人阿部仲麿であって、遣唐使に従って中国へ渡ったまま、名も中国風に晁衡《ちようこう》と改め、秘書監の職についていた。外国人ながら文才を認められて、王維や李白とも交際があったのだが、あるとき思い立って、故国へ帰ろうとした。この旅は残念ながら、大風にあって漂流する結果に終わり、仲麿はふたたび中国にもどって生涯を送ることとなったのだが、その船出にあたって王維からはなむけに贈られたのが、この詩である。

詩中の一節に、王維はうたう。

向国惟看日　国に向っては惟《ただ》日を看《み》
帰帆但信風　帰帆は但《ただ》風に信《まか》すのみ
鰲身映天黒　鰲身《がうしん》天に映じて黒く
魚眼射波紅　魚眼　波を射て紅《くれなゐ》なり

万里の波濤を越えて日本へと帰る旅の危うさ、おそろしさを、王維は想像によって描き出した。鰲とは大海亀であって、それが波間に姿を現わすとき、空をも隠さんばかりに黒々とそびえ立ち、また、魚の眼光がらんらんと光って波を射るときは、海面も紅に染まるだろうというのである。こう表現したときの王維の胸中には、たぶん、始皇帝が射たという大魚のおもかげが想起されていたであろう。輞川《もうせん》の山荘にあっては「鹿柴」「竹里館」など、あれほどに静澄な自然を描き出したかれが、東方の海洋となれば、このようにすさまじいイメージをいだいていたのである。

王維も白居易も、内陸の出身である。現実の海は、おそらく見たことがあるまい。だから王維のように、海の詩を作らねばならないとなると、伝統的な海の観念を足場にして、そこから自分のイメージを発展させるのが通常であった。

しかし、中原の地帯のみが文化の中心であった時代は、とうの昔に過ぎ去っていた。と言うよりも、文化の中心はむしろ揚子江下流域、いわゆる江南の地方に移っていたのである。

三一六年、晋王朝は北方の異民族に滅ぼされたが、やがて皇族の司馬睿《しばえい》が江南に即位し、晋朝の継続を宣言した。これが東晋王朝であり、以後は宋・斉・梁・陳と、漢民族の王朝はすべて建業(今の南京)に都して、中国の南半を占有することとなった。この時期を通じて江南の開発は進み、文化もまたここに中心を移すこととなったのである。そのあと、隋・唐・宋・元・明・清の諸王朝は、宋の後半と明の一時期を除き、すべて北方に都をおいたが、文化の中心は依然として江南にあった。江南は文学の淵藪《えんそう》ということばができたほど、著名な学者・文人には、江蘇・浙江両省の出身者が多い。

だから、試みに『唐詩選』を繰ってみると、「海」という文字に何度か出会うのだが、それが東海をさす場合は、ほとんど全部が江蘇・浙江の海を意識している。二、三の例をあげてみよう。

春江潮水連海平　　春江の潮水　海に連《つら》なって平らかなり
海上明月共潮生　　海上の明月　潮《うしほ》と共に生ず

――張若虚「春江花月の夜」

海日生残夜
江春入旧年

海日　残夜に生じ
江春　旧年に入る

——王湾「北固山下に次《やど》る」

海色晴看雨
江声夜聴潮

海色　晴れて雨を看《み》
江声　夜《よ》ょに潮を聴く

——祖詠「江南旅情」

こう並べてみれば、誰でも気のつくことであろうが、詩人たちは海原のたたずまいを「われて砕けて裂けて散るかも」といった調子ではながめていない。かれらがうたう海は、青一色に続く遠望か、あるいは、日月の生まれ出るところとしか意識されなかった。日ねもすのたりのたりとした海を見あかしたり、または泣きぬれて蟹と戯れたりするような抒情は、唐詩の世界の中にはついに含まれることがなかったのである。山ならば、李白が「相看《あひみ》て両《ふた》つながら厭《いと》はざるは／只《ただ》敬亭山有るのみ」(独り敬亭山に坐す)とうたったように、詩人と自然との、このうえもなく深い魂の交流が見られるにもかかわらず。

ところで、もう一つの現実の海である南海は、唐詩の段階においては、さらにはるかな辺地であった。広東・広西から北ベトナムの沿海部といえば、いわゆる「南方瘴癘《しょうれい》の地」であって、どだい人間の住む土地ではない。

楼台重蜃気　楼台　蜃気《しんき》を重ね
邑里雑鮫人　邑里《いふり》　鮫人《かうじん》を雑《まじ》ふ

——岑参《しんじん》「張子の南海に尉たるを送る」

岑参という詩人は、西北の辺塞には詳しいが、南海は見たこともない。この二句はまったく想像によるものだが、かれの想像の南海には、蜃気楼などという妖《あや》しいものが立ちのぼり（そういえば、山東半島も蜃気楼の名所である。蓬萊の島も、もとは蜃気楼であったという説がある）、村里には鮫人という奇妙なものが歩いていた。鮫人とは南海中に住む人間で、まず人魚のようなものだと思えばよい。いつも水中で機《はた》を織り、ときには人里へ売りに来る。織物は鮫綃《こうしょう》と呼ばれて珍重される。また、月の夜には、海面に姿を現わして涙を流す。その涙が海中に落ちると、真珠になるのだという。

こんな異形の者の住む南海でも、普天の下にあるかぎりは王命を帯びて赴任する地方官がなければならない。岑参に送られた張子は、貧に迫られてやむをえず仕官したらしいが、ほかにも著名な詩人が南海を訪れることはあった。菅原道真が太宰権帥にされたと同様、流謫の刑に処せられた場合である。たとえば韓愈は潮州に流され、杜甫の祖父の杜審言も北ベトナムへ配流のうきめにあった。また、初唐四傑の一人に数えられる王勃は、交趾《コーチ》に流された父を尋ねに行く途中、南海を渡る船から落ちて死んだ。しかし、これらの詩人のいずれもが、南海の風光に関しては、見るべき作品を残していない。

宋以後の詩人になると、さすがに海との接触は、いくらか増すように見える。ことに南宋の陸游が福建省の地方官に在任中、海上へ船をこぎ出して「航海」などの詩を作ったのは著しい例といえよう。だがそれにしても、海という自然は、中国の詩人にとって、山ほどには親密な感情をいだきうる対象でなかった。

私はこの夏、房州の海岸へ泳ぎに行った。そして水平線を望みながら考えた。この水がテームズ川まで続くと昔の人は言ったが、もっと手近なところで、黄河にも揚子江にも続いている。しかし、そのあたりまで行くと、この海は暗く親しみがたいものに変わってしまう。それは海の向こうに栄える文化を吸収していた民族と、神仙の住む島ぐらいしか想像し得なかった民族との差に違いない。現在でもまた、同じ夏の陽光の下で、人民中国の人たちも海水浴を楽しんでいるかどうか。なんとかスタイルの女性が浜をねり歩き、色めがねの青年がウクレレをかき鳴らす風俗は、むろんかの地で見られようはずもないが、海に寄せる歓喜、この一点がわれわれほど多くの人間の心を占めていないとすれば、それはもう、世界観の差でかたづく問題ではあるまい。

草木

蓮池水禽図（宋代。東京国立博物館所蔵）

蓮

宋の周敦頤《とんい》、字《あざな》は茂叔《もしゆく》、濂《れん》渓先生と号した学者は、天地生成の原理を説きあかした『太極図説』という本を書き、宇宙の根源は「無極にして太極」だという、聞いただけで頭が痛くなるような名言を吐いた。さだめし気むずかしい哲学者だろうと思いたくなるのが人情だが、実はそうでない。えらい人はやはり違ったもので、哲学的思考の範疇では寸毫の妥協も許さぬ、きびしい態度を示したが、そこから一歩出れば、ずいぶんと話のわかる、イキな先生だったらしい。詩人の黄山谷も、「茂叔の胸中洒落《しやらく》たる（さっぱりしている）こと、光風霽《せい》月のごとし」と評した。日本で「洒落《しやれ》たやつだ」などというのは、ほんとうはここから出たのだという人もあるが、この点については、真偽のほどは保証しかねる。

その周濂渓先生が、「愛蓮の説」という一文を書いた。先生としてはほんの筆のすさびで、今なら新聞のカコミにのる程度のものである。文章じたいは天下の名文というほどのものでもないが、なかなか気のきいたことを言っているし、適当に短く、むずかしい字もすくないので、漢文の教科書にはよく採用される。濂渓先生が生きていたら、わしの畢生の力作である『太極図説』ではなく、雑文によって後世に名をとどめることになるのかと、慨嘆することであろう。しかし、末世となればそれも致しかたのないことだし、素粒子とやらいうものが幅をきかす時代となっては、さしも先生が心魂を傾けて考えだした天地生成の原理も、いささか色あせて見えるのはやむを得ない。この際、先生にはひとまずご辛抱を願っておこう。

ところで、「愛蓮の説」の趣意は、次のごとくである。花の好みにもいろいろあるが、世間でいちばん好まれるのは、牡丹《ぼたん》の花である。これに対して、陶淵明は菊を愛した。そして自分は、蓮が好きだ。蓮というものは、泥沼の中から生え出るけれども泥に染まらず、清い水に洗われて咲くが、妙な色気は持たない。茎は曲がりもせずひねくれもせず、よそのものに捲きつくような蔓《つる》もなければ、枝が分かれて、あらぬかたへ伸びてゆくこともない。しかも茎の中は空洞で、胸に一物といった陰険さを感じさせない。花の香は遠くに伝わるほど冴え、岸辺に立ってながめることはできるけれども、そばへ寄って頬ずりするような、俗な愛しかたはできない。つまり蓮は、花の中の君子といえよう。それにくらべれば、菊の高雅さは隠者とよぶにふさわしく、牡丹の豊麗は、富貴の人に見たてられる。だが、陶淵明以後、菊を愛した人はあまり聞かないし、蓮が好きな同志の士も、いくらもあるまい。牡丹を愛する俗人は、ごもっともなことに、しごく多い。

茂叔の「光風霽月」の心意気を示した、まことに「君子」の文章であり、結びは富貴に走る当世の士に向けて、ちょっぴりワサビがきかせてある。うまく書いたものだ。——と感心しているだけでは、話がそれきりになってしまう。こちらはどうせ君子ではないから、少々ひねくれて、この文章の裏にまわって考えることにしよう。

茂叔は「蓮をこれ愛するは、予と同じき者何人ぞ」(自分と同様に蓮の好きな人は、何人あるだろうか)と言って、世人に君子の風を好む者がすくないことを嘆いた。たしかに、富貴よりも君子のほうが好きだなどという変わり者が稀であることは、挙世滔々として今日に至るまでご同様だが、蓮の好きな人間は、中国史上に決して乏しくはない。ただ、茂叔のような愛しかたをしなかっただけのことである。「愛蓮の説」だけを読むと、あまり世に認められない蓮の花のために義憤を感じて、大いに弁じてみせたものと受け取られそうだが、蓮の花を鑑賞する風潮は、実はかなりの拡がりを持っていた。茂叔の時代には、あるいはそれが衰退していたかもしれないが、歴史をたどれば、その名残りはいくらでも発見できる。

茂叔ほどの学者が、それを知らなかったはずがない。百も承知のうえで、彼は蓮を愛する伝統を無視してみせた。君子として蓮を愛さなければ、蓮を愛したことにならないのだ、というのが彼の言いたいところで、これはつまり、蓮の美の再発見ということになる。この独創的見解を、気負って書こうとすれば書けるはずなのに、いかにもさりげなく、さらりと書き流しているのだから、濂渓先生も人がわるい。「予と同じき者何人ぞ」の一句を書いたとき、先生はちょっと筆をおいて、ニヤリとしたのではなかったか。

そこで蓮の愛しかただが、茂叔の時代にも確実に存在したと思われるのは、言うまでもなく、仏教信者のそれである。もっとも仏教でなぜ蓮を尊ぶのか、私は知らないし、どのみち極楽浄土の蓮のうてなに坐る身分には、なれそうにもない。だから、仏法が弘通する以前の中国の蓮、あるいはなるべく仏教とは関係のなさそうな蓮に問題を限って、考えてみることにしよう。

さて、話の初めに、蓮の名称について、いちおう説明しておかなければならない。「蓮」というのは、実はこの植物の俗称で、中国では通常、違う呼びかたをしていたからである。

儒家で経書に準ずる書物としているものの中に、『爾雅《じが》』という本がある。誰が書いたのかはわからないが、もっぱら言葉の説明がしてあって、ごく古い時代の辞書の一種と考えてよい。その本の中に、次のような一節がある。

「荷」、「芙蕖《ふきょ》」、その茎は「茄《か》」、その葉は「蕸《か》」、その本（茎の下部）は「蔤《みつ》」、その花は「菡萏《かんだん》」、その実は「蓮」、その根は「藕《ぐう》」、その中（「蓮」の中にあるもの）は「的」、的の中は「薏《い》」。

つまり、日本でハスという植物の中国での正式な名称は、「荷」または「芙蕖」である。これにもう一つ、『爾雅』には出ていないが、「芙蓉《ふよう》」という名称もあって、中国の文献にハスが出てくる場合は、この三種の名のどれかで呼ばれることが、最も多い。「蓮」というのはハスの部分の名で、実（といっても、あとの文章から考えると、ハスの花の子房の部分であり、花が落ちたあとに幾つかの実を入れているものの名称らしい）のことをいい、それが周敦頤のころには、ハス全体の名称に拡大されていたわけである。

『爾雅』にはさまざまな草木の名が挙げられているが、部分の名称に至るまで、これだけこまかく説明がついているものはすくない。たぶん大多数の植物は、茎や葉や花に至るまで、独立した名前はつけられていなかったのであろう。ということは、ハスが古代の中国人にとって、特に親しい関係にあったことを示すはずである。彼らが日常生活の中で、ハスの実や根に至るまでの部分に特別な注意をはらっていなければ、わざわざ名前をつけるにはおよばないのだから。

しかし古代の中国人が、濁りに染まぬハスの美を愛する風流な心だけで、この植物に対していたとは思えない。両者の間には、もっと実用的な関係が結ばれていたと考えるべきであろう。そう考えれば、問題は簡単になる。ハスは根も実も食べられる。日本でも、ハスの根の食べられる部分には、特にレンコンという名称があたえられている。中国人がハスの部分ごとに名をつけたのも、当然だったのである。

古代の中国人たちは、岸辺に立ってハスの花の美しさを賞でるのではなく、食べるために、泥沼の中へ足をふみこんだ。もしくは、舟をこいで行った。ことに江南の水郷では、自分が食べるだけではなく、商売とすることもあったらしい。いま、漢代の民謡（専門の用語でいえば楽府《がふ》）の中から、「江南」と題された一曲を挙げよう。

江南可採蓮　　江南　蓮を採る可《べ》し
蓮葉何田田　　蓮葉　何ぞ田田《でん》たる（なんとよく茂っていることよ）
魚戯蓮葉間　　魚　蓮葉の間に戯《たはむ》る
魚戯蓮葉東　　魚は戯る　蓮葉の東

魚戯蓮葉西　魚は戯る　蓮葉の西
魚戯蓮葉南　魚は戯る　蓮葉の南
魚戯蓮葉北　魚は戯る　蓮葉の北

たぶん、蓮の実をとりに出た人たちが、舟をこぎまわしながら、のんびりとうたった歌なのであろう。漢代民謡の、ごく素朴な味わいを残した作品である。

蓮の実をとりながらうたったのなら、一種の労働歌ということになる。そうには違いないが、この歌は労働の楽しさや苦しみをうたうだけの、単純な労働歌ではない。同時に恋愛歌なのである。そう言っただけではわかりにくいと思うので、もう少し後の時代の民謡を一曲、お目にかけよう。南朝の間を通じて江南一帯に流行した「子夜《しや》四時歌」のうちの、「夏歌」の一首である。

鬱蒸仲暑月　鬱蒸《うつじょう》（むし暑い）たる仲暑の月
長嘯出湖辺　長嘯《せう》して湖辺に出づれば
芙蓉始結葉　芙蓉始めて葉を結ぶ
花艶未得蓮　花は艶なれども未《いま》だ蓮を得ず

この歌は、ハスの花の美しさを詠じようとしたものではない。一首の寓意は結尾の一句に至って明瞭となるのであって、そこでは「蓮《れん》」が「憐《れん》」と同音であることに注意しなければならぬ。その場合の「憐」は、恋ごころ、もしくは恋人の意味である。ついでにもう一つ注意しておくが、「恋《れん》」も同音だから、蓮＝恋となりそうに見えるが、蓮・憐は平声、恋は仄《そく》声なので、中国人の意識では、蓮と恋は同音ではない。また、男女間の愛情の意味に使われるのは多く「憐」であり、「恋」はもっと一般的に、愛著を持つ・未練がましくするの意味に用いる。

だから「花艶未得蓮」の一句は、文字づらだけ見れば、ハスの花が今をさかりと咲きほこり、まだ実を結んではいないという意味だが、裏をさぐれば、花のさかりの美少女が、漠然とした恋ごころを胸に抱きながら、これぞという殿御にまだめぐり会えないやるせなさを読みとることができる。それが第一・二句の、夏の夜の寝苦しさと対応するわけである。

さきほどの漢代民謡の「江南可採蓮」の一句も、したがって、「江南は恋を求むべきところ」という意味にかけて、うたわれているのである。そして魚は、民謡の中ではしばしば、わが手もとに止めようとしてもすぐに逃げて行く恋人の象徴としてうたわれる。つまり「魚は戯る……」という繰りかえしは、水辺にくりひろげられる若い恋人たちの楽しいたわむれを描き出しているのである。

だが、それにしても「江南」にはまだ労働歌のおもむきがあったが、「子夜四時歌」のほうは、もはや完全に、労働歌とはいえない。むろん「採蓮」の業が消滅したはずはないが、おそらくこの歌は、そうした労働とはあまり関係のない場所で、関係のない人々によってうたわれていたのであろう。

「子夜四時歌」に限らず、現在に伝わる南朝の民謡がどのような「場」でうたわれたかという問題は、まだ十分には研究されていない。ただ、およその推測は、これらの歌は花柳のちまたを中心に流行したのであろうという方向へ向かっている。当時、長江の川すじやそれと連絡する運河に沿った港町には、往来する船客を相手の遊廓が栄えていた。「子夜四時歌」なども、たぶん遊君によってうたわれたのが流行の端緒であったろう。また、そう考えなければ意味の通じにくい歌が、すくなくないのである。

遊女たちも舟に乗って、ハスの花の咲くあたりに遊んだことはあろう。しかし採蓮の労働に従事したはずはない。せいぜい、遊びとして花をつむぐらいのものであったに違いない。だから、次のような歌も生まれる。晋の次の劉宋の時代から流行しはじめた「読曲歌」の一首である。

千葉紅芙蓉
照灼緑水辺
余花任郎摘
慎莫罷儂蓮

千葉の紅芙蓉
照灼す（照り輝く）緑水の辺
余花（ほかの花）は郎の摘むに任《まか》す
慎《つつし》んで儂《わ》が蓮を罷《や》むること莫《な》かれ

「郎」は女性が男の恋人をよぶときの二人称代名詞、「儂《のう》」は江南の方言で、「我」の意味である。
浮気な男に向かって、ほかの女にいくら手を出してもかまわないが、私の恋だけは捨てないでおくれと、女心のいじらしさを訴えるのが一首の真意である。ここではハスの花を摘むのは、もとより一時のたわむれであって、労働とは関係がない。

遊びとしての採蓮は、色町だけが本場ではなかった。梁の昭明太子（『文選《もんぜん》』の編者である）の「採蓮曲」には、次のようにうたう。

桂檝蘭橈浮碧水
江花玉面両相似
蓮疎藕折香風起
香風起　白日低
採蓮曲　使君迷

桂檝蘭橈《けいしふらんたう》（桂のかじに蘭のかい）碧水に浮かべば
江花玉面（ハスの花と美人の顔と）両《ふた》つながら相似たり
蓮は疎《まば》らに藕《ぐう》は折れて香風起こる
香風起こり　白日低《た》る
採蓮の曲　君をして迷はしむ

この歌は、「読曲歌」のような恋の苦しみとは関係がない。王侯貴族にはその必要がないのであって、たぶん昭明太子は、屋敷の中に広大な蓮池を持ち、「後宮の佳麗」をそこに浮かべては、ハスの花と「玉面」とを見くらべて楽しんだのであろう。

ここで思いあわされるのは、劉宋の次の南斉《せい》の天子で、のちに帝位を剝奪され、東昏《とうこん》侯とよばれた人の故事である。彼の妃の潘《はん》淑妃は絶世の美人とうたわれた女性で、彼は妃の歩く道に黄金で作ったハスの花を撒かせ、妃がその上を歩くと、「歩歩蓮花を生ず」と言って喜んだという。ハスの愛しかたにもいろいろな好みがあったわけである。

それでも東昏侯の好みは、ぜいたくなだけで、まだしも風流心があったといえるかもしれない。さきの「採蓮曲」には、まだあらわにされていない、王侯貴族のたぐいが作った同種の歌曲には、蓮を採《と》ろうとしてさしのべる女の腕の白さなどをうたったものがある。宮女に採蓮をさせるのは、また特別の楽しみを味わうためであったらしい。宮女に衣裳の苦労はないはずだが、それでも着物を水にぬらすのはいやだったであろうし、岸辺の蓮を採れといわれれば、裾をからげて泥深いところへ踏みこまなければならない。いっそのこと、着物をぬいでしまえば心配はないわけで、宮女を裸にして採蓮をさせる絵も、残されている。すなわち採蓮は、古代のストリップ・ショウでもあったのである。

ハスのこんな愛しかたが、「君子的」であるわけはない。だからこそ、濂渓先生の愛蓮は高雅であり、ユニークであった。そしてハスの花が開くとき音をたてるかどうかを問題にして、早朝に不忍の池のほとりへ集まったり、古代エジプトのハスの種子を育てたりする現代の日本人も、同様に高雅で君子の楽しみを楽しんでいると言えるかもしれない。その一方で、レンコンを掘る農民の苦労は大変なものらしいし、ラブハントやストリップの現況となると、私などには口を出す資格がないのだけれども。

蓬

此地一為別　此の地　一《ひと》たび別れを為《な》さば
孤蓬万里征　孤蓬《こほう》　万里を征《ゆ》かん

——李白「友人を送る」

征蓬出漢塞　征蓬　漢塞《かんさい》を出《い》で
帰雁入胡天　帰雁　胡天に入る

——王維「使して塞上に至る」

ともに五言律詩の第二聯、すなわち頷聯《がんれん》である。李白の詩は別離の場所も、送られた友人の名もわからないが、ともかくあまりめでたい旅立ちではないらしく、ここでこうして別れたあと、君はただ一人、あてどもない旅を続けるのだろうと思いやっている。王維の詩は彼が三十七歳のころ、すなわち開元二十五年（七三七）ごろに西北の辺塞を守る河西節度副使に任命され、赴任する途中での作である。詩題に「使《つかい》して」とある「使」とは、一般に公務を帯びて旅に出ることを意味するのであり、赴任のための旅行もやはり「使」の一種に属する。はるかな辺地へおもむくのだから、中国側の防衛陣地である「漢の塞《とりで》」を出てさらに遠く、雁の姿が消えゆく「胡天」、異民族が住む空のもとへと道をたどらなければならない。

ところで「孤蓬」「征蓬」というときの「蓬」であるが、これについては辞書や注釈書の説明がほぼ一致している。蓬という植物は晩秋になって枯れると、枝がちぢれて球状になり、さらに根が抜け、あるいは根もとが切れて、風に吹かれるままにころがって行く。これを「飛蓬」「転蓬」とも呼び、行方さだめぬ旅人のたとえとして詩にうたわれるというのである。

以上の説明に誤りはないらしいが、自分が見たわけではないので、文字の上での知識をたよりに、およその形態を想像するほかはない。どうやら蓬は、中国でも北方にしか生えないらしく、江南で作られた詩にはあまり見かけないし、日本の詩歌にも出て来なければ日本で見たという人も知らないので、わが国には存在しないか、あったとしても「転蓬」の現象をおこさないのであろう。ただ、日本でもホウキグサなどは枯れたときにある程度丸くなるので、あのようなものと思えばよいのかもしれない。以前にこの話をしたら、西部劇の映画で同じような枯草がころがるのを見たと言う学生があった。してみるとアメリカ西部の曠野にも転蓬があるらしく、あるとすれば英語の名前もついていることであろう。映画でもテレビでも、西部劇をたんねんに見ていればわかるかもしれないが、それほどの暇も興味もないので、ついそのままになっている。

もっとも、「蓬」は和訓ヨモギであるが、日本のヨモギは漢字では「艾《がい》」と書くものに該当し、蓬とは違うらしい。それから先は本草の学にうとい私にとって正直なところ五里霧中であり、本米ならば植物学事典の類を精査すべきなのだが、素人が受け売りで通《つう》ぶったことを言うのは性に合わないから、持ちあわせの知識だけをさらけ出し、あとは博雅の士の教示を待つことにする。

私の知る限り、蓬はオカヒジキまたはヒメジョオンに似た植物だという説がある。この二つが植物分類学上どれほどの近親関係にあるのかは知らないが、オカヒジキならば海岸の砂地に生えるので、同様のものが砂の多い朔北の原野にあるとしても、おかしくはない。ただ日本のオカヒジキが丸くなってころがるものかどうか。またヒメジョオンならば、アメリカから渡来して繁殖したものだということなので、西部劇で転蓬を見たという話と平仄が合う。だがそれならば、遣隋使以来の長い歴史の中で蓬が輸入されず、近代に至ってアメリカだねをもらったのは、どうしたわけなのか。日中より日米関係を重んずる当今の政策に、そこまで迎合せずともよさそうなものである。

だから蓬は、オカヒジキまたはヒメジョオンと似ている、あるいは植物学的に同種のものであっても、全く同じではない別の植物と考えるのが妥当であろう。こう結論を出して、それでことがすめば話は簡単なのだが、実はこれからがむずかしい。われわれは文献の迷路の中を、転蓬のごとくにさすらわなければならなくなるのである。

『礼記』内則《だいそく》篇に、国君の世子が誕生して三日目の行事を述べたうち、射人が桑の弓と蓬の矢六本をもって天地四方を射るとある。後漢の鄭玄《じょうげん》の注によれば、桑の弓と蓬の矢は太古の武器にもとづいたものであり、天地四方とは男児の活躍すべき所をさすのだといい、唐の孔穎達《くようだつ》の疏には、蓬は「乱を禦《ふせ》ぐ草」、桑は「衆木の本」だと説明してある。太古の弓矢が桑と蓬で作られていたかどうかは明らかでないが、ここでは実際の合戦に用いるわけではないので、強大な殺傷力は必要としない。だがそれにしても、いやしくも矢の材料となる以上、蓬の幹（あるいは茎といったほうが適当かもしれないが）はある程度の強さを持ち、しかもまっすぐなものでなければならない。

しかるに一方、『荀子』勧学篇には「蓬の麻中に生ずるや、扶《たす》けずして自《おのづ》から直し」という句がある。麻はまっすぐに生い立つものなので、その間に生えた蓬は前後左右から規制を受け、いやでもまっすぐにそだつものだという意味であり、人間も正しい人々の仲間にまじっていれば、自然と正しい人物になれるものだというたとえになっている。ここの蓬は、どうしても屈曲したもの、あるいは横へとひろがる性質を持ったものでなければならない。矢がらにできるようなまっすぐなものでは、比喩の価値がなくなってしまう。荀子の時代の人々は、蓬といえばすぐに、まっすぐ上には伸びない植物を頭に描いた。すくなくともそれが通念であると、荀子は考えていたに違いない。

荀子の考えた蓬が、麻中に生じなくても、幹の一部を切り取れば『礼記』の蓬矢になり得たのであろうか。それとも二つの蓬は、実は全く違う植物をさしているのであろうか。違うとすれば転蓬となる蓬は、どちらに属すると考えたらよいのか。しかも同じ『礼記』の儒行篇には、儒者が貧窮のためやむを得ず出仕して小官となったときの心得として、つつましい生活を送るべきことを教えた中に、住居は「蓬戸《ほうこ》甕牖《おうゆう》」でなければならぬと書いてある。甕牖とは甕《かめ》の口のように丸い窓とする説、こわれた甕の口を窓枠の代用にするのだという説があるが、それは当面の問題と関係がない。

問題なのは蓬戸であって、孔穎達《くようだつ》の疏では「蓬を編んで戸と為し」たものが蓬戸であるという。そうすると蓬は、編んでむしろのようなものに作ることもできるわけだが、一方では矢になったり、あるいは屈曲してそだつ植物に、それが可能であるかどうか。竹ならば矢がらにもなり、割って編むこともできるが、蓬はそれほど大きな植物ではなさそうである。

この点が問題になって、異説をとなえた学者があったのであろう。疏では蓬戸についての一説として、「蓬を以て門を塞《ふさ》」いだものをいうとも述べてある。門とはこの場合、家の戸口・入口の意味である。こう解釈すれば蓬の編み方に頭を悩ます必要はなくなるが、そのかわりどのような方法で門をふさぐのか、いっこうにはっきりしない。刈り取って来て暖簾《のれん》のようにぶらさげるのなら、なにも蓬に限ったことはなさそうだし、編んで掛けるのと五十歩百歩であろう。といって、まさか戸口に蓬を生やしておくわけでもあるまい。秋になって、転蓬と化してころがって行ったら、あとが寒くて困るはずである。結局、蓬戸の材料とする蓬は、蓬矢の蓬あるいは麻中の蓬と同じものなのか違うのか、どうも判断がつけにくいことになる。

ところで、次のような詩がある。戦争に出たまま帰らぬ夫を思う妻の歌である。

自伯之東　伯の東せしより
首如飛蓬　首《かうべ》は飛蓬の如し

――『詩経』衛風、伯兮《はくけい》

「伯」は夫、「首」は頭のことである。ついでに書いておくが、中国の古典で「首」とあれば頸部から上の部分、すなわち頭部、局限すれば頭を意味する。だから「首飾」とは決してネックレスではなく、髪飾りのことである。

そこでこの詩は、夫が東へと出征したのち、妻の頭は、すなわち髪は、手入れもせぬまま飛蓬のようになっているという意味になる。これは髪の毛が風に乗って飛ぶ蓬のように乱れている意味だと解く説もあるが、そうなると髪の毛がさかだって丸くかたまる状態を想像したくなるので、そこまで解釈する必要はあるまい。「飛」とは一種の修飾語にすぎず、べつに枯れている必要はないので、ただ蓬（それは秋になれば飛蓬となるわけだが）のように乱雑になっているとだけ解しておけばよいのではないか。とすれば、風に飛ぶ蓬は乱雑に生い茂るものという通念があったわけで、蓬矢の蓬は知らず、荀子が麻中に生ずると言った蓬とは、共通点が見出せることになる。

ただし、乱生する蓬に視点を定めて見ると、話がまたおかしくなって来る。『国語』は春秋時代の君臣や遊説の士の弁論を記録した書であるが、その中の呉語の篇に呉王夫差が伍子胥《ごししょ》に語った言葉として、先代の王は偉大な徳を持ち、農夫が畑を耕すように「四方の蓬蒿《ほうこう》」を苅りつくしたとある。もちろん従わぬ者どもを伐ち従えたことのたとえであるが、呉は揚子江下流域の国であり、転蓬になる蓬が北方の草原または砂地に産するものとすれば、ここの蓬はまた別種のものでなければならない。

しかも、もう一つ「蒿」という植物が出て来た。辞書を見ると、これは和名カワラニンジンとある。すると「蓬蒿」で二種の植物をさしているようだが、厄介なことに『説文《せつもん》』(漢の許慎が書いた中国最古の字書)では、「蓬は蒿なり」と両者を同一視しているのである。

しかし考えてみると、昔の人が全部、植物の名称に通じていたわけではあるまい。草にしても蘭や菊ならば格別、原野にいくらでも自生しているものに対して、いちいちあれは蓬、これは蒿と区別して眺める人はすくなかったであろう。だから呉王夫差の言葉も、二種の草の名をあげたというより、「蓬蒿」で畑に茂る雑草を意味したと考えたい。現に「蓬蒿」の語は以後の文献にいくらも見えるが、いずれも雑草と訳するのが最も適当なようである。たとえば晋の皇甫謐《こうほひつ》の『高士伝』には、後漢の張《ちょう》仲《ちゅう》蔚《うつ》という人が郷里の平陽に隠棲したが、その住居は「蓬蒿人を没する」ほどであったという。ここの平陽は長安の近くであったらしいが、蓬が転蓬かどうかは問題でない。要するに蓬蒿で雑草をあらわし、それが人の背たけをかくすほどに成長したままにしておく、つまり八重むぐら茂るにまかせ、という意味が読みとれればよいのであろう。

したがって、前の『詩経』の例から糸を引いたと思われる「蓬髪」という語もあるが、これも転蓬かどうかを詮索するには及ぶまい。雑草が生い茂るように乱雑にしたままの髪を考えればよいのであって、これも日本ならば髪をおどろにふり乱し、というときの「おどろ」に相当するであろう。

転蓬になるというオカヒジキにしてもヒメジョオンにしても、つまりは雑草である。中国の北部と南部で雑草の一種を「蓬」と名づけ、それが実際は別々の草であったとして、少しもふしぎはない。そして雑草である以上、誰もあまり注意をはらわず、手あたりしだいにそこらの草を蓬と呼ぶこともあったろう。ただし蓬とだけでは、やはり特定の植物と考えられる可能性もある。そこで蓬蒿と熟した言葉を用いれば、文句なく雑草全般をカバーできることになる。くりかえして言えば、蓬には蓬蒿と同じく雑草全般をさすことがあって、荀子が比喩に用いた麻中の蓬も、この類であったかもしれない。しかし一方、蓬はもともと雑草のうちの特定の品種にあたえられた名称であるが、どれであるかは容易に定めにくいし、土地によって違っていたとも考えられる。そのうち、北方の蓬は風に吹かれてころがるという顕著な性質を持つため、飛蓬・転蓬・征蓬などの呼び方が生じた。ほかに矢がらの材料となる蓬もあれば、編んでむしろを作る蓬もある。これらの蓬が全部同じもので、ただ用途がことなるだけなのか、あるいは全然別の品種なのかは、今のところ判断の下しようがない。

さて、ここまで来たとき、『礼記』に書かれた蓬の矢に立ちもどってみよう。蓬は乱を禦《ふせ》ぐ草だという説明は、他の文献にはちょっと見あたらないし、どこまで一般的な通念だったかは疑問である。しかし世子の誕生にあたっての儀式に用いられる以上、蓬に何か呪術的な意味があったことは確実であろう。蓬の矢とともに用いられる桑の弓の桑が後世まで呪《まじな》いに使われたことは、いずれ桑のところで述べよう。しかし蓬の呪術性は比較的早く忘れられてしまったらしく、文献の表面には浮かんで来ない。

日本のヨモギにあたる艾《がい》の方ならば、たしかに呪術性が伝承された。陰暦三月三日の上巳《じょうし》の節句には、艾で青く染めた餅を作って食べるのが風習であったという。日本ならば草餅にあたることになろうか。もっとも中国で餅《へい》というのは、日本のモチとは違う。中国から伝来した月餅《げっぺい》・煎餅《せんべい》を考えれば容易に推測がつくだろう。また五月五日の端午の節句には、艾を取って戸口に飾り、さらに艾をひたした酒を艾酒と称して飲んだともいう。つまり艾が日本の菖蒲《しょうぶ》に相当するわけである。蓬も艾も同じような植物と見られたらしく、現に「蓬艾」という語もあるが、これは蓬蒿と同様、雑草の意味に用いられる。ただ、そのくらいだから蓬の呪術性が、いつのまにか艾にすりかえられたと考えてもよいかもしれない。

しかしここに、「蓬萊《ほうらい》」という語がある。あらためて説明するまでもあるまいが、東方の海上にあるといわれる仙人の住む島で、またの名を蓬壺《ほうこ》・蓬洲とも呼ぶが、いずれにしても「蓬」の字がつく。誕生祝いに蓬の矢を用いた記憶が、妙なところに形を変えて残っていたのではないか。

蓬萊山といえばめでたいものと、誰もが信じて疑わない。だが、あの島を蓬萊と、なぜ名づけたのか。「萊」は和名アカザと辞書にあるが、要するに荒地に自生する雑草であって、「萊蕪《らいぶ》」といえば雑草が茂ったままの荒廃した土地を意味する。だから蓬萊とは、文字どおりには蓬蒿と同じく、雑草全般をさすと解すべきであろう。したがって蓬萊山は、全山が雑草に覆われた山ということになる。もとより仙道は神秘不可思議のものであって、仙人などがわざとむさくるしい姿をして俗界を遊行する例は珍しくない。現世の価値を超越した理想境が雑草に覆われた島だというのも、なかなかおもしろい発想のように思うが、それにしても蓬壺・蓬洲と、あくまでも蓬の一字にこだわっているところに、忘れられた蓬の呪術性のかすかな名残りが認められそうな気がするのである。

はじめの予定では、ここで話を冒頭の征蓬・転蓬にもどすつもりであった。それは当時の旅行のありかたと関連するのであって、転蓬は風のまにまにころがるものではあるが、国定忠治もどきに「風の吹くまま気のむくまま、あてもはてしもねえ旅路」の比喩とばかり考えたのでは、様子が違う。王維の旅などは赴任という、れっきとした意義も目的地もあったのである。それが征蓬になぞらえられるのは、観光旅行ブームの現代とは違う旅への感覚が、当時の詩人たちを支配していたからであろう。だが、そこまで筆を及ぼす紙幅がもう尽きた。この一文、いたずらに蓬蒿の中をさまよい、茫茫としてついに帰する所がなかったようである。

竹

松竹梅がめでたいものとなったのは、いつごろからのことであろうか。こんなことを思いついたのも、この原稿を書いているのが暮れも押しつまってくるころで、気の早い家ではもう松飾りを始めたからである。思いついたらすぐに「調査研究」するのが学者の心がけというものだが、平素心がけのあまりよくないほうだし、年末多忙という絶好の口実があるので、夜の冷え込みを電気ごたつにのがれながら、うつらうつらと考えてみる。この際、女房がボーナスと借金のバランスシートを議題に提出しようと、子供がスキー道具を買う相談を持ち込もうと、なま返事をしていればいい。ここらが学者冥利というものである。

松は常磐《ときわ》の緑を保ち、梅は寒風凛冽の中に芳香を放つ。これに配する竹のめでたさは、といえばすぐに思いつくのは、竹を割ったような気性ということばだが、これに相当する中国語は、どうも思い出せない。そこで当初の方針にもとづいてめんどうな調査を省略し、思い出せぬものは当初から存在しないものときめてしまうと、話はしごく簡単になるので、そんな発想は中国に存在しなかったという結論に到達する。

それならば中国では、と考えて、いちばん早く思いあたるのは、晋の王徽之《きし》の話である。この人は書で有名な王羲之《ぎし》の息子で、一代の風流人物として聞こえ、多くの逸話を残した。その一つに、あるとき転宅して、まだ家具もそろっていない新居の周囲に、いきなり竹を植えさせたので、だれかが理由を尋ねたところ、徽之はその竹を指さしながら「何ぞ一日も此《こ》の君《きみ》無かる可《べ》き」と答えた、という話がある。

このことから、竹は「此君《しくん》」の異名を得て、高雅の士に好まれることとなった。ひいては日本にも伝わった「四君子」という名称、これも正確な起原は知らないが、ともかく植物の中で高尚隠逸の風を持つ「君子」として、蘭・菊・梅にもう一つ、竹が加わっている。三つまでは花も美しければかおりもよい、人間の「君子」が愛好するのも当然な植物だが、そのあとに色も香もない竹が、すました顔をして並んでいるのである。どうやらこれは、王徽之あたりのPRのおかげなのかもしれない。

もっとも竹を愛したのは、王徽之が張本人ではない。かれの生きた時代よりもうひとつ前、魏のころには、阮籍《げんせき》などという変わりものを筆頭とする、竹林の七賢という「高士」たちがいて、竹林の中で盛んに「清談」を楽しんだ。なぜ竹林を選んだのか、当人に聞いてみなければわからないことで、日本の俳人が言ったように、さだめし藪蚊に悩まされたことであろう。しかし蚊取り線香もDDTもなかった代わりには、日本脳炎やマラリヤの心配もかれらの念頭にはなかったはずで、浮き世離れのした話題をのんびり味わうことができたとは、まずはめでたい。

下って唐の王維は、長安南方の山ふところ深く、世俗の塵を避けた輞《もう》川荘《せん》の竹林の中、名も「竹里館」と呼ぶ離れ家のあたりで、

独坐幽篁裏　　独り幽篁《くわう》の裏《うち》に坐し
弾琴復長嘯　　琴《きん》を弾じて復《ま》た長嘯《せう》す

とうたった。これも竹林に限ったことはないわけで、理屈をいえば松林でも杉林でもよさそうなものだが、それではどうも風情がない。猫でない証拠に竹をかいておくように、ここでも幽篁の中で琴をひいているからこそ、世の濁りに染まぬ隠者のおもかげが、一幅の絵として浮き上がってくる

のである。

だが、と私は、銀行やデパートの前に据えられた大きな門松を見ながら考える。ここの社長さんや支店長さんがた、日本経済を動かす大資本の経営者が、俗世の汚濁に倦《う》んで、風雅を友の明け暮れを送りたいという悲願をこめながら、ここに竹を立てたわけではあるまい。「めでためでたの若松さま」は、枝も栄えれば葉も茂るのだから、竹もまた、タケノコが（こいつは私どもには、タケノコ生活ということばを思い出させて少々縁起が悪いけれども）すくすくと伸びて行くように、GNPとやらの上昇のシンボルとして欠くべからざるものなのであろう。

私の家の庭にも、人並みに、竹が植えてある。ただしこれが、いつまでたっても成長せず、はなはだ貧乏くさい風体をしているし、「わが宿のいささむら竹吹く風の」といった趣きも、かつておぼえたことがない。つまりは経済成長にも隠逸の風雅にも縁がないらしい私なのであって、したがってこの話も門松から始まったのだが、ここらでそれとは縁を切ろうと思う。ついでに風雅の道にも背を向けて、隠士とのつきあいが始まらぬ前の竹の姿を、考えてみることにしよう。

古い中国の書物を見ていると、竹はいくらでも出てきて、当時の人々の生活との関係が深かったことを思わせる。ただしそれは、鑑賞用植物としてではない。もっと実用的な意味が主となっていたに違いないのである。

すなわち竹は、伐れば釣りざおになるし、削れば弓矢になり、穴をあければ笛になる。短く切って割ったものは竹簡といって、紙が発明されるまでは、文字を書くための重要な道具であった。それからもう一つ、タケノコは食用になる。二十四孝の孟宗の母親のごとく、寒中にタケノコが食べたいとむりを言うほどのタケノコ好きもいたのである。

つまり竹は、文武両道に役だつばかりか、飢えを満たしてくれる働きも持つ。きわめて有用な植物というべきであろう。だから『史記』の貨殖《かしょく》列伝には、各地の名産を並べた中で「渭川《いせん》（渭水の沿岸地帯）の千畝《ぼ》の竹」というのがあって、このような土地を所有している人は「皆《みな》千戸侯と等《ひと》し」とある。大きな竹林を持てば、貴族並みの生活ができるというのである。

だが、このような実用性を別にして考えると、たとえば「鳳皇《ほうわう》は梧桐に非ざれば棲《す》まず、竹の実に非ざれば食はず」というような文句に突きあたる。これは鳳皇という霊鳥の習性に関する知識としてごく普遍的だったらしく、多くの書物に見えるところであって、だから竹はやはり、いくらかの神性または呪術的性格を与えられていたらしいことがわかるのである。

また、竹王神という神もあった。蜀の地方の古い地誌である『華陽国志』によれば、漢初のことらしいが、夜郎《やろう》のあたりの蛮夷、今でいえば少数民族の娘が川で洗濯をしていると、節の三つある太い竹が流れて来た。それが娘の足の間にはさまったきり、押し流そうとしても動かない。拾い上げて割ると、中から赤ん坊が出てきた。この子が成長して武勇の才をあらわし、四方の部族を切りなびけて夜郎侯と自称するようになり、また竹から生まれたので竹を姓とした。夜郎侯はその後、南方経略を志した漢の武帝に殺されたが、土地の人々はかれが人間の種《たね》でないことに敬意をいだいていたので、その子を後継者に立ててあがめた。これが死後に竹王神として祭られるようになったのだという。

桃太郎とかぐや姫とをこね合わせたような話だし、『古事記』に見える丹塗《にぬ》りの矢の話もこれと同型の説話になるわけで、たぶんかなり広い分布を持っていた説話の一つが、ここに記録されたのであろう。そして四川省から湖南省へかけての人たちは、どうやら竹に対して特別の霊性を認めていたらしい。唐の柳宗元の友人だった劉禹錫は湖南省の朗州に流されたとき、土地の人々が神を祭るときの歌に必ず「竹枝」という文句がはいるのを聞いて、その歌詞を改作し、「竹枝詞」九首を作った。これが都に伝わって流行歌となり、多くの詩人が同じ題の作品を残している。

北方、黄河流域地方においても、同様な信仰があったのではないか。そう考えるのは、周の武王を諫《いさ》め、首陽山で餓死したという有名な伯夷・叔斉が「孤竹君の二子」と記録されているからである。孤竹とは今の河北省盧竜のあたりにあった国だというが、どうせ正確なことはわからない。ただ孤竹君の一族の発生には、たぶん竹と関係のある説話が語られていたであろう。

竹はまた、仙人とも関係を持っていた。後漢の費長房《ひちょうぼう》が壺《こ》公という仙人から術を習うとき（これは「壺中の天地」という有名な話の部分である）、家をるすにするので家人が心配すると言ったら、壺公は一本の青竹をくれた。長房が持ち帰って自分の寝床に入れておくと、家人の目にはそれが長房に見え、呼んでも返事をしないので死んだと思い込み、青竹を棺に入れて葬式をしたという。また、浙江《せっこう》省温州付近の古い地誌である『永嘉記』によれば、ある山の上に平らな大石があって、仙壇と呼ばれていた（たぶん仙人がここへ降りて来ると考えられたのであろう）。そのわきに一本の竹がはえていて、風が吹くと葉が石の上を払い、仙壇の掃除をするという。そういえば日本の神道でも、たとえば地鎮祭のときなど、祭壇を中心として四方に竹を立て、縄を張る。あれは別に掃除のためではなかろうが、壇のわきの竹という点では共通したものを持っている。

漢代の皇居内には、竹で造られた宮殿があって、竹宮と呼ばれた。これは神を祭るための宮殿だったという。竹にはどこまでも、神秘性がつきまとっていたのである。そして漢王朝の始祖である高祖劉邦は、『漢書』の記載によれば、まだ若いころ、「竹皮の冠」をかぶっていたという。後漢代の注釈に従うと、竹皮とは「竹のはえはじめたときの皮」だというから、つまりタケノコの皮で、日本なら握り飯を包むのに使うやつを、あちらでは冠にしたらしい。『漢書』にはそれだけしか書いてないので、高祖が正式の冠を買おうにも金がなく、やむをえず竹の皮でまにあわせたのか、それともこの冠がなにか特殊な意味を持つのかは、わからない。しかし高祖がわざわざ竹を用い、『漢書』がわざわざそれを記録した裏には、今は忘れ去られた古い伝承が影を落としているのではあるまいか。

そこでもう一つ、竹に関する遠い記憶の断片をとどめているかもしれないと思う唐詩をあげてみよう。題は「洛川懐古」、作者は劉希夷、あの「年年歳歳花相似たり」の名吟を含む「代悲白頭翁」を詠じた詩人である。

1 萋萋春草綠　萋萋《せいせい》として春草緑《みどり》なり
2 悲歌牧征馬・　悲歌して征馬を牧す
3 行見白頭翁　行《ゆく》ゝ見る　白頭翁の
4 坐泣青竹下・　坐《そぞ》ろに青竹の下《もと》に泣くを
5 感嘆前問之。　感嘆して前《すす》んで之に問へば
6 贈予辛苦詞。　予に辛苦の詞を贈れり
7 歳月移今古　歳月　今古を移し
8 山河更盛衰。」　山河　更《こも》ゝ盛衰す
9 晉家都洛浜。　晉家は洛浜《らくひん》に都し
10 朝廷多近臣。　朝廷　近臣多し
11 詞賦帰潘岳　詞賦　潘岳《はんがく》に帰し
12 繁華稱季倫。」　繁華　季倫《きりん》を称す
13 梓沢春草菲。　梓沢《したく》　春草菲《ひ》として
14 河陽乱華飛。　河陽　乱華飛ぶ
15 綠珠不可奪　緑珠　奪ふ可《べ》からず
16 白首同所帰。」　白首　帰する所を同《とも》にせん

高楼倏冥滅・　高楼　倏《たちま》ち冥滅し
茂林久摧折・　茂林久しく摧折す
昔時歌舞台　昔時《せきじ》　歌舞の台
今成狐兎穴・　今は狐兎《こと》の穴と成れり
人事互消亡。　人事　互に消亡し
世路多悲傷。　世路　悲傷多し
北邙是吾宅　北邙《ほくぼう》は是れ吾が宅
東嶽為吾郷。」　東嶽は吾が郷為《た》り
君看北邙道・　君看《み》よ　北邙の道
髑髏縈蔓草・　髑髏《どくろ》　蔓草《まんさう》　縈《まと》ふ
芳□□□□　芳（以下九字欠落し、今は伝わらない。）
□□□□□」
碑塋或半存。　碑塋《えい》　或は半ば存し
荊棘斂幽魂。　荊棘《けいきょく》　幽魂を斂《をさ》むるのみ
揮涕棄之去　涕《なみだ》を揮ひ　之を棄てて去り
不忍聞此言。」　此の言を聞くに忍びず

すべて三十二句、便宜上各句に番号を付けた。○と●は平仄の押韻の場所、」はそこで韻が変わることを示す。

さて、洛川とは洛陽付近の平原である。春の日にこの野を行く詩人は、乗馬に草かうとき、青竹の下で泣いている白髪の老人を見た(1—4)。なぜ泣くかと尋ねられて、老人は、うつろいやすい世のさまを嘆きながら、悲しげに物語る(5—8)。物語はその昔、晋王朝が洛陽に都していたときの栄華の追憶から始まる。そのころ、詩人の潘岳が河陽県いっぱいに花を植えさせて楽しんだこと、また豪族の石崇《せきすう》(季倫)が梓沢、すなわち金谷園《きんこく》で栄華を楽しんだこと。そしてかれの没落に殉じて、愛妾の緑珠が自殺したこと……(9—16)。しかし、すべては一場の夢であった。昔の栄華のあとは荒廃して、今は見るかげもない(17—20)。

ここで詩は一転する。昔がたりをしていた老人が、わが身の上を明かしはじめるのである。能でいえば後シテの出というところであろう。北邙とは洛陽の北方にあたる山で、昔から墓地として使われた。東嶽は山東省の泰山で、これも死者の魂の集まる所とされていることは前に書いた。それをわが家、わが郷と言うことによって、老人はみずからが幽鬼であることを示した。おそらく老人の肉体は、北邙の道に野ざらしとなっているのであろう。そして欠落した27・28の二句は、後シテが橋懸りから引っ込むところに相当するのであろう(21—28)。

あとに残された詩人は、われに返る。かれの目に見えるものはくずれかけた石塔ばかりで、幽魂はおどろの中に消えうせた。詩人は悲しみに胸を痛めつつ、立ち去って行く(29—32)。

行き暮れた旅人が野中の一軒家に宿を借りて歓待を受け、翌朝門を出てふり返ると、家と見たのは草茂る古塚であった、というような話は、六朝から唐へかけての小説に、いくらも見いだすことができる。その夜の物語に亡霊から昔の追憶を聞くという趣向も、さほど多くはないが用いられている。しかし詩の世界でこのような題材と構成は、私は寡聞にしてほかに例を知らない。ついでに言うと能の幽霊物、この形式の由来についても私は寡聞にして知らないが、専門家の間にはたぶん定説があるのだろう。それに文句をつける気もないし、日本の文芸がすべて唐土伝来のものだと言いはるつもりも毛頭ないのだが、このような形式上の暗合は、もう少し吟味してみる必要がありそうに思う。

だがそれよりも、さしあたっての問題は、幽霊だった老人が「青竹」の下で泣いていた、というところである。日本なら柳の下に出るはずのものが、中国では竹の下に出る。もっとも中国の小説では、竹と幽霊とを関係させたものは思いあたらない。この詩はほとんど孤立した例なのだが、それにしても「青竹」と表現した詩人の胸中には、今のわれわれには思い出す手づるのない何かがあったのではないか。そして歌舞伎の「道成寺」でも、押し戻しには太い青竹をかかえて見得を切る。この来歴も専門家の間にはわかっているのだろうから、いずれ聞いてみることにしよう。

門松の話から始まって、幽霊に落ちついた。冥土の旅の一里塚、これも必然の帰結であったかもしれない。

桑

春蚕《はるご》のために桑を摘《つ》む、といった意味の歌を、たしか小学校で習った覚えがある。都会育ちの私には、それを生活の一部として実感するわけにはゆかなかったが、すこし郊外へ出れば、いくらでも目に見ることはできた。なんとか系繊維とやらいうものが、やたらと発展した当節では、とうてい昔日の比ではないだろうが、それでも桑摘みが農家の労働の中で、ある程度のウェイトを持っていることは、今でも変わりがあるまい。

農業を中心とする古代中国の社会では、むろん、桑摘みは重要な仕事であった。農家の女性たちにとって、それは苦しい労働として受け取られたこともあったに違いないが、文学の世界に登場する彼女たちは、常に健康で美しい。

「陌上桑《はくじようそう》」という歌は、漢代の楽府《がふ》の傑作として現在に伝えられているものだが、そこには羅敷《らふ》という、若く美しい女性が描かれる。彼女が桑摘みに出かけるいでたちは、

素糸為籠系　　素糸を籠系《ろうけい》（籠をつるす紐）と為し

桂枝為籠鉤　　桂枝を籠鉤《こう》（紐をかけるかぎ）と為す
頭上倭堕髻　　頭上には倭堕《ゐだ》の髻《けい》（少し傾いた髪形）
耳中明月珠　　耳中には明月の珠
緗綺為下裙　　緗綺《しゃうき》（浅黄色の絹）を下裙と為し
紫綺為上襦　　紫綺を上襦《じゅ》（上着）と為す

働きに行くにしては、すこし気取りすぎた身なりのようだが、そこは民謡のことだから、完全なリアリズムを要求するのは野暮というものだろう。それに、農家の女性が外へ出て人々の目に触れる機会は、そう多くはなかったに違いないから、羅敷の気取りも、全くの絵そらごととは言いきれまい。

羅敷の美しさに、道行く人も、畑で耕す人も、ひとしく茫然として見とれる。そこへ、土地の長官が通りかかった。長官も羅敷に目を止めて、わしの屋敷へ来ないかと誘いかける。そのとき、彼女は開き直って、長官をきめつけた。

使君一何愚　　使君（長官）一《いっ》に何ぞ愚なる
使君自有婦　　使君自ら婦（妻）有り
羅敷自有夫　　羅敷自ら夫有り

それから、彼女は夫の自慢を始める。

東方千余騎　　東方　千余騎
夫婿居上頭　　夫婿《ふせい》　上頭（先頭）に居《を》る
……………　　……………
為人潔白皙　　人と為り潔白皙《せき》
鬑鬑頗有鬚　　鬑鬑《れん》（ふさふさ）として頗る鬚《ひげ》有り
盈盈公府歩　　盈盈《えい》（堂々）として公府（役所）に歩し
冉冉府中趨　　冉冉《ぜん》（ゆったり）として府中に趨《すう》す
坐中数千人　　坐中　数千人
皆言夫婿殊　　皆言ふ　夫婿は殊《こと》なれり（私の夫は特別だ）と

以上が「陌上桑」のあらすじである。ひところの中国ではこれを、好色な支配階級である長官に対する、労働人民の断乎たる抵抗として、高く評価した。たしかに、権勢になびかぬ羅敷の貞操は、たたえるべきであろう。だが私の目には、道ばたで見かけた美しい人妻に言いよる長官も、その前で夫ののろけを言ってのける羅敷も、ともに牧歌的な情調の中に包まれたものと見えるのである。

しかし、この民謡が生まれる前には、一つの悲しい物語が伝えられていた。いつごろのことかはわからない。魯の国に、秋胡《しゅうこ》という男があった。嫁を迎えて五日目に、単身で陳へとおもむき、そこで役人となった（あるいはもとから役人で、陳へ赴任したのかもしれない）。それきり五年の月日がたったのだが、ようやく休暇をもらって郷里へ帰る途中、わが家に近いあたりで、桑を摘んでいる美人を見かけた。あまりの美しさに、秋胡は車から降りて、声をかけた。「桑摘みなどしているよりも、どうです、玉の輿《こし》に乗りませんか。ここにお金があるから、あなたにあげましょう。」しかし美人は、「働いて夫の両親を養ってさえいれば、満足なのです。見も知らぬ人からお金をいただこうとは思いません」と、ふり向きもしなかった。

秋胡はそれから家に帰って、さっきの美人に渡そうとした金を母親に贈り、妻はと尋ねると、畑へ出ていると言う。すぐに呼びにやったが、帰って来た妻を見たら、さっきの美人であった。新婚五日で別れたきりなので、夫婦とも、相手の顔を忘れていたのである。二人は顔を見合わせて恥じ入るばかりであったが、妻は夫の浮気に絶望して、外へ走り出したと思うと、川へ身を投げてしまった（列女伝および西京雑記）。

だから、「陌上桑」で羅敷に言いよる長官も、じつは彼女の夫、つまり秋胡なのであって、この歌には、本来、破局をうたう部分まであったのが、現在では脱落しているのだろうという説がある。あるいは、そうかもしれない。

だが、桑畑で恋が語られ、または結ばれるのは、尋ねて行けばしごく古い由来を持つ。『詩経』鄘《よう》風のうちの、「桑中」の一篇を見ることにしよう。

爰采唐矣　爰《ここ》に唐（草の名）を采《と》らんか
沬之郷矣　沬《まい》（地名）の郷に
云誰之思　云《われ》誰をか之《こ》れ思ふ
美孟姜矣　孟姜《きやう》を美《した》へり
期我乎桑中　我と桑中に期し（逢い引きをし）
要我乎上宮　我を上宮（地名）に要《えう》し（連れて行き）
送我乎淇之上矣　我を淇《き》（川の名）の上《ほとり》に送れり

『詩経』には昔から、道徳的な解釈、もしくは史実と結びつけた解釈がおこなわれている。この詩にも、沬とはどこで、孟姜とは誰だなどという議論があるのだが、今はただ民間の恋歌としてのみ見ることとしよう。

「爰采唐矣」とうたいおこしたのは、やはり『詩経』周南、関雎《かんしょ》の詩に、「参差《しんし》たる荇菜《かうさい》は左右に之を流《もと》む」とあるのと同じく、男が美しい女性を捜し求めることの象徴である。その娘は、「沬之郷」にいた。「孟」とは長姉に与えられる呼び名で、「姜」は姓だから、「わたしが選んだのは、姜さんの家の総領娘」というほどの意味になる。

その娘と、桑畑の中でデートをする。「上宮」という場所で語り合う。そして帰り道、「いつまでもこうしていたいね」などと言いながら、腕を組んで、淇水の岸をどこまでも歩いて行く……。喫茶店だの自動車だのという「文明の利器」のなかったころの恋人たちの生態は、基本的には現代のそれとあまりにも似かよっているだけに、いっそいじらしいと言えようではないか。

考えてみれば、葉が茂っているときの桑畑は、身を隠すのに都合がよいし、桑摘みに行くといえば、外出の大義名分が立つ。桑畑は恋をささやくための、絶好の場所だったわけである。

だから、昔は淫靡なラブ・ソングのことを、「桑間濮《ぼく》上の音」といった。濮とは川の名で、さきの「桑中」の詩に「淇の上《ほとり》」とあったのと同じく、川岸の堤防のあたりも恋人の密会に適していたことを示すものであろう。あるいは、川岸の砂地か草原で、わが国でいえば「かがひ」に相当するものが行なわれた痕跡を示すものかとも思われるが、確実なことはわからない。そして「桑間」とは、昔の学者たちは地名と考えて、濮水の岸にこの名の土手があったなどと書いているが、それを裏づける資料はない。むりに固有名詞として解釈せずとも、文字どおり「桑の葉の間」でよいではないか。

つまり桑畑は、古代の愛の象徴であった。桑の葉の間から洩れるのは、濃厚な愛の歌声であった。昔の儒者たちは、「桑間濮上の音は亡国の音なり」(礼《らい》記・楽記)などと、しかめつらをして見せるのだが、幸い澆季末世《ぎょうきまっせ》に生まれたわれわれは、なにも『礼記』に義理を立てる必要はあるまい。孔子という人はさすがに聖人で、『詩経』の諸篇を一言で評価すれば、「思ひ邪《よこしま》無し」（論語・為政）だと言った。たしかに『詩経』や漢魏六朝の民謡の中の恋歌は、愛の苦悩にしても歓喜にしても、そして裏切られた女の嘆きさえも、ただひたすらに、心の底からの叫びを表わしている。それをしも「亡国の音」というならば、夜のムードだの甘いため息がどうしたのという歌謡曲が流行するわが日本国は、とっくの昔に消滅していなければならない。

と、ここで舞台は一転する。回りきったあとの舞台は、色だの恋だのという浮いた話ではなく、暗い調子に変わるものと承知しておいていただきたい。

前に、竹が実用的な植物というだけでなく、古代の中国においては呪術的な意味を持っていたらしいことを書いた。桑についても、同じことが言えるのである。たとえば古代神話の中には、次のような話があった。

伊《い》水のほとりに、一人の妊婦が住んでいた。ある夜、神が夢枕に立って、「臼から水が出たら、東へ逃げよ。あとをふり返ってはならぬ」と告げた。翌日、家の臼を見ると、水が出ている。そこで近所の人たちに呼びかけ、東へと逃げたが、途中でうしろをふり向くと、住んでいた村は大洪水に呑みこまれていた。そして妊婦はそのまま、「空桑」（このことばについては、さまざまな解釈がある。普通は幹にうろのある桑の木と解する）に化してしまった。その後、有侁《ゆうしん》氏の娘が桑摘みに出て、空桑の中を見ると、赤ん坊がいる。抱き帰って育てたが、この子供がのち

に、殷の湯王を補佐して名宰相とうたわれた伊尹《いいん》となった。（呂氏春秋・本味）
また、こんな話もある。

世界の東のはてに湯谷《ようこく》という谷があり、そこに咸池《かんち》という池があって、池の縁には扶桑《ふそう》という木が立っている。太陽は十個あって、常に九つが扶桑の下枝に待機し、一日に一つずつ、木を登って行く。こずえまで登りつめたときが、夜明けとなるわけである。それから天空を遊行《ゆぎょう》した太陽は、夕方、西方にある桑楡《そうゆ》（クワとニレ）の間に沈んだあと、湯谷へ帰って来て、咸池で身を清め、また扶桑の下枝へと登る。（山海経・海外東経、淮南子《えなんじ》・天文訓）

「空」だの「扶」だのという形容詞がついてはいるものの、ともかく桑の木は、神話の中で一つの役割を持たされていた。しかし、それがどのような意味を持つかと問われても、私には答えられない。中国の神話学は、ごく若い学問なので、まだ解決されていない問題が、あまりにも多すぎるのである。

そこで、もう少し近い時代へ目を向けると、次のような伝説に突き当たる。

三国時代のことだが、ある男が山の中で大きな亀を捕えた。すると亀が人間の声を出して、「悪いときに出歩いて、つまらんことになった」と言う。男は珍しいことに思い、この亀を王に献上しようと、舟に乗せて都へ出かけた。途中、日が暮れたので、川岸の桑の老木に舟をつないで一泊したが、夜中に亀と桑とが問答を始めた。桑が「お前は王のところで煮られてしまうぞ」と言うと、亀は「山の木を全部薪にしても、おれが煮えるものか」と答える。すると桑は、「でも王の側近には物知りの人がいるから、おれのようなものを使われたら、どうにもなるまい」と言い、あとは静まりかえってしまった。それから都へ出ると、王ははたして亀を煮させたが、亀は熱湯の中でも、平気な顔をしている。そこへ諸葛恪《しょかっかく》という博識な人が来て、桑の老木を薪にすれば煮えると教えた。亀を運んだ男も桑と亀の対話を報告したので、王はその桑の木を伐《き》らせ、薪に使ったところ、亀はたちまち煮えてしまった。以来、江南の人は、亀を煮るのに桑を用いるのを例とするようになった。（六朝の宋の劉敬叔『異苑』）

なぜかは知らぬが、桑には霊力がある。それが亀を煮るという、多少とも実用的な方面に使われているうちはよいのだが、一方では次のような話も伝えられる。

昔、十歳の子供が病気で死んだ。当人は死んだとは気がつかなかったが、いつのまにか大きな山のふもとに来ていた。そこに同じような子供が十人ばかり、力をそろえて車のあと押しをしているので、自分も中に加わった。すると突風が起こり、皆吹き飛ばされたが、この子だけは桑の枝に引っかかって止まった。そのとき、自分の名を呼ぶ声がするので、そちらへ歩いて行ったと思ったら、蘇生した。髪の中には、砂塵がいっぱいにたまっていた。その後、成人して、泰山のふもとを通りかかったとき、一本の桑を見かけた。見おぼえがあるので、考えてみると、かつて死んだときに引っかかった桑の木であった。（晋の戴祚《たいそ》『甄異伝《しんい》』）

前にも書いたとおり、泰山の奥には死者の行く国があると、昔から信ぜられていた。つまり桑の木は、黄泉《よみ》の国の入り口に生えていたのである。もっともこの話では、桑は死ぬべき子供を引き止め、この世へ送り返してくれる役割をはたした。だが、常にこのようなありがたい存在であるとは限らない。

ある役人の妻に憑《つ》きものがして、挙動がおかしくなった。ようすを窺《うかが》っていると、機《はた》を織りながら、庭の方を見て笑いかける。視線の方向を追えば、桑の木があって、その枝に美少年が腰かけ、妻を誘っているのであった。（晋の干宝《かんぽう》『捜神記』）

この美少年は、じつは蟬が化けたもので、話はこれから、その化物を追い払う筋へと展開するのだが、それは目下の問題とは関係がない。蟬だから桑に止まるのが当然だともいえようが、それなら松でも杉でもよさそうなものを、特に桑と書いてあるには、理由があった。六朝の小説を読んでいると、幽霊や怪物は、とかく桑の木の上や下に姿を現わすことが多いのである。

なぜ化物が桑の木を選ぶのか、これも私には答えられない。ただ一つだけ、確実に言えるのは、「桑《そう》」は「喪《そう》」と同音なので、とかく縁起の悪い木と考えられたらしいことである。だからこの木が黄泉の国の入り口に生えていたのであろうし、化物の小道具にされてしまったのかもしれない。

そのような木は、また一方では、魔除けの力があるとも信ぜられる。われわれの目からは不合理にも見えようが、古代の人にとっては、悪魔の憑《よ》るところは、同時に悪魔を追い払う道具ともなるのであった。さっきの亀の話も、魔力を持つ亀を退治するのに桑が有効であることを示したものと見ることができよう。だから前にも書いたように、昔は君主の世継ぎが生まれると、「桑弧《そうこ》蓬矢《ほうし》」（クワの弓とヨモギの矢）で天地四方を射る儀式を挙行したという（礼記・内則《だいそく》）。嬰児に取りつこうとするもろもろの邪気を払うのに、桑が用いられたのである。

「裏の畑の桑の実を」という童謡には、幼かった日への郷愁がこもっているが、もっと遠い、古い時代への「郷愁」をたどるとき、われわれもまた、中国人の祖先たちが持っていたのと同じ、暗い神秘の世界へと到達するのであろうか。

桃

すこし前のことになるが、東大の入学試験の漢文に、「花裏」(花かげ)という語を含む文を訳させる問題が出た。採点をした人に聞いたら、よせばいいのに、「花」が何の花であるかを苦心して答えた受験生が多かったそうだ。たぶん日本の古文で「花」といえば常識的には桜と解釈すべきところだから、その類推が漢文にも働いたのであろう。そこで桜と訳した答案がすくなくなかったということだが、あいにくと桜の花を鑑賞するのは本邦独自の伝統であって、唐土にその風は無い。それを知っている受験生も多かったらしく、桜を避けたのはいいが、あとは散票になった。梅・藤・あやめ・菊などと、まことに百花斉放の観があるが、どうやら花札の勝負をしている気味がないでもない。「雨と坊主は出てきませんでしたか」と私は尋ねたが、これは入学試験に対して不謹慎な発言だったようである。

それにしても、桃・李《すもも》・杏《あんず》・梨などと書いた受験生は、漢詩にうたわれる春の花について心得があると認めてよかろう。もっとも時代と場所によって多少の差違はあるもので、唐代の長安で「花」といえば、むろん桃李の場合もあるが、牡丹をさすことが多い。蜀の成都の「花」は、原則として海棠《かいどう》である。だが、これらはやはり特殊な例であって、一般的には春の「花」は桃・李・杏・梨、それに桜桃（和名ユスラウメ）を加えてもよかろう。いずれも花をめでるばかりでなく、実も有用な植物である。

中でも桃に代表者の座を与えて、まず異議は出ないであろう。桃花が詩にうたわれることははなはだ多い。王維の「田園楽七首」（六言詩である）の第六には

桃紅復含宿雨　　桃は紅《くれなゐ》にして復《ま》た宿雨を含み
柳緑更帯春煙　　柳は緑にして更に春煙を帯ぶ

とうたう。宋の蘇東坡がこれを受けて「柳緑花紅真面目」（柳は緑、花は紅なのが、ものの天性の姿なのだ）と詠じたところから、「柳は緑、花は紅」という有名な成句ができ、「花柳界」などという言葉も発生した。だから、色街の「花」とは、源について見れば桃の花なのである。

宋の陸放翁の「山西の村に遊ぶ」詩に

山重水複疑無路
柳暗花明又一村

山重《ちょう》水複　路無きかと疑ふ
柳暗花明　又《また》一村

とあるその「花」も、私には桃花のイメージが浮かぶ。もっとも柳が小暗《おぐら》く茂る一方で咲いている花を桃とするのが植物学的に可能であるかどうか、一抹の疑問が残らないわけではないが。

さて、山間の渓流をさかのぼって桃の咲く村をたずねた陸放翁の姿が登場したところで、気の早い読者は、これから「桃花源」の話が始まるものと予期されるであろう。いずれはそこにたどりつくのだが、その前に少し回り道をしておきたい。

桃が詩にうたわれた古い例としてすぐに思いあたるのは、言うまでもなく、「桃の夭夭たる　灼灼たり其の華」に始まる『詩経』周南・桃夭《とうよう》の詩である。この詩は桃の美しい華《はな》・大きな実・よく茂った葉とうたってゆき、それが嫁がんとする若い女性への祝福の言葉を呼び起こす構成になっている。

「花も実もある」植物ならば、なにも桃だけに限らないわけで、李でも杏でもよいわけだが、花の色が淡白だったり実が小さかったりしたのでは、花嫁の象徴にふさわしくない。ここはどうしても、桃でなければならなかった。

もっとも、桃と結婚とのつながりは、単なる象徴にはとどまらない。やはり『詩経』の衛風・木瓜の詩には、娘から「木桃」(注釈によれば大きな桃の実であるという)をプレゼントされた若者が、お返しに宝玉を贈り、これを縁に永く好《よし》みを結びたいとうたっている部分がある。もっともこれは、女性が男性にプロポーズするときは果物の実を投げるという古代中国の風習から出たもので、桃の実と限ったわけではない。こちらの方角にはあまり深入りしないでおこう。

さて、桃の花・実と述べてきた次は、順序として桃の幹と枝になる(桃の葉も、『本草』によれば、瘡《かさ》の中に巣くう小虫を除く効能があるという。私も子供のころ、アセモができると母親が桃の葉のしぼり汁を塗ってくれたが、これも『本草』の智慧の日本的展開だったかもしれない。しかしこの方角もさほど発展性はなさそうなので、ここでは省く)。だいたい桃の木そのものは、建築用材になるわけでもなければ楽器や下駄などにもならず、およそ無用のものと考えられるのだが、昔の中国人にとっては、重要な意味を持っていた。

『春秋左氏伝』昭公四年に、魯の大夫申豊《しんぽう》が季武子の問いに応じて、冬季に氷を山陰にしまい、夏になって切り出して使う過程を説明したことが記録されているが、切り出すときの作法として「桃弧棘矢《こきょくし》、以て其の災を除く」とある。山中で冬を過ごした氷には邪気がついている恐れがあるので、氷室《ひむろ》の出口に桃の木で作った弓と棘《いばら》の矢を置き、邪気を退散させるのだというのである。

それほどの呪術的な力が桃の木にあるのはなぜか、『左伝』は説明していない。そこで『左伝』の注釈家たちは、「桃」は「逃」に通じ、「凶より逃るるなり」などと苦しい解釈をしているが、民間の伝説では、もっと具体的な説明が行なわれていた。

『淮南子』詮言訓には羿《げい》が桃の木の杖で打ち殺されたとあり、漢の高誘の注には、これ以後、鬼（死霊・亡魂の類）が桃を畏《おそ》れるようになったと説明してある。羿は古代神話において、弓の上手な英雄とも凶暴な悪漢ともされている人物だが、ここでは後者の意味が適用されているのであろう。

また、漢から六朝へかけての記録の中には、次のような話がさまざまのバリエーションを持ちながら、しばしば現われる。

中国の東方に度朔《たくさく》山（一説には桃都山）という山があって、山頂に桃の大木がある。その木の東北の方角に鬼の出入りする口があって（すなわち「鬼門」である）、そこに二人の神が立ち、出入りする鬼を点検して、人間に害をなす鬼は葦の縄で縛り、虎に食わせてしまう（一説には、神が自分で食う）。この神の名を神荼《と》・鬱塁《うつりつ》と呼ぶ。

そこで人間の世界でも、正月には桃の木で作った人形を二つ、門口に飾って、厄よけとする風習が生じた。『戦国策』斉策の中の寓話に桃の木の人形と泥人形との対話が見えるところからすれば、この風習はかなり古い由来を持つようである。ただし人形に刻むのは必ずしも原初の形ではなかったらしく、『礼記』檀弓《だんぐう》などの記載によれば、君主が臣下の葬儀に臨席した場合には、「桃茢《れつ》」（茢は葦の穂で作った箒《ほうき》）を用いて汚れを払うというし、さきほどの桃弧の例もある。結局、桃の木そのものに邪気を除く力があると考えられたのであって、それが神荼・鬱塁の二神と結びつき、人形に発展したのであろう。

しかし伝承はしだいに変貌するもので、桃の木の人形はいつしか、桃の板に二神の像を描いたものに簡略化された。その板はまた紙にと変わり、神像をその上に印刷して売りさばく業者が現われて現代におよんでいる。それでも、神像を描いた紙を門口に貼るとき、桃の板または木釘で打ちつけることによって伝承の原型を保存した時期もあったらしいが、のちにはその板または木釘も失われて、桃はどこにも使用されなくなってしまった。ただ、二神の絵姿に桃の実を持たせることがあり、また絵姿を書いた紙を桃符と称することが、遠ざかった過去の伝承へのおぼろげな記憶を示している。

桃の木を鬼が畏れるとする観念は、晋代までは確実に残存していた。晋の戴祚《たいそ》の『甄《しん》異伝』には、ある人の死後、亡魂が姿を現わしてわが家に帰って来たという説話を記録しているが、その亡魂は庭を歩き回って桃の木を見つけ、これはわしが生前に植えたものだと、なつかしそうな顔をした。妻が、鬼は桃を畏れると聞いたが、あなたは畏れないのかと尋ねたら、桃の枝が東南に二尺八寸伸び、太陽の方に向かっているものだけを畏れるのだと答えた。

二尺八寸などという数字が何を示したものか、現在ではもはやわからなくなってしまった。わかるのは、鬼が桃を畏れるという観念はありながらも、かなり限定される傾向にあった点である。枝が東南に二尺八寸などという条件に合った桃が、ざらにあるはずはない。とすれば、鬼の畏るべきは桃の木一般ではなくて、特殊の形状を持ち、それゆえに霊力を賦与された桃の木だということになる。そのほうが厄よけの材料として、ありがた味が増すようだが、原初的な信仰の素朴さは失われた。どうもこれは、易者や道士などの考案した勿体《もったい》づけのように、私には考えられる。

そして厄よけとしての桃の木は、しだいに桃の実と交替したのではないかと思われるふしがある。神茶・鬱塁の絵姿も、理屈からいえば桃弧を持つのがふさわしいはずなのに桃の実を持たせられたし、また桃の実は「鬼を殺す」と、「本草」にも書いてある。若い娘のたとえに用いられ、愛の告白のシンボルともなった桃の実は、こうして悪鬼と対決するという勇ましい役割をも与えられるに至った。黄泉比良坂《よもつひら》で冥府から脱走するイザナギの命を救ったのも、これと同じ桃の実だったに違いない。

しかし厄よけとは、重要な問題には違いないが、いわば消極的な効能である。桃の実には別に、もっと積極的な霊力のあることが強調されるようになった。その跡を少したどってみよう。

『漢武故事』の中に、前にも書いた崑崙山《こんろん》に住む西王母が武帝の宮中に降臨した一節がある。帝が不死の薬を所望すると、西王母は帝の情欲がなお消磨していないので不死の薬はあげられないと言い、代わりに桃の実を出した。帝が食べてみると、はなはだうまい。種子をとっておいて育てようとすると、西王母は笑いながら、この桃は三千年に一度だけ実がなるのであり、俗界で栽培してもむだだと告げた。

この話から見ると、桃の実は不死の薬ではないが、その次ぐらいのありがたいものであるらしい。すなわち人の寿命を延ばす力を持つのであって、武帝の側近に侍した東方朔《とうぼうさく》は、あまりにも伝説化された人物だが、やはり『漢武故事』によれば、西王母の桃を三度盗んで食ったという。三千年に一度なる実を三度だから、最少限六千年は生きたわけで、わが国の厄払いが「東方朔は八千歳」ととなえるのは、まず妥当な数字と見るべきであろう。そして、この東方朔のイメージが、やがては天界を荒らし回る孫悟空へとつながるのだが、それははるかに後の時代のことである。

ともかく、東方朔が西王母の桃を食べたから長生きしたのか、長生きだったから三度も桃が盗めたのか、そこのところははっきりしないが、彼の著とされる『神異経』(これも偽作と認められているものだが)には、桃の実を食べると長生きできると書いてある。ただし、どの桃でもよければ世の中に苦労はなくなるわけで、長生きさせる力を持つのは、『神異経』では中国の東北に生えているという特別の桃である。そして『漢武故事』では、西方の崑崙山頂、西王母の果樹園に生えている桃と指定されているのであった。つまり神仙界にある桃だけが「超能力」を持つと考えられていたのである。

ところでその神仙界だが、普通は天上とか崑崙・蓬萊などの伝説的な山や島に想定される一方、この地上の、どこか山深いあたりにもあると考えられた。劉宋の劉義慶の『幽明録』が、そうした話の一つを伝えている。

後漢の初めごろ、劉晨《りゅうしん》と阮肇《げんちょう》という二人の庶民が薬草とりに天台山(浙江省)へと登り、道に迷った。見ると一つの峰に桃の木が生えているので、苦労して近づき、実をいくつか食べたら、ひもじさがなくなった。それからまた谷川をさかのぼると、美人が二人いて、劉と阮を迎えて家に案内し、酒食を出した。そこへ美人の仲間らしい女たちが、それぞれに桃の実を四つ五つ持って訪れ、お婿さんが見つかったお祝いに来たと言った。こうして二人の男と二人の美人が二組の夫婦となったが、半年ののちに家へ帰りたくなり、女の止めるのを振り切って里に下りてみたら、下界ではすでに数百年が経過していて、ようやく自分から七代目の孫を捜し当てたという。

同じ型の話はほかにも記録されているが、桃が出てくる例としては、これが最も適当であろう。この話の桃の実は、第一に遭難者の飢渴を癒やすという、日常生活においても認められる効用を持つのであるが、おそらく二人の男は桃の実を食べたゆえに、神女の住む世界にまで分け入り、その夫となる資格を得たのであろう。そして神女の結婚祝いに来た女たちの持つ桃の実は、むろん神仙世界のシンボルでもあったが、『詩経』桃夭の詩がここに投影していることもまた明らかである。

さて、ここで目を転じて、桃の花はどうなったか。古代の中国人にとって、花を鑑賞するために桃を植えるほどの余裕はなかったに違いない。したがって、桃の花は実がなるための前提にすぎなかったわけであるが、前提には前提としての美しさがあることに対しては、彼らも不感症ではなかったであろう。だから桃夭の詩も生まれたのだが、『詩経』の時代を離れると、民間の歌謡で桃の花の美しさをうたうものは少なくなる。桃夭の詩によって花嫁の比喩というイメージが固定してしまったために、かえって後世の詩人は桃の花が歌いにくくなったのかもしれない。

降って晋の潘《はん》岳は、当時第一級の詩人であるが、河陽（河南省）の県令を務めたとき、命じて県城の中に桃李を多く植えさせた。春になると一県が花に埋もれて、華麗をきわめたという。潘岳はべつに河陽の農業の多角経営を振興させようとしたわけではなく、ひたすら風流を愛する心からこの政策を実施したのであって、詩人が知事になれば、制約の多い地方自治制のもとでもこのくらいのことはできる（または、このくらいのことしかできない）という例証になろう。だが、注意しておくべきは、これが魏・晋を通じての貴族政治の発展過程の中で実現した点であって、つまり衣食に不自由のない貴族の政権下でなければ、桃の花だけを楽しむなどという悠長な態度は発生しないものらしいのである。

以上でようやく「桃花源」へとたどりつく下地ができたのであるが、紙数はもはや尽きかけた。凡俗の至るべき所ではないのだから、縹渺《ひょうびょう》たるかなたに残したままにしておくのも一法だが、それではあまり無責任なようなので、洞穴の入口ぐらいはのぞいておくことにしよう。

「桃花源の記」が劉晨・阮肇のような仙境へ行った人の物語を下敷きにして書かれていることは、疑いがない。ただし彼の地に住む人々は神仙ではなかった。長寿ではあろうが、決して不老不死ではないのである。そしてそこを訪れた漁人も、べつに仙術を授かったわけでもない。

その桃花源へと漁人を導いたのは桃花の林であったが、桃の実は食べさせてくれなかった。ただ「落英繽紛」の美しさを示しただけである。民間伝承にとって重要なモティフは、幻想的な華麗さの中に解消させられた。そのあたりをおおっているのは、潘岳などが愛した詩的なイメージなのである。

これが中国文学史上でどういう意味を持つかは、問題がちと大きすぎる。ついでに、川に落ちた桃の実が流れ流れて日本の婆さんに拾われたのかどうか。これも「桃太郎の誕生」に興味を持つ読者の討究にまつほかはない。

鳥獣

『陝西省出土唐俑選集』より十二支の虎（右）と牛（左）

烏

前に引用した詩だが、もう一度書いておく。

月落烏啼霜満天　月落ち烏啼《な》いて　霜　天に満つ
江楓漁火対愁眠　江楓　漁火　愁眠に対す
姑蘇城外寒山寺　姑蘇城外　寒山寺
夜半鐘声到客船　夜半の鐘声　客船に到る

——張継「楓橋夜泊」

「霜　天に満つ」については、前に書いた。これからとりあげようと思うのは、すぐ上の「烏啼いて」である。

私個人としては、どうでもいいような問題だと思うけれど、この詩に描かれた情景が夜の何時ごろのものかという点について、昔からいろいろと議論がある。古くは宋の欧陽修が、夜半に鐘をつき鳴らすはずはないから、夜半の鐘声とは絵そらごとだと評した。すると、かれのあとから出た詩人の中に、唐では夜半にも鐘をつく風習のあったことを考証する者が現われて、動かぬ証拠が発見され、欧陽修ほどの学者でも、自分の時代の習慣から唐詩を誤解したということになった。これも私には、どうでもいい穿鑿《せんさく》のように見えるのだが、宋の人は律義だから、詩の中に嘘があるかないかは、究明しておかずにいられなかったのであろう。

「夜半の鐘声」とあるからには、詩にうたわれた時刻は真夜中と考えてよさそうなものだが、いつ、だれが言いだしたのか、第一句の情景は朝だとする説がある。月が沈み、鳥が啼く。そして地上にはいちめんの霜。どこまでも続く霜の果ては天につらなって、詩人を覆いつくす。それが「満天の霜」である。――こう解釈すれば、第一句はたしかに朝の風物を叙したごとくに見える。

しかし、「霜　天に満つ」の解釈がそうでないことは、前に書いた。霜がおりるのは払暁の少し前からである。天に満ちている霜はその前段階なので、決して朝の風物とはならない。また、月が沈むのはなにも朝とは限らないわけで、月の出と月の入りの時刻が日によって違ってゆくのは、小学生でも知っていよう。夜半に「月落ちて」しまっても、いっこうにさしつかえはないはずだ。

あとに残ったのは、鳥が啼くところだけである。ここにも説をなす人があって、蘇州郊外に烏啼《うてい》山という山があり、したがって第一句は「月は烏啼に落ち」と読むのだというのを、どこかで聞いたおぼえがある。蘇州に行ったことがないのでたしかなことは言えないが、よしんばそんな名の山があったところで、いにしえから聞こえた名山ではない。たぶん、熱海にお宮の松があるのと同じ手で、張継の詩が有名になりすぎたところから、近所の山がその余禄にあずかったのだろう。転句に「姑蘇城外寒山寺」とあるのだから、固有名詞はそれで十分なのであって、そのうえ起句から「月は烏啼に落ち」とやられたのでは、この詩、ちっともおもしろくない。詩の中で、烏はたしかに啼いていたのだ。

烏が鳴くのは朝、という常識にまちがいはない。「読曲歌」という楽府《がふ》があって、南朝の劉宋のころから、江南一帯に流行したものらしく、たくさんの歌詞が作られているが、その一つに、こんなのがある。

打殺長鳴雞　　長鳴の雞を打ち殺せ
弾去烏臼鳥　　烏臼《きう》の鳥を弾《はぢ》き去れ
願得連冥不復曙　　願はくは冥を連ねて復《ま》た曙ならず
一年都一暁　　一年都《すべ》て一暁ならんことを

動物学上の品種は知らないが、烏臼鳥とは烏の一種、または烏の異名らしい。それを弾丸で撃って（子供がおもちゃにするパチンコのようなものを使うのである）追いはらう。夜明けを告げる烏どもを一掃するのである。そして願うところは、いつまでも冥（夜）が続いて朝にならず、夜明けは一年中でただ一度しかないこと、つまり後朝《きぬぎぬ》の嘆きのなくなること。都々逸に言う「三千世界の烏を殺し」の、あの気持ちで、ここに出てくる烏なら、われわれにもすなおに理解がつく。

ところが、めんどうなことに、烏は夜なかでも啼くのである。「読曲歌」と同様、南朝で流行した楽府に、「烏夜啼《うやてい》」というのがあった。発生した地方は揚子江を少しさかのぼって陶淵明の郷里の潯陽《じんよう》を含む一帯と思われるが、やはり全国的に広まったらしい。

この民謡の起原には、一つの伝説がある。劉宋のころ、皇族の一人に彭《ほう》城王の劉義康《ぎこう》という者があり、罪をおかして流される途中、潯陽で同じく皇族の劉義季（一説には劉義慶）と会い、二人で都を追われた身の上を嘆きあった。このことが天子に聞こえ、不遜な態度だと潯陽に監禁されたが、とりなしてくれる人があって、赦免を受けた。その赦免の使者が到着する前、義季の家の者が二人の王のところへ行き、昨夜、烏が「夜啼」しましたから、きっと赦免があるでしょうと告げた。はたしてそのとおりになったので、「烏夜啼」の曲を作って記念としたという。

民謡の起原を説く伝説には、どうせ眉唾ものが多いから、この話も額面どおりには信用しかねる。ただ信じてよいのは、烏が「夜啼」すれば何かよいことがあるという言いつたえが存在していたと思われる点である。

烏が夜啼きすると、なぜ縁起がよいのか、文献の上では説明を求めることができない。日本ではむしろ、烏啼きは凶事のしるしとされる。烏の黒い姿がすでに不吉なものを連想させるし、鳴声もあまり朗らかではないので、こう考えるのは当然であろう。中国でも、烏が死者の肉を喰う凶々《まが》しい姿がうたわれたこともある。漢代の楽府に「戦城南」というのがあって、その初めの部分は

戦城南　　城南に戦ひ
死郭北　　郭北に死す
野死不葬烏可食　　野に死せるは葬られず　烏　食《くら》ふべし
為我謂烏　　我が為に烏に謂《い》へ
且為客豪　　且《しばら》く客の為に豪《な》け
野死諒不葬　　野に死せるは諒《まこと》に葬られず
腐肉安能去子逃　　腐肉安《いづく》んぞ能《よ》く子《し》を去りて逃《のが》れんやと

戦場には、埋葬してもらえない死体がころがっている。烏が舞い降りて、それをつつく。しかし、烏よ。死体の肉はおまえから逃げて行きはしない。せめてこの戦野に死んだ客（出征兵士）のために、声をあげて豪《な》いて（豪は号に同じ。「号泣」の号である）から、肉を食え。——生き残った戦友が、烏にこう呼びかけているのである。

だが、烏をめでたい鳥とする考えかたも、たしかに存在した。その昔、周の武王が殷の紂王を伐とうとして軍を発し、孟津《もうしん》の渡しから黄河を渡ったみぎり、天上から一団の火が舞い降りて武王の屋形の上に止まったかと思うと、赤い烏に姿を変えたという。神武天皇の弓にとまった金色の鵄《とび》のようなもので、天が王者に加担するしるしとして送った瑞鳥が、中国では烏だったのである。

天上の火が降って烏となったのは、太陽の中に烏が住むという、古い神話と関係があるのだろう。

帝堯のとき、十個の太陽が一度にあらわれて、人民は炎熱に苦しんだ。堯は弓の名人の羿《げい》に命じて、九つまで射落とさせたが、矢が一つ当るごとに、一羽の烏が落ちて来た。烏は、月の中の兎やヒキガエルと同様に、太陽のシンボルだったのである。ただし、この烏も世のつねの烏とは違って、足が三本ある。昔の学者はこれを説明して、二は陰の数、三は陽の数であり、太陽は陽の精だからその中の烏も三本足なのだと言っているが、どうもあとからつけた理屈のような感じがしないでもない。だがともかく、太陽の中に住む烏が凶事のしるしとされるはずはないのであって、むしろ信仰の対象となっていた痕跡と認めることができよう。

瑞鳥としての烏は、時代が降るとともに、しだいに忘れられて、赤い烏（現実に存在するかどうかは別として）や白い烏などの変種だけが吉兆として喜ばれることとなったようだが、漢代にはまだ、古い記憶が残っていたらしく見える。後漢の応劭《おうしょう》の『風俗通』によれば、後漢の明帝が巡幸して滎《けい》陽《よう》の宿にさしかかったおり、一羽の烏が啼きながら飛来して、輿《こし》の上にとまった。警固の士がこれを射たところ、みごとに命中したので、烏が啼き、矢が当ったのは、陛下の齢《よわい》が万年のしるしと言上した。帝はその士に賞金を与え、宿駅の壁にはことごとく烏を描かせたという。

明帝がなぜ喜んだのか、現代のわれわれにはわからない。ただ、明帝と警固の士と、ひいては当時の人々一般の間に、文句なしに通じあっていた烏に対する考えかたのあとを知り得るだけである。しかし、次のような話になると、われわれにもある程度まで理解できる要素を含んでいる。

南朝、劉宋の劉敬叔が書いた『異苑』の中にある話だが、江南にさる孝行息子があって、親が死んで葬ろうとしたとき、おびただしい烏があらわれ、口に土塊をふくんで墳墓を築くのを手つだった。あとで調べたら、この地方の烏は土運びの労働に身を入れすぎたため、すべて嘴に傷を負っていた。これは孝行の徳が烏の感ずるところとなったのだと評判になり、ついには天聴に達して、その地に烏傷《うしょう》という名を賜わった。地名はのちに義烏と改まり、今でも浙江《せっこう》省義烏県として、残っている。

たぶん貧乏で、親の墓を築く人夫もやとえなかったらしい孝行息子を援助した烏は、むろんめでたい。だがこれは、言うまでもなく、烏に反哺《はんぽ》の孝ありという俗諺にも示される、烏は親孝行だという通念がもたらした伝説であった。

さて、孝行な烏が登場したところで、これと烏の夜啼きとを結びつけてみよう。と言うのは、白居易に「慈烏夜啼」と題する一首があるからである。

慈烏失其母　慈烏　其の母を失ひ
啞啞吐哀音　啞《あ》啞として哀音を吐く
昼夜不飛去　昼夜　飛び去らず
経年守故林　年を経て故林を守る
夜夜夜半啼　夜《や》夜　夜半に啼き
聞者為沾襟　聞く者　為に襟を沾《うるは》す

声中如告訴　　声中　告訴するが如し
未尽反哺心　　未だ反哺の心を尽くさざるを

詩はこのあと、白楽天得意の諷喩の精神を発揮して、親不孝な人間をいましめ、「其の心禽《とり》にだも如《し》かず」と叱りつける。

烏の夜啼きする声を、死んだ母烏を慕う声と聴きとったのは、楽天の独創だったかもしれない。そうだとすれば、同じ烏の声を聞いて赦免のおりる前兆と喜んだ南朝人の「迷信」は、唐ではもはや忘れられたか、無視されてしまったことになる。だが、それはそれとして、烏という鳥には、不吉というわけではないが、一種の悲劇性がつきまとっていたことも事実である。

漢代の楽府に「烏生」というのがある。長い歌で、終わりは、人間にはそれぞれ寿命があるもの、おくれ先だつは人の世のならい、という淋しい感懐に落ちつくのだが、その最初は、

烏生八九子　　烏　八九子を生み
端坐秦氏桂樹間　　端坐す　秦氏桂樹の間

と、うたい起こされる。日本の烏なら、可愛い七つの子が山の古巣にいるのだが、中国の烏はもう少したくさんの子があるらしい。ところで、秦氏の息子が弾丸で烏を撃ち殺してしまう。烏が生ま

れたのは「南山巌石の間」で、人里近くに来さえしなければこんな目にあわずにすんだろうに、というところから、歌は人生の無常へとつながってゆくのである。

殺されたのが母烏で、残された子烏が母を恋うて夜啼きしたとは、「烏生」にはうたわれていない。しかし、梁の簡文帝が作った「烏夜啼曲」の歌詞には、「直《た》だ言はん　九子の夜《よは》に相呼ぶを」とあり、それが思う人と別れた、ひとり寝の淋しさへとつなげられてゆく。

いわれを尋ねればめでたい曲のはずであった「烏夜啼」が、現在残っている歌詞のかぎりでは、このように別離の哀傷をうたうことへと傾いている。それは、烏の別離という「烏生」の主題から呼びおこされた連想が働いたためではなかったかと考えられるのである。古い「烏夜啼」の歌詞の一つは、次のようにうたう。

烏生如欲飛　　烏生まれて飛ばんと欲するが如し
二飛各自去　　二つながら飛んで各自に去る
生離無安心　　生離　安き心無し
夜啼至天曙　　夜啼して天の曙《あ》くるに至る

この烏は生別の悲しさに啼くのであるが、それはもはや、親子の愛情とは関係がない。孝行な烏は、白居易がうたうまでは詩歌の世界から影を消して、離れて暮らさなければならない恋人たちの姿が、正面におし出されてくる。梁の劉孝綽《こうしやく》の「烏夜啼」は、鳥が東西へと各自に飛び去るとうたった後に続けて言う。

倡人怨独守　　倡人(妓女)独り守るを怨み
蕩子遊未帰　　蕩子(旅に出た恋人)遊びて未だ帰らず
忽聞生離曲　　忽ち生離の曲を聞き
長夜泣羅衣　　長夜　羅衣に泣《なみだ》す

これは李白の「烏夜啼」、「黄雲城辺　烏棲まんとす」に始まるあの有名な作が、遠く去った男を思う女の嘆きをうたって、「独り孤房に宿して　涙　雨の如し」と結ぶのと、同じ発想である。さらに「烏棲曲」という民謡もあって、中唐の李端が作った歌詞には、

白馬逐牛車　　白馬　牛車を逐《お》ひ
黄昏入狭斜　　黄昏　狭斜(遊里)に入る
狭斜柳樹烏争宿　　狭斜の柳樹　烏　宿らんと争ひ
争枝未得飛上屋　　枝を争って未だ得ず　飛んで屋に上る
東房少婦婿従軍　　東房の少婦　婿《むこ》　軍に従ふ

毎聴烏啼知夜分　　毎《つね》に烏の啼くを聴きて夜分（夜半）を知る

はるかな土地へと去った夫、もしくは恋人を思う女の、小夜ふけて空閨の嘆を発するとき、耳に伝わるのは、友を慕って啼く烏の声であった。

同じ声が、楓橋のほとりの楫枕、張継の「愁眠」をおどろかしたと見るのは、いささか牽強に過ぎよう。しかし、かれが意識したと否とにかかわらず、月落ちた暗夜に啼く烏の声は、古くから伝わる詩歌の、これだけの堆積を担っていた。だからわれわれは、霜、天に満つるきびしい風景の中で、親しい人々を離れてひとり旅するもののしみじみとした情感を、「楓橋夜泊」の起句の中から感じとることができるのである。

雀

からだを悪くして、しばらく病院に入れられていた。先日、ようやく家に帰らせてもらったが、寒いうちは外へ出ないように、精神的にも肉体的にも疲労するようなことをしてはならないという条件がついている。しかたがないので、一日中こたつにあたりながら本を読んだりテレビを見たりして時間を過ごすのだが、万事に根《こん》が続かない。晴れた日には南側の縁さきに椅子を持ち出して、ぼんやりと庭をながめるのも仕事の一つとなった。

猫の額ほどの庭ではあるが、植え込みの部分がかなり大きいので、ながめは単調というほどでもない。すくなくとも病院のベッドの上で、歴代の患者の怨念がしみこんでいるような灰色の壁を見て暮らしたのよりは、気をまぎらせることができる。特に何が見たいわけでもなく、ただ茫然とながめるだけなのだが、ときおり、ツゲやモチなどの枝が揺れるのに気づく。雀が茂みの間に隠れているのである。一羽や二羽ではない。夫婦に子供が二羽、といった人間世界の標準世帯でいえば、まず二家族ぐらいの数であろう。

こちらを警戒して身を隠しているのかどうか、雀の気持ちはわからないが、ともかく容易には土の上に下りて来ない。たまに下り立っても、こちらが少し身を動かすと、敏感に察してパッと飛んで行く。しばらくすると屋根の上でチチと鳴き交わす声がするのは、いまはスタートのタイミングが遅れたなどと話しあっているのかもしれない。

こちらとしても、いまさらつかまえようとするほどの意気はない。しかし害意のないことを相手に伝達する手段がないので、なるべく身動きせずに、じっと見まもるだけをこちらの意志表示としておく。その結果、雀も近ごろではいくらか安心し、かつ少々増長慢をおこしてきたようである。その姿を見ているうちに、笊《ざる》でワナを作り、雀を捕ろうとした幼い日が自分にもあったことを、かすかな夢のように思い出した。ただし、つかまってくれたまぬけな雀があったとは、記憶の底をどう掘り返してみても浮かんで来ないのだが。

そのうちにまた、ふと気がついて苦笑した。雀の動作に注目しながら過ごした時間が、この数十年間、一度でもあったろうか。「われと来て遊べや」というほどの孤独ではないにしても、おれもとうとう、当分は雀を相手にして暮らす身の上になってしまったのか。そういえば、精神的な負担を避けるため、見舞い客もなるべく謝絶することにしている。昔の人はこれを、「門前雀羅ヲ張ル」と表現したのだった。

われながらわびしい生活と思うのなら、ここで決然と席を立ち、雀どもを追い払って「燕雀イヅクンゾ鴻鵠ノ志ヲ知ランヤ」とうそぶけばいいのだが、今のところ、そんなタンカを切る元気もない。頭の中だけは、やはり多年の習性でいろいろと思考を回転させながら、身は枯木のごとく椅子にもたれさせたままにしておく。第一、民主主義の当節に鴻鵠がいるかどうかは知らず、ひとえに燕雀の数がものを言う御時勢である。雀が自己主張する権利を黙殺することはできない。

燕雀イヅクンゾ鴻鵠ノ志ヲ知ランヤ。これは、秦帝室に対して最初の「造反」を試みた陳勝のセリフであった。彼はもともと農地も持たない零細な農民で、地主の土地を耕作して手当をかせいでいたが、ある日、仲間に「将来富貴の身になっても、おたがいに忘れないようにしような」と話しかけた。仲間が笑い出して「こんな仕事をしている身が、富貴になれるものか」と答えたのに対し、陳勝が太息しつつ言い放ったのが、このセリフなのである。

陳勝は体制の変革などという立派な理論を持ちあわせていない。社会の底辺にうごめいていた民衆の一人として、もっと浮かびあがりたい、権力の座にすわりたいという「志」を持った。同じころ、始皇帝の巡幸を見物した項羽は「彼取って代る可《べ》きなり」と叫び、劉邦は「大丈夫は当《まさ》に此《かく》の如かるべきなり」と太息した。始皇帝の厳刑をふりかざした苛酷な政策が人民の怨嗟の的となっていたことは、たしかである。だが、これらの「造反者」の発想には、それに対する批判から出発した痕跡は薄い。むしろ世界チャンピオンの座を奪取しようと挑戦する選手の気持ちに近いかもしれなかった。

そうした「大志」を抱かず、日常の生活に満足し、またはあきらめている多くの民衆が、燕雀なのである。しかし現実に叛旗をひるがえすとなると、いくら鴻鵠でも、燕雀の数を力としなければならない。陳勝は漁陽の守備のために徴発された兵卒九百人をそそのかして、大沢郷で兵をあげた。『史記』によれば、彼らは長雨のために行程をはばまれ、指定の期日に漁陽まで到着することは不可能になっていた。そこで、兵卒たちの中から選ばれて分隊長のような役についていた陳勝と呉広が相談し、期日に遅れた者は死刑になる、ここで逃亡してもいずれはつかまって殺される、どうせ死ぬなら一発反乱をおこしてやろうときめたのだという。イデオロギーも何もない造反だが、生死の瀬戸ぎわに立っての決定だから、エネルギーは大きい。平素の苛政に対する不平不満がその上にのった形で、反乱の輪をひろげて行った。

もっとも、指定の期日に遅れたかどをもって九百人の兵卒を全部死刑に処するのは、いくら秦の暴政でも考えられないことだし、軍事力の無意味な損失にもなるわけである。せいぜい指揮官、陳勝・呉広のような分隊長までが死刑にあうくらいですんだのではないか。とすれば、大多数の兵卒は、この二人を救うために決起させられたようなものである。そして幾つかの反乱のあと、最終的に天下を握った劉邦について見れば、幸いに栄達を得た少数の「建国の功臣」を除いた一般の燕雀は、やはりもとの燕雀にもどった。最も力が弱く、最も多く血を流し、しかも最も報いられないのが彼らなのだから、「鴻鵠の志」に対して燕雀どもが猜疑心を抱いても、当然といわなければなるまい。

ところで「門前雀羅ヲ張ル」というのも、たしか『史記』に出ていた翟《てき》公の故事にもとづくはずだが、どんな文章だったか記憶がない。面倒だが『史記』にあたってみなければならないし、ついでに原稿を書くためのタネになりそうな本を集めておこうと、動きたくない体に一大勇猛心をこめ、目をつむって立ちあがったとたん、庭に下りていた雀がひとしきり騒いで屋根の上に姿を消した。

書棚からひと抱えの本を抜き集めて、もとの席にもどる。『史記』のページを繰りはじめると、雀たちはまた下りて来た。しかし細心な彼らは、すぐには姿を現そうとしない。また木の葉の茂みが揺れて、どうやらこちらの挙動をうかがっているように見える。疑い深い雀のことだから、自分たちのことをどう書くかと、警戒しているのかもしれない。

さて「門前雀羅」は、たしかに『史記』の中に見つかった。「汲鄭列伝」の太史公の賛の部分である。

……始め翟公の廷尉為《た》りしとき、賓客門に闐《み》てり。廃せらるるに及び、門外に雀羅を設く可《べ》し。

翟公復《ま》た廷尉と為る。賓客往かんと欲す。翟公乃ち其の門に大署して曰く、「一死一生、乃ち交情を知る。一貧一富、乃ち交態を知る。一貴一賤、交情乃ち見《あらは》る」と。

翟公という人は漢の武帝の元光元年（前一三四）に廷尉となったほかは、伝記がわからない。廷尉は現代ならば検察庁長官というところであろうか。この職務には菓子折の底に金の延べ棒を忍ばせた「賓客」がいくらも押しかけて来るものだが、それだけではなく、こうした高官の家に出入りできること自体が名誉なので、箔をつけたくておとずれる者もあれば、一芸一能を認められて衣食の世話を受け、あわよくば官僚に推薦してもらおうという下心で来る連中もあった。

ところが、理由はわからないが、翟公は廷尉をクビになった。もともと翟公の人格を慕っていたのでない賓客たちは、一人もたずねて来ない。たぶん屋敷の門外には、殺到する車馬のために相当なパーキング・スペースがとってあったろうが、いたずらに空地と化して、雀捕りの網、すなわち「雀羅」を張っておいても、少しも支障がないほどになった。

翟公はひとり、無念の涙にくれたであろう。その口惜しさが、もう一度廷尉に返り咲いたとき爆発した。「賓客」たちの足がぽつぽつこちらに向きかかったところで、「一死一生……」以下の文字を門前に張り出した。世態人情のやむを得ぬところとわかってはいても、翟公としてはせめて一言、厭がらせを言っておきたかったのであろう。

原典には「門外に雀羅を設くべし」とあったのが、いまに伝わった成語では「門前雀羅を張る」となっている。これに限らず、成語・ことわざの類では、原典が他の書物に引用され、多少文句が変えられた上で後世に記憶される例が多い。「門前雀羅を張る」の場合も、筋をたどればどこで原典がそう変わったのか、つきとめられるはずだが、これには少々めんどうな調査が必要となりそうである。そこまで踏みこむ根気がないまま、未詳ということにしておけばいいさと、動きたくない体が頭へとささやきかけるのにまかせることとする。

ところで、「門外に雀羅を設くべし」とは「雀羅が張れるほど」の意味になるから、ほんとうに「雀羅」を張ったとは限らない。それはしかし、話がここまで来ればもうどうでもいいことなのであって、雀捕りのための網、「羅」（うすぎぬ）とあるのだから恐らくカスミ網に近い道具が、前漢のころすでに存在していたことが確認できれば十分なのである。

雀は愛すべき小鳥であるが、農民にとっては重要な害鳥でもある。農耕生活が始まって以来、人間が雀の害を防ぐためについやした精力は、莫大な量にのぼるであろう。『詩経』でも召南・行露の詩に「誰か謂《おも》はん雀に角《つの》無しと／何を以て我が屋を穿《うが》つや」とあり、それが次の章の「誰か謂はん鼠に牙無しと／何を以て我が墉《よう》（土塀）を穿つや」の句と対応する。雀と鼠は弱い動物ではあるが、被害が日常的なだけに、ばかにならない。ここから「雀鼠」という語もできた。

南朝の梁の張率という人は文人として聞こえ、新安太守をもつとめたが、あるとき任地から呉郡の自宅まで米三千石を送ろうとして、家来に宰領を命じたことがあった。さほど遠い距離ではないが、当時の輸送では途中で多少の紛失・損傷はまぬがれず、三千石送ったものが全部無事にとどくとは期待できない。そこが宰領役のつけ目でもあって、二俵や三俵はくすねて自分のふところに入れ、紛失と申し立ててすますことも少なくはなかったようである。

張率は名家の出身のためか、しごくのんびりした人物で、家計のことなどには気を配らなかった。それを知っていた宰領役の家来は、この時とばかり役得に専念したらしいが、あまり熱心にすぎて、自宅にとどいたのは三千石の半分以下になっていた。この報告を受けたとき、張率もさすがにおかしいと気づいたらしく、宰領役を呼んで紛失の理由をたずねた。ところがこの家来、相当のしたたか者と見えて、平然として「雀鼠の耗なり」と申し開きをした。途中で雀や鼠に食われた分だけ減少したのだというのである。輸送に幾日かかったか知らないが、千五百石以上も食いつぶす雀鼠の大群が絶えずつきまとったはずはない。図々しい奴めと、通常の主人ならば腹を立てるところだが、そこが張率、にっこり笑って「壮なるかな雀鼠」と言ったきり、席を立ってしまった。

千五百石はオーバーにしても、雀にやられる穀物の量は、ばかにならないはずである。そこで人間としては、自衛のために「雀羅を設け」ねばならぬ。しかし、よけいな心配をするようだが、網で捕えた雀をどうしたのだろう。羽毛が役に立つ鳥ではない。われわれならば焼鳥にするところだが、昔の中国では、雀を食う風習は普遍的でなかったように見える。だいたい中華料理に雀を使うのは、見たことがない。

唐の張巡は玄宗のころ、河南のあたりの県令をつとめていたが、安禄山の乱がおこったとき、敢然として手兵をひきい、初めは雍《よう》丘、のちに睢《すい》陽の町を死守した。悪戦苦闘の末、ついに力尽きて落城し、張巡は殺されてしまうのだが、その睢陽の籠城のうちに食糧がなくなって、人々は「雀を羅し鼠を掘」って食べたと、『唐書』張巡伝に見える。

籠城戦の状況は、ことに忠誠の士が孤城にたてこもったような場合にはしばしば誇張して伝えられる。張巡やその部下たちがすべて雀鼠を腹のたしにしたのかどうか、確認するすべもないことだが、それはこの際、どうでもよい。わざわざ「雀を羅し鼠を掘」ったと表現してある以上、雀も鼠も、食糧が完全に欠乏したのちでなければ口に入れるべきものでなかったことは、明白である。

平素の食料になるのでなければ、雀羅にかかった不運な雀の末路は、犬猫の餌食となるぐらいのものだったのであろうか。そうとすれば、雀は有害なだけで何の用もなさない、けしからぬ存在にすぎない。しかし、張巡から引きおこされた安禄山の乱の聯想が、白楽天の「長恨歌」の一節を私に思い浮かべさせる。

花鈿委地無人収　　花鈿《でん》地に委《ゐ》して人の収むる無し
翠翹金雀玉搔頭　　翠翹《すいげう》金雀玉搔《さう》頭

言うまでもなく、楊貴妃が殺されたあとの荒涼とした情景を描いた部分である。一代の佳人が冷たいむくろと化したのち、地上に打ち棄てられた彼女の遺品が列挙される中で、花鈿は顔の、翠翹・金雀・玉搔頭は髪の飾りに用いられた品である。一々について説明する余裕はないが、さしあたり「金雀」という服飾品があったことには、注目してよかろう。有害無用の雀なら、わざわざ女性の髪に飾るまでもなさそうだからである。

しかし、この説明はむずかしい。装飾品としての雀の系列をたずねると、最も古いところでは『書経』顧命に「雀弁」というかぶりものの名が見えるのに突きあたるが、それがどのような品であったか、考証のしようがないのである。鄭玄の注に「雀」とは赤と黒の入りまじった色だとあるのが最も信頼できそうな説明なのであるが、それならば「雀」は単に雀の羽根の模様をうつしただけのことで、ほんものの雀とは関係がないことになる。だが、たぶん雀弁の縁を引いていそうな清代の挙人・生員の礼装に用いられた「雀頂」は、冠の上に金銀でかたどった雀の形をおいたものであった。雀には害鳥というほかに、まだ何かの要素がある。そこまではたしかに言えるのだが、さてその先はと問いかけようとすると、また安逸に慣れた私の体が頭を裏切りはじめるのである。

ただ、これだけは言っておこう。雀＝スズメには違いないが、この等式をあくまでも固守しようとすると、無理が生ずる。中国の雀は、一義的には日本のスズメと同じものであるが、もう少し広い範囲に及んでいた。だから体軀のことに孔《おお》きな雀が孔雀《くじやく》であり、雲の上まで舞いあがる雀が雲雀《ひばり》である。魏の武帝がいとなんだ銅雀台は、上に銅製の雀を飾ったというが、それはおそらく孔雀のような形をしたものだったであろう。スズメの姿では、どうも見ばえがしない。だが、この調子で語呂合わせをして行くと、麻雀とはどんな雀だという意地の悪い質問が出るにきまっている。これには、「麻雀」の語は古典に見えないのでと言って逃げることにしよう。

雀についてそれほど批判的なことは書かないのがわかったためか、わが雀どもはまた庭の土の上を歩きはじめた。焼鳥で一杯やるのも当分は望めないなどと、そろそろ疲れて来た頭は勝手なことを考え出す。ほんとうは漢の楊宝に救われた恩返しに白環五枚を贈った黄雀の話もしなければならないのだが、もう止めにしよう。いや、最後に一つ、『礼記』月令に「季秋の月（陰暦九月）、雀、大水の中に入って蛤となる」とあるのは書いておこう。庭の雀どもも、この秋の末には蛤になっているかもしれない。そのあとで、蛤鍋にでもして一献汲むほうが値打ちがありそうである。

猿

猿を飼う風習は、およそ猿の棲息する地方ならば、どこの国にも昔からあったように見える。考えてみれば妙なことで、牛や馬のように労働もせず、犬や鷹のように狩猟の役にもたたず、鶏や豚のように食用にもならず、猫のように鼠も取らない猿を飼うのは、いくらのんびりした昔でも、よけいな物いりだったに違いない。それでも人間は、猿を飼った。上古の中国人も例外ではない。『淮南子《えなんじ》』に、「楚王其の猿を林に亡《うしな》ひ、木、これが為に残《そこな》はる」という句がある。楚王の飼っていた猿が林の中へ逃げた。ぜひとも捜し出せというので、林の木をみんな伐り倒してしまった。伐られた木はとんだ災難にあったわけで、人生には時たま、このような側杖《そばづえ》を食うことがあるものだというたとえに引かれた話であるが、それはともかくとして、これだけ執心して捜索された猿は、王様からよほど大切にされていたのであろう。

王様だから猿を飼う力があったのだ、というわけにもゆかない。『列子』に見える宋の狙《そ》公という人は、どうせ寓話のことだから身分を論ずるのも野暮なことだが、それほど偉くはなさそうなのに多くの猿を飼っていた。ところが、家計が左前になったのか、猿が繁殖しすぎたためか、ともかく猿の食糧を削減したいと考えて、猿どもと団体交渉をやった。先ず、餌の木の実の数を朝三つ晩四つに減らすと言ったところ、猿が怒りだした。そこで、では方針を変えた、朝四つ晩三つにしようと言ったら、猿どもは喜んで承認したという。これが有名な「朝三暮四」のおこりである。

狙公の猿は、人語を解した点では百獣にすぐれていたけれども、やはり毛が三本足りない悲しさで、交渉相手が方針を変更したのに気をよくし、餌の数の総体は変わっていないことを見落とした。『列子』はここに、「愚昧なる人民大衆」の姿を托して見せたのである。しかし古代中国の文献では、猿をこのように侮辱した例はむしろすくない。

晋《しん》の干宝《かんぽう》の『捜神記』の中に、こんな話がある。山中で猿の子をつかまえた男が、家まで持って帰ると、母猿があとを慕って来た。男は残酷なやつで、子猿を木に縛りつけておくと、母猿は遠くから、しきりに哀れみを乞うような身ぶりをした。そして男が子猿を打ち殺したとたん、母猿は悲鳴をあげながら、木の上から落ちて死んだ。その腹を裂いてみると、腸がばらばらにちぎれていた。

この種の話は、六朝の小説の中には幾つも出てくるし、日本の伝説にもすくなくはない。その説くところは、猿の恩愛の情の人間と変わらぬ点にある。同じことは「焼野のきぎす」などと、他の動物についても言えるわけだが、猿の動作が人間と酷似しているために、猿を主人公とした話はひとしお哀れを催す効果があった。つまり、猿は言語を発することができないだけで、あとの点は人間と変わらぬという考えかたがあったのである。

ところで、注意しておくべき点がある。これまでに登場した猿は、「初しぐれ猿も小蓑を欲しげなり」といった風情の、愛らしい日本ザルではない。手が長いか尾が長いか、動物学にうとい私には断定しかねるのだが、ともかくもっと大がらの、すごい感じがするやつに違いないのである。

殊方日落玄猿哭　殊方　日は落ちて玄猿哭《な》く
旧国霜前白雁来　旧国　霜前《そうぜん》　白雁来らん

——杜甫「九日五首」の一

流浪の旅を続ける詩人の胸をかきむしるごとく、夜空に向かって叫ぶ「玄猿」は、とうてい人間のペットになるような代物ではない。むしろ人間の知らぬ神秘の闇から生まれ出たかと思われるほどなのである。

伝説や物語の世界にあらわれるのも、実は、このような猿であった。ただし、色は「玄《くろ》」ではなくて、白猿が多い。

越王勾践《こうせん》が「会稽《かいけい》の恥」をすすがんものと、日夜兵力増強に心をくだいていたときのことである。

白兵戦の訓練には剣術の指南番が必要なので、謀臣の范蠡《はんれい》と相談した結果、武芸にかけては越の国内に敵なしとうたわれていた一人の処女を招聘することにした。そこで処女が都へ上る途中、袁公《えん》と名のる老人が出て来て、手なみを拝見したいと言う。二人は道ばたの竹を折り取って立ちあったが、老人の打ちこむのを引っぱずした処女が手もとへつけ入り、おがみ打ちにしようとした瞬間、老人は林の梢《こずえ》にとびあがって、白猿に姿を変えた（呉越春秋）。

さしも劫《ごう》を経た白猿も、娘武芸者にかなわなかったわけである。似たような話が、春秋時代の楚の大夫で、弓の名手として知られた養由基《ようゆうき》の伝説の中にも発見される。

楚王の宮廷に神通力を持つ白猿があらわれた。警固の武士たちが矢を射かけても、右に左にと体をかわし、一つもあたらない。そこで王命を受けた由基が立ち向かったところ、白猿は身動きもできず、ただの一矢に射落とされてしまった（呂氏《りょし》春秋）。

この話には異説があって、由基に射とめられた白猿は、もとは楚王が飼っていたものであり、それが逃げ出して悪さをはたらいたのだとも言われている。ここで前に書いたことを考え合わせるならば、大昔の中国人が猿を飼ったのは、単なる愛玩用ではなくて、なにか古代の土俗信仰とかかわりを持つ行為ではなかったかと推測することもできよう。由基の伝説における神通力を持つ白猿と楚王の飼猿とは、もとは一つのものだったとも考えられるからである。つまり、楚王が飼っていたのは神としてあがめられる白猿なのであって、それが伝説の継承のうちに、二種類の猿に分裂したのではなかったか。

さて、伝説の世界に立ちあわれる神通力を持った猿は、多くは文武両道に通じているのだが、いままでの話にも見たとおり、とかく武の方へ傾斜している。しかも、人に害をなすおそろしい存在とされている例がすくなくない。

やはり『捜神記』が記録している話であるが、蜀《しょく》（四川省）の高山には猿に似た怪物が棲み、人間の女だけをさらう。さらって行って妻にするのだが、懐妊すれば、家まで送り返してくれる。生まれた子供は、人間と変わらない。怪物の子だからといって虐待したり殺したりすれば、その子の母が必ず死ぬ。だから母親は一生懸命に育ててあげるわけで、このために蜀の山地では、怪物の子孫がはなはだ繁昌していたそうである。

今は昔となったが、わが国でも立川文庫を読みふけった人ならば、岩見重太郎の狒狒《ひひ》退治に、手に汗握ったおぼえがあろう。毎年若い娘を人身御供《ごくう》に要求するあの白猿は、意外に長い伝統を背負っていたのであった。

ところで、おそらく『捜神記』のこの話を踏まえてのことであろうが、唐代には『補江総白猿伝』という物語が書かれた。かいつまんでしるせば、次のような筋である。

さる将軍が、美人のほまれ高い奥方をともなって、南方へ遠征に出た。山中深く分け入ったところ、若い女をさらう怪物があると聞き、奥方の身辺をきびしく守らせたが、一夜明けてみると、もはや姿がなかった。将軍は大いに怒り、屈強の部下三十名を従えて捜索に出たが、山奥のとある洞窟の前で、数十人の女性に会った。ここが怪物の住家で、女たちはさらわれて来たものであり、怪物はいま留守なのだという。さらに聞けば、怪物は常に白衣をまとい、身のたけ六尺有余、みごとな髯の偉丈夫で、総身は鉄のごとく、刃物を受けつけないが、ただ臍の下だけはやわらかい。また腕力人にすぐれ、打物取ってのわざも天下無双で、空中を飛行する術を心得ており、一日の四分の一の間に数千里を往復するという。

将軍は女たちの手引きによって、怪物に酒を飲ませ、身動きのできないようにしておいて、みごとに退治した。怪物の正体は、年へた巨大な白猿であった。それから奥方はじめ女たちを連れて凱旋したが、奥方はすでに白猿の種《たね》を宿しており、月満ちて容貌猿のごとき男子を生んだ。その子は幼少より才智人にすぐれ、生長ののちは文学に長じ、また書道の達人としても世に聞こえた。

実はこの物語、書道史で有名な唐の欧陽詢《おうようじゅん》の顔が猿に似ていたのをからかうために作られたのだとする説があるのだが、それは当面の問題と関係がない。われわれとしてはむしろ、江戸時代の儒者雨森芳洲《あめのもり》が、この物語が大江山の酒呑童子の話の種本だと指摘しているほうに、興味をひかれるであろう。

もっとも、唐土《もろこし》の白猿が本朝へ飛び来たって酒呑童子と化したかどうかは、なお定めがたい。一つだけ定かなのは、物語の中の白猿は色を好む性《さが》のゆえに身をあやまったが、悪に強きは善にもという世のことわざに従って、その性格を一転させるならば、三蔵法師の供をしてはるばる天竺へと旅立った、あの孫悟空のおもかげが浮かびあがることである。

しかし、孫悟空が中国文学史の舞台に登場するには、さらに数百年の歳月を要する。私はここで、しばらく時間の流れの中に踏みとどまり、別な猿の姿を追い求めてみよう。

以上に挙げた話の中で、猿の飼い主としての楚王が二度も出てきたが、これは偶然ではない。楚は今の湖北省にあたるが、中心部は揚子江中流の、川ぞいの地域であった。ここから揚子江をさかのぼれば、蜀の国である。このあたりが昔から、猿の名所なのであった。ことに楚の平野から山国の蜀にはいるあたりには、有名な三峡の険をはじめ、幾つかの峡谷があるのだが、その両岸の山々には、わけても猿が多い。さっき引用した杜甫の詩も、三峡に面した夔《き》州に滞在していた時の作である。

「玄猿哭《な》く」その声は、私には想像するほかはないのだが、すくなくともわれわれが普通に知っているキャッキャッという声、桃太郎さんにお団子をねだるセリフが次に続くような、そんななまやさしい声ではないらしい。といって、ゴリラが胸をたたいて吠えるのとも違う。凄味はあるが同時に哀調を帯びた、悲痛な声らしいのである。

六朝では各地の地志、いわば私撰の『風土記』のようなものが、幾つも作られた。その中で三峡のあたりについての記述を見ると、必ず猿が多いとあり、その鳴声は「至って清遠」ともしるしてある。さらに地志の一つである『宜都《ぎと》山川記』は、三峡の猿の声は山々谷々にこだまして「冷冷として絶えず」、旅人がこれを聞けば故郷を思わざるものはないとして、土地に伝わる民謡二首をあげている。

巴東三峡巫峡長
猿鳴三声涙沾裳
巴東三峡猿鳴悲
猿鳴三声涙沾衣

巴東《はとう》（蜀の東端）の三峡　巫《ふ》峡長し
猿鳴くこと三声　涙　裳を沾《うるほ》す
巴東の三峡　猿の鳴くや悲し
猿鳴くこと三声　涙　衣を沾す

たぶんこれは、木曾節・伊那節と同様に、三峡を上り下りする船人が、哀調をこめてうたったものであろう。そしてこの歌は、中国の他の地方にも知られたらしい。晋の陸機の「苦寒行」にも、「玄猿　岸に臨んで嘆ず」という一句がある。

陸機は江南の出身であるが、北方から出て、唐の太宗をたすけて建国の功臣となった魏徴《ぎちょう》の詩にも、同様の表現があった。

古木鳴寒鳥
空山啼夜猿

古木　寒鳥鳴き
空山　夜猿啼《な》く

――『述懐』

かれが太宗の命を帯びて、地方の鎮撫におもむくときの作である。山中の仮寝に聞く猿の声に、さしも「人生意気に感じ」た「国士」も、望郷の念を禁じ得なかったことであろう。

しかし、なんといっても、猿の声を最も悲痛に聞きとったのは、流れ流れて三峡の土を踏んだ杜甫であった。猿の声と涙という、ほぼ定型化されたイメージは、この大詩人の痛切な体験によって、ふたたび生き生きとよみがえる。

聴猿実下三声涙　猿《ましら》を聴いては実《まこと》に下《おと》す三声の涙
奉使虚随八月槎　使《つかひ》を奉じて虚《むな》しく随ふ八月の槎《いかだ》

——「秋興八首」の一

窮猿号雨雪　窮猿　雨雪に号《さけ》び
老馬怯関山　老馬　関山を怯《おそ》る

——「有嘆」

風急天高猿嘯哀　風は急に天は高くして猿嘯《ゑんせう》哀《かな》し
渚清沙白鳥飛廻　渚は清く沙《すな》は白くして鳥飛び廻《めぐ》る

——「登高」

だがここに、同じ三峡の猿の声を違った耳で聞いた、もう一人の大詩人があった。

早発白帝城　李　白

朝辞白帝彩雲間　朝《あした》に辞す　白帝彩雲の間

千里江陵一日還　　千里の江陵　一日にして還る
両岸猿声啼不住　　両岸の猿声　啼いて住《や》まざるに
軽舟已過万重山　　軽舟已《すで》に過ぐ　万重の山

転句の部分は、こまかいことを言いだせば、いろいろに解釈が分かれよう。ただ確認しておくべきは、「啼不住」の三字の解釈に議論の余地はないことである。動詞の下に「不住」が添うのは当時の口語的な表現で、動作が小休《こや》みなく続くことをあらわす。「説不住」はべらべらとしゃべり続けることだし、「哭不住」はおいおいと泣き続けることである。したがって、長江千里の川筋を下る李白の耳に響いたのは絶えまのない猿の声だった、ということになる。

その声は、この詩に関するかぎり、涙や旅愁とは無縁のものである。むしろ軽快に走る舟の乗り心地と同じ爽やかさを、読者の印象に残すであろう。従来のかなり多くの解釈では、この詩は李白が流罪にあい、揚子江をさかのぼる途中で赦免を受けたため、ふたたび川を下って引き返すときの作としている。この説には裏づけとなる資料もないが、否定する根拠もない。いちおう通説と認めておくならば、一首を覆う浮き浮きとした調子は、赦免にあったときの天にも昇る心地から発したものとして、ごく自然に理解できる。

だが、それにしても、三峡の猿の心が涙をそそるものであることを、李白が知らなかったはずはない。三声聞いただけで涙が衣をうるおすと伝えられたものを、「啼いて住まざる」ありさまでは、いくら涙を流しても追いつかないことであろう。定型的な発想に従えばそうなることを百も承知の上で、李白はあえて無視してみせた。これは、作詩技法の問題ではない。三峡を悲しみの目で眺めた杜甫と、喜びをもって去った李白という、境遇の差だけでも説明は十分でない。おそらくは李白と杜甫の詩に対する姿勢の差、そして根本的には詩人としての二人の資質の差が、ここに露呈しているのであった。

その差については、私は以前に、二人が詠じた月を材料としながら、若干の意見を述べた。それをくりかえすことは止めて、当面の結論だけを述べておこう。杜甫は定型的な発想の枠をきびしく守りながらも、鋭い現実感覚によって、その発想に新鮮な息吹きを与えた。李白はといえば、おのれの情熱の波動の中に万物を包みこむことによって、定型の枠を乗り越えた。三峡の猿はこの二人の詩人によって、孫悟空の誕生より数百年も前に、詩の世界の中で新しく生まれ変わり、そして永遠に生き続けることとなったのである。

鹿

この前、猿の話を書いたあと、ある会合で山本健吉先生と同席する機会があった。そのとき、山本先生が「日本で猿の役目をしているのは鹿ですが」と言われたのを聞いて、なるほどと思い当たった。

たしかに、「声聞くときぞ秋は悲しき」とうたった平安朝歌人の心は、旅愁ではないけれども、玄猿の叫びを淋しく聴きとった中国詩人の心に通ずる。猿も鹿も、べつに人間を悲しがらせるつもりで鳴いているわけではなくて、発情期に相手を求めて呼びあうのだが、それを悲しいとか淋しいとかいう感情におきかえて受けとる人の心は、国境を越えて通いあうのである。もっとも、中国詩人の見た猿は断腸の声をあげるだけだが、「さを鹿の妻とのふと鳴く声の至らむきはみなびけ萩原」とうたった万葉の歌人たちは、動物の生態にもっと密着していたと言えるかもしれない。

そこで、中国の鹿はどうかと、考えてみることにする。もちろん、鹿の鳴く音が詩にうたわれた例はあるのだが、日本の鹿とは、どうも鳴きかたが違っていたらしいからである。最も有名なのは、『詩経』小雅・鹿鳴《ろくめい》の詩であろう。

呦呦鹿鳴　　呦《いう》呦たる鹿鳴
食野之苹　　野《や》の苹《へう》を食《くら》ふ
我有嘉賓　　我に嘉賓有り
鼓瑟吹笙　　瑟《しつ》を鼓《こ》し笙《しやう》を吹く

初めの二句は、いわゆる「興」である。「呦呦」が鹿の鳴声で、「苹」とはどんな草か知らないが、ともかく草の名であり、古来の注釈によれば、鹿は苹を見つけると、呦呦と鳴いて伴《とも》を呼び、いっしょに食べようとするものだという。

おそらくここには、群棲を常とする鹿の生態が意識されていたのであろう。しかし、詩はそこから出発して、めでたい賓客たちが自分のもとへ集まり、楽しい宴会を開くありさまへと進んで行く。『詩経』には由来、儒家によって倫理的な解釈が加えられているのだが、それによれば、この詩は周の文王が群臣に宴を賜わったときのことをうたい、明君・忠臣がともに天下太平を楽しむさまを謳歌したものだという。

『詩経』は中国古典文学の聖典であった。その中で、鹿の声がこのように描写された以上、後世の詩人たちは、拘束を受けざるを得ない。たとえ彼らが、妻恋う鹿のわびしい声をわびしいと聞いても、そのまま詩にうたい出すことは、躊躇せざるを得なかったのである。

詩人ばかりではない。「鹿鳴」をめでたいしるしとする観念は、中国の知識層の間に固定してしまった。たとえば唐代の科挙制度では、先ず各州・県で予備試験がおこなわれ、それに合格したものが都での本試験を受ける資格を獲得するのであるが、予備試験の合格者が都へ出発する前、州・県の役人が主催して開かれる壮行会を、鹿鳴の宴といった。そこで「小雅・鹿鳴」の詩がうたわれたところから名づけられたのだが、たぶん受験生たちが都へ上って、天子の「嘉賓」となることを祝福する心から出たものであろう。

鹿の声が秋のわびしさをそそるものと考えられていたならば、めでたい壮行会の席上で、「呦呦たる鹿鳴」などとうたわれるわけがない。「鹿鳴」は常にめでたいものであり、天下太平の象徴であった。その観念は流れ流れて、わが明治の鹿鳴館に至る。ただしこの時の「嘉賓」は、文王の時代とは違って、紅毛碧眼の人々と変わっていたのであるが。

ところで春秋時代には、太平和楽の音ではない鹿の声も考えられたらしい痕跡がある。晋と楚の二大強国が対立していたころのことで、両国の間にはさまれた、鄭という国があった。もともとは晋と安全保障条約を結んでいたが、一方では楚とも通じていたのが晋に知れて、外交関係を断絶するぞとおどかされた。このとき、鄭の大臣が晋へ釈明の書簡を送ったのだが、その内容は、近ごろのどこかの国の政府とは違って、あっぱれなものであった。すなわち、当方としてはそちらから次次と出される要求に、精いっぱい応じてきた。だがそちらの態度は、当方を甘く見ている。小国でも国としてあつかってくれるなら、当方もそれらしく応じよう。そうでない以上、危険な綱渡りをやるのも、当方の自由だ。それに文句があるならば、当方の全兵力をそちらとの国境線に集結させるから、お好きなようになさるがよい、と言うのである。

その書翰の一節に、「古人言へる有り」として、「鹿の死するや、音を択《えら》ばず」という一句が見える。「古人」とはだれのことか、わからない。たぶん昔からの言い伝えなのであろう。ただし、この一句の解釈には昔から二説があって、一説は、鹿はふだん呦呦と和楽の声をあげる動物だが、人間や猛獣に襲われて死の危険が迫ったときには、鳴声を選択する余裕はないので、めでたくない声も出すものだと解する。また一説では、「音」は「蔭」に通ずるとし、鹿が死に迫られたときは、身をかくすべきかげを選んではいられないので、どこにでも身を寄せるものだと解く。書翰全体の趣旨から見れば後者の解釈の方がふさわしいので、一般に後者が通用しているが、だからといって、もとのことわざが必ず音＝蔭の意味であったとは限らない。鹿はおとなしい獣であるが、断末魔の叫びともなれば、さだめしすさまじい声をあげることであろう。それを聞いた人たちの驚きが、このようなことわざを生んだのではあるまいか。

ここで、新しい問題が展開する。鹿のまさに死なんとするときの声を聞くことが、ある程度まで人々の日常体験の中になければ、こんなことわざが発生し、定着するわけはない。しかし、そのような体験が、だれにでも可能なはずはなかろう。すくなくとも桜かざして都大路を練り歩く大宮人のものではない。とすれば、推測はほぼ一点に集中する。山麓や曠野に住み、鳥獣をとることに明け暮れていた人たちである。

『詩経』召南・野《や》有死《ゆうし》麕《ぎん》の詩にうたう。

野有死麕　野《や》に死麕有り
白茅包之　白茅《はくばう》もてこれを包む
有女懐春　女有り春を懐《おも》ひ
吉士誘之　吉士《きつし》これを誘《いざな》ふ

麕とは鹿の一種で、ノロと呼ばれるものらしい。第三句と韻をふむ関係で、この字が使われた。次の章では韻がかわるので、同じ句のくりかえしが「野有死鹿」と言いかえられる。要するに鹿でもノロでも、大旨に影響はないのである。

白茅とは、チガヤの葉を干《ほ》して、白くしたもの。死んだノロまたは鹿の肉を切って、これで包み、皆に分配する。ところでここに、春を思う年ごろの女《むすめ》がある。吉士（美青年）が白茅包みの肉をプレゼントにして、女に誘いをかける。――この詩は、誘われた女の「そんなに急ぐものじゃないわよ、わたしのスカートにさわらないでよ、わたしの犬が吠えつくわよ」というセリフで結ばれる。宋の朱子はここから全詩の意味を敷衍して、貞潔な処女のみさおを表現したものであり、その心は「凛《りん》然として犯すべからざる」ものだと称揚したが、さすがに道学の祖師の理解は違ったものである。下根のわれわれには、こんな言葉こそ男心をいっそう狂おしくさせるもので、たぶん当人が無意識のうちにあらわした処女のコケットリーだとしか考えられない。

それはともかくとして、死んだ鹿の肉が、妙なところへ引合いに出された。昔の人も妙だと思ったらしく、死麕または死鹿と若い男女の恋との間にどんな関係があるかについて、さまざまの学者が説を立てている。しかし、いまは一首の解釈を問題としていないので、諸儒の高論は素通りさせていただき、当面の要点のみを言おう。この詩にうたわれた死麕は、行き倒れのノロではないにちがいない。旧注の大多数が認めるように、村人たちが協力しておこなった狩猟の獲物であろう。つまり「音を択《えら》ばず」に悲鳴をあげて斃れたノロの肉を、狩猟に参加した人たちがそれぞれ白茅に包んで持ち帰ったのである。詩中の「吉士」もまた、先頭に立って雄々しく働いた一人であったかもしれない。

ここでわれわれは、二つの有名な成句とめぐりあう。

鹿を逐《お》ふ者は兎を顧《かへり》みず。（淮《え》南子《なんじ》・説《ぜい》林訓）

秦其の鹿を失ひ、天下共にこれを逐ふ。（史記・淮《わい》陰侯伝）

前者は、同じ『淮南子』説林訓の中に、「獣を逐ふ者は、目に泰山を見ず」という句があるのとダブって、「鹿を逐ふ者は山を見ず」という成句に定着した。また後者は、もちろん鹿が支配権ないし帝位のたとえとなっているわけで、やがて「中原」の語と結びつき、「中原　還《ま》た鹿を逐ふ」（唐の魏徴「述懐」）という有名な詩句を生んだ。

つまり、古代の中国人が描いた鹿のイメージは、呦呦と鳴きながら草を食《は》む姿か、狩人に逐われて逃げる姿か、あるいはまた、悲鳴をあげて斃れ、肉を割かれる姿にきまっていた。その第二・第三のイメージは、かれらの生活の実感から発している。春日神社の前で鹿に煎餅をやるような、悠長なことではない。第一のイメージさえも、弓矢を手にして鹿の姿を探し求めた人たちの、生活の知恵から得られたものかもしれないのである。

さっき、「麕」という字を書いた。同様に、鹿の下に何かがついて一字を構成する漢字は、かなり多い。たとえば「麚《か》」は雄の鹿のことであり、「麀《いう》」は雌の鹿である。まだいくらでもあるが、それを書けば近ごろの印刷所にはない漢字ばかり並ぶことになって、手間も費用もかかるばかりだから、やめにする。物ずきな人は、少し大きい漢和辞典で、「鹿」の部首のところにある漢字を通覧されるがよい。

なぜこうした現象がおこったかは、中国語学の専門家に尋ねなければならないことであって、私には断定的なことを言う資格がない。ただ、以前に蓮の部分について書いたことからの類推を、ここにも働かせることができるのではないか。鹿も雌雄からその同族に至るまで、これほど細かく区別されているのは、古代中国人の生活に、それだけ広くかつ密接な関係を持っていた証拠と考えて、さしつかえがなかろう。同じく、ブタにも豕・豚をはじめとして、さまざまな漢字がある。その一方では、昔の中国に生存していたことはまちがいないが、人間生活とそれほど縁はなかったと思われるゾウは、「象」のほか、「豫」に「大きなゾウ」という意味があるくらいで、ほかには漢字を持たない（もっとも、以上は原則的な議論である。それなら昔から人間と関係が深かったニワトリにはどれほどの漢字があるかと言われると、返答に困る。このあたりは、大昔からの動物と人間とのつきあいに関して、もう少しキメのこまかい考察をしなければならないところであるが、いまはその余裕がない）。

ひるがえって、わが「万葉集」の世界ではどうか。初めにも書いたように、「妻問《ど》ふ鹿」は、万葉の歌人たちが好んで素材としたものの一つであった。その中に、時たま狩人の姿の立ちあらわれることがある。

山の辺にい行く猟夫《さつを》は多かれど山にも野にもさを鹿鳴くも　（巻十）

山辺には猟夫のねらひ恐《かしこ》けど牡鹿鳴くなり妻の目を欲《ほ》り　（巻十）
丈夫《ますらを》の呼び立てしかばさを鹿の胸《むな》分け行かむ秋野萩原　（巻二十）

いずれも、「さつを」自身の目から見た鹿ではない。ことに第一と第二の例は、鹿に害をなす狩人と鹿とを対置させて、それにもかかわらず妻を恋うて鳴く鹿に、共感と同情を寄せているもののごとくである。その同情は、「さを鹿のつまどふ山の岡べなる早稲田は刈らじ霜は置くとも」（人麿）となれば、一層はっきりした形をとる。

古今・新古今の世界となると、いよいよ専門外のことに大ぶろしきをひろげるわけで、多くを語り得ない。しかし、おそらく平安朝の歌よみが弓矢たばさんで鹿を追う生活をしたはずはないので、鹿の鳴く音はあわれをそそるものと定型化しつつ、和歌の中にその席を占めたであろうと思われる。それでも、「鳴く鹿の声に目ざめてしのぶかな見はてぬ夢の秋の思ひを」（慈円）というような歌を見るとき、発想は定型化しながらも、なお歌よみたちが鹿の声に耳をすまそうとする態度は失われていなかったと、私には感じられる。それは中国の鹿が、一つは呦呦たる声をもって天下太平の象徴となり、一つは中原の鹿として政権争奪の比喩に転じ、ともに詩の世界における具象性を失ったのとは、いちじるしい相違と言うべきであろう。

だから、中国の詩の中で次のような作品に出あったとき、意外に新鮮な感じがするのである。

魯山山行　　　　　宋　梅堯臣

適与野情愜　　適《たま》たま野情と愜《かな》ふ
千山高復低　　千山　高く復《ま》た低し
好峰随処改　　好峰　処《ところ》に随って改まり
幽径独行迷　　幽径　独り行きて迷ふ
霜落熊升樹　　霜落ちて　熊　樹に升《のぼ》り
林空鹿飲渓　　林空《むな》しうして　鹿　渓に飲む
人家在何許　　人家　何許《いづく》にか在る
雲外一声雞　　雲外　一声の雞

時は澄みわたった秋の日、所は木々の葉の落ち尽くした「空山」である。はるか向こうの谷川に下りて水を飲む鹿の姿は、一幅の絵と言うべきであろう。ただし、それ以上ではない。詩人はこの鹿を見て、天下太平を謳歌しようとするのでもなければ、「中原の鹿」をわが手に収めようと、はやり立つわけでもない。ごく平淡に、眼前の景を写生したにとどまる。これは宋の詩人たちによって開拓された、新しい詩の境地だったのである。

そう言えば、私はもう一度唐詩の中に立ちもどって、「空山　人を見ず」に始まる、あの有名な詩の題とされた「鹿柴《ろくさい》」の意味について語らなければならぬであろうか。しかし、この問題に深入りするときは、われわれは輞川荘《もうせん》の「深林」の奥にさそいこまれて、肝心の詩の理解とは関係のないところで精力を浪費することとなりかねない。よいかげんのところで引き返す用意が大切である。

従来の注釈家が「鹿柴」について、あるいは鹿を飼うための柵と言い、あるいは鹿が作物を荒らすのを防ぐための柵と言っているのは、いずれも意をもって下した解釈である。どちらにしても、言われてみればそれらしく思えるだけで、きめ手となる確証には乏しい。旧説を離れて考えるならば、鹿は夜寝るときに円陣を作り、雄が頭を外側に向ける習性があるという。つまり外側から見ると、角《つの》がバリケードをなしているわけで、これを「鹿角寨《さい》」といった。そこから転じて、戦陣で設ける逆茂木《さかもぎ》をも、やはり鹿角寨とよぶようになった。ここの「鹿柴」も、それと全く無関係とは思われない。

ただし、王維の「鹿柴」の詩に友人の裴迪《はいてき》が唱和した作があって、その転・結句には「知らず深林の事／但《た》だ麏麚《きんか》の跡《あと》有るのみ」とうたわれている。そして、王維自身が描いたといわれる「輞川図」の模本（たぶん原図のままではないだろうが）が幾つか伝えられているが、その鹿柴付近の風景には、すべて鹿が書きそえてある。

鹿を飼う風習は、なかったとは言えない。昔の王侯は「鹿囿《ろくゆう》」という飼育場を持っていたとも伝えられる。しかしそれは、狩猟の獲物を繁殖させるためのものであった。輞川の王維が、猟にいそしんだ痕跡もない。ただ一つ、目を天竺に放てば、釈迦が説法をした鹿野苑《ろくやおん》の故事がある。これが熱心な仏教信者の王維と、ひとすじのつながりを持つかもしれない。

だが、そうなるとわれわれは、別の鹿を相手にしなければならなくなる。それは七福神の寿老人が連れている、あの鹿であって、「空山　人を見ず」の詩意からは、ますます遠ざかるであろう。このあたりで足を止めるのが、汐時である。

狐

子供のころ、老人から狐の嫁入りの話を聞いたことがある。雨模様の暗い夜、村はずれの堤防の上を大勢の人が通るらしく、ガヤガヤと人声が続いた。その老人がまだ子供のときのことで、にぎやかな行列を見たさに走って行ったが、たしかに声は聞こえながら、提灯は一つもつけていない。声をたよりに近づいて、耳をすませても、ただしきりと言い合うのがわかるだけで、意味のある言葉は一語も聞きとれないうちに遠ざかって行く。家に帰って父親に話したら、それが狐の嫁入りというもので、めったに近づいてはいけないと教えられた。——先年、私は久しぶりにその村をたずねたのだが、もう何市何町と名が変わって、拡張され、舗装された堤防の上の道をダンプカーが走っていた。これでは狐の花嫁も、安心して駕籠に揺られているわけにはゆくまい。

そこで考えたことだが、百獣それぞれに匹偶を求めるものである以上、兎や鹿の夫婦は野合で、狐だけが礼を正して嫁入りの行列を組むというのは不公平である。闇夜の人声が熊の嫁入りでも、狸の嫁入りでもかまわないはずなのに、なぜ狐ときめられてしまったのか。

狐が魔性のものと考えられたことは、言うまでもない。魔性だから人間と同じ心を持ち、同じことをしたがると認められても、ふしぎはなかろう。だが同じ魔性でも、狸や獺《かわうそ》や猫又のたぐいは、嫁入りはしない。そして狐にしても、冠婚葬祭のうち、実践しているのは婚礼だけのようである。狐の葬礼というのは、どうも聞いたことがない。

そこが畜生の悲しさで、人間に学びながらあとの三礼には及ばなかったのだと言えば、説明はつく。だが、しつこいようだがもうひと押したずねさせてもらうと、狐の学び得た一礼として、なぜ婚礼が選ばれたのか。獺は魚を祭るもので、どうやら祭礼を心得ているらしいが、これは獲物の魚を岩の上などに並べる習性から出た。狐の習性に、花嫁のようなところがあるのだろうか。

そう言えば、狸が化けるときのレパートリイは、どうやら大入道・三ツ目小僧などの、むくつけきものに限られるようである。ところが狐は、美しい娘や年増に化ける。弥次喜多の近世は問うまでもない。遠い王朝の世にも、夕顔を見そめた源氏の君が、「いづれか狐ならんな」と言っている。昔の人は狐に魔性を認める一方で、色気をも感じていたようである。たぶんそれは、狐の均整のとれた姿態と柔軟な動作から生じたものであろう。だから狐の花嫁という連想も、容易に一般化したのに違いない。この点は古代の中国人においても、同様であった。

『詩経』衛風・有狐の詩に言う。

有狐綏綏　狐有り綏《すい》綏として
在彼淇梁　彼の淇《き》の梁に在り
心之憂矣　心の憂ふる
之子無裳　之《こ》の子裳無し

この詩は『詩経』の中でもことに難解で、諸説紛々としているものの一つである。全体の意味をどう取るかによって、部分の解釈も変わる。たとえば「綏綏」の一語にしても、「夫婦が並んで行くさま」「単独で行くさま」「ゆっくり歩くさま」「尾を垂れるさま」などと、全く相反する解釈を含む多くの説が出されている。

ともかく、狐がいて、淇という川に仕掛けられた魚とりの梁《やな》のそばを歩いている。たぶん魚をねらっているのだろう。そこまではまだよいのだが、次の二句、「私は心配だ。あの人（それが男性か女性かも問題であるが）には裳《もすそ》がない」と、どう結びつくのか。

この詩を恋の歌と解する点では、諸説ほぼ一致する。最も古い解説、いわゆる「小序」では、世が乱れて衛国の男女が配偶者を得られないのを恨んだ歌だと説明している。「小序」は万事をきれいごとにしてしまう傾向があるが、なにぶんにも孔子の時代から淫靡な歌謡として聞こえた「鄭衛の声」の中の一首である。「裳の無い」子を心配して、めんどうを見ようと言い寄る心は、世の乱れを嘆く大義名分とは関係があるまい。その「子」を引き出すための、『詩経』の術語では「興」

にあたる狐もまた、花嫁姿の清純さよりも、もっとエロティックな連想を抱かせるものではなかったか。

『呉越春秋』によると、禹《う》は三十歳になっても妻がなかった。当時としては甚だしい晩婚である。塗《と》山の山中を歩きながら、そのことを嘆息していると、九尾の白狐があらわれた。禹はこれに感じて、塗山氏の娘を娶ったという。狐が嫁入りしたわけではないが、嫁入りに関係している点は、注目に値いしよう。そして、この話も大聖人の禹が主人公だから、きれいごとにされた気味があるけれども、中年の独身男の煩悶に応じて出現した白狐が、清純ムード一辺倒で理解できようとは、どうも考えられない。

ここで、しばらく現実の狐について考えてみることとしよう。昔の人たちにとって、狐はごく身近な獣だったに違いないが、彼らの狐を見る目がどのようなものであったかを、いちおう検討しておく必要がありそうだからである。

第一に狐は害獣である。それも虎や熊と違って、毎晩人家へとしのび寄っては梁の魚を盗んだり雞小屋を襲ったりする、日常的な害獣である。この点で狐は鼠に似ているとも言えよう。事実、「城狐社鼠」という成語があって、狐と鼠が同列に考えられたあとを示している。城壁に巣くう狐、神祠を住家とする鼠は、有害な動物ではあるが、除去しようとすれば城壁や神祠そのものまでも破損するおそれがあるという意味で、除きがたい君側の奸臣のたとえに用いられる。もっとも、倉の穀物をかじる鼠にくらべれば、雞を襲う狐は、血が流れるだけに、一段と強烈な被害感をあたえたであろう。

第二に、狐は人間にとって有用な、と言うよりもむしろ貴重な動物である。同じ害獣でも、鼠はつかまえたところで三文の値うちもない。虎や熊ならば金になるはずで、皮も役に立つし、熊の掌《たなごころ》は天下の美味として、孟子もこれを賞した。ただし虎や熊をつかまえるとなると、こちらも命がけで、大がかりな準備をしなければならぬ。それにくらべれば狐は、さほどの危険をともなわずに捕えることができる。鼠のてんぷらなどを餌にしてワナをしかければよいと、狂言の「こんくわい」が教えてくれている。

そして、つかまえた狐の皮をはいで着物に仕立てれば（当今のジャンパーのようなものだが、もっと丈《たけ》が長いらしい）、高価な衣料となった。これを狐裘《きゅう》という。あたたかいので、孔子もふだん着に用いたと、『論語』郷党篇に書いてある。ただし高価なために弟子までは行きわたらなかったらしく、孔子は「弊縕袍（破れたどてら）を衣《き》、狐貉《こかく》を衣たる者と立ちて恥ぢざる者は、それ由《ゆう》か」と、弟子の子路の勇気をほめた。狐裘をまとうのは金のあるしるしだったわけで、わが国でも当節はミンクとやらいう夷狄の獣に押されぎみだが、少し前までは女性の襟巻にその名残りをとどめていた。

ただし、狐の毛皮はそれほど品薄なはずがないのであって、狐裘一着に何匹の狐が必要か知らないが、上流階級の独占物として珍重される資格があるかどうかは疑わしい。実は、狐裘といってもピンからキリまであったらしく、ほんとうに高価なのは、狐白裘と呼ばれるものであった。狐の腋の下には白い毛があって、狐白という。その狐白だけで作ったのが狐白裘で、これならば何百匹という狐を使わなければならないだろうから、いかにも高価に相違ない。さきほどの『論語』の記録でも、孔子が着たのは「黄衣狐裘」とあるから、孔子さまも狐白裘までは手がとどかなかったと見える。

その昔、戦国時代の孟嘗君《もうしょう》が秦の昭王のもとへ行き、幽閉され、殺されそうになった。いずれは有名な「雞鳴狗盗」の活躍で脱出することになるのだが、その前提として昭王の愛妾のところへ人をやり、うまくとりなしてくれるように依頼すると、愛妾の方ではそのかわりに孟嘗君の持っていた狐白裘をよこせと答えた。この狐白裘は「直《あたい》千金、天下無双」のものであったという。

いくら千金の貴重品でも、場合が場合である。昭王は孟嘗君を生かしておくと秦の有力な敵になるとにらんで、幽閉した。戦国時代の食うか食われるかの切迫した情勢が、この事件にはかかわっている。愛妾が寝物語に口説いたところで、昭王がうんと言うかどうか（現実には、昭王はうんと言って孟嘗君を釈放した。しかし、すぐに後悔して、追手をさしむけた。王が後悔したあとの愛妾の運命は、歴史には記録されていない）。へたな口説きかたをすれば、敵国に内通するのかというわけで、愛妾の首が飛ぶおそれもあろう。その危険も、狐白裘と引きかえならば冒してもよいと回答してきたのだから、これは女性にとってよほど魅力のある着物だったに違いない。

さて、このようなわけで、狐は人間にとって、つかまえなければならない害獣でもあるし、つかまえれば金になる「益獣」でもある。となれば、人間が目の色を変えて追い回すのは当然であろう。迷惑なのは狐である。身を防ぐ強い力があるわけではなし、走るのもとくに早いとはいえず、木登り・穴もぐりなどの特技があるわけでもない。人間だけでなく、他の動物の襲撃を避けるためにも、狐は極度の警戒心をもって生きぬかなければならなかった。

「狐疑」という言葉がある。猜疑心・警戒心の強い態度をさして用いるのであって、時には優柔不断・臆病の意味にもなる。そのような性格の代表的なものと、狐は見なされていたのである。

したがってまた、狐は狡猾な獣とも意識されるようになる。「虎の威を仮《か》り」て百獣を走らせたのは、『戦国策』の狐であった。ここには、力は強いけれども間の抜けた虎と、奸策を弄して上手に立ちまわる狐との対比が、あざやかに示されている。

畜生のくせに奸策を弄するとは、容易ならぬ能力である。だから狐は魔性のものと恐れられた。漢の許慎の『説文解字』にも、「狐は妖獣なり、鬼《き》の乗ずる所なり」とある。亡魂などが狐に乗りうつって怪しいことをするのだと説明しているのである。

秦の末期に陳勝・呉広の二人が農民を煽動して謀反を起こしたことは前に書いた。このとき煽動の手段として、いろいろと怪しげな前兆を利用したが、その一つに、夜ふけに狐の鳴声を聞かせたとある。六朝の伝説に、狐の鳴くのが家の崩壊する前兆だったという話があるところから見れば、陳勝・呉広のときの狐の鳴声は、秦帝国の崩壊を告げたのかもしれない。これは天下国家にかかわる声であった。わが国の叱られた子守りが、夕べさみしい村はずれで、コンと狐が鳴くのを恐れるような、プライベートな問題ではなかったのである。

しかし、ただ妖獣と言いすててしまったのでは、狐に対して失礼になろう。さきほどの『戦国策』

の狐は、虎に対して、「天帝、我をして百獣に王たらしむ」といばった。これを苦しまぎれのハッタリと、見過ごしてもよい。だが見過ごせないのは、狐はたしかに天ないし神々と交渉を持っていた事実である。そのことは六朝期の記録に、しばしば見ることができる。

狐は、五十歳にして能《よ》く変化して婦人と為る。百歳にして美女と為り神巫と為り、或いは丈夫と為りて女人と交接す。……千歳にして即ち天と通じ、天狐と為る。（玄中記）

九尾の狐は神獣なり。其の状は赤色にして四足九尾。……食《やしな》ふ者は（その狐を飼えば）人をして妖邪の気及び蠱《こ》毒の類に逢はざらしむ。（瑞応編）

「鬼の乗ずる妖獣」は、ここでは天界に住み、神獣と呼ばれるまでに昇格した。そうした狐の一匹は美青年に化けて、晋代に博学無比とうたわれた張華に論争をいどみ、一歩も譲らなかったと『捜神記』が伝えている。また、唐代の農村では狐を祭る風習が広まり、どの村にも「狐神」があったと、唐初に書かれた『朝野僉《せん》載』という随筆に見える。稲荷大明神の使わしめが狐であるのは、どのような縁起によるのか知らないが、同様のことは中国でも一般化していたのである。

そういえば、狐がほめられることもあった。「首丘の義」という成語がある。もとは『礼記』の檀弓《だんぐう》に「古人の言に曰く」として引用されているもので、注釈によれば、狐が死ぬときには必ず古巣のある丘へ首を向けた姿で倒れるという意味である。『礼記』はこれを、「その本を忘れざる」君子の心に通ずるもので、「仁なり」とたたえている。もっとも、この「首」の語義については異説もあるのだが、いまは一々紹介する余裕がない。

ところで、さっきの天狐にもどろう。狐はそこまで出世する前に、美女や色男に化ける能力を持つものであった。ここで話は、この一文の冒頭に接続するのであるが、狐という動物にはあくまでも色気がからんでいる。神獣と呼ばれた九尾の狐も、どこでどう堕落したものか、本朝へ飛来して玉藻《たまも》の前と姿を変え、さらには殺生石と化して、後々まで諸人の難儀となったのであった。

だいたい、千年の劫《ごう》を経れば天狐になれるといっても、ただぼんやりと歳月を過ごしていればよいわけのものではない。狐は狐なりに、苦労も修養も必要なのである。美人や色男に化けるのは、千年目に至るまでの欠くべからざる過程であった。なぜならば、人間の男女と「交接」するのは、相手の精気を吸い取って体内に蓄積することが目的だからである。これを「採補の術」という。九百五十年にわたってこの術を駆使し、何百または何千という人間の精気を蓄積し得た狐だけが、はじめて天狐となる。常識的に考えて、相手の精気を吸い取るには女性の方が有利であると、誰でも認めるであろう。だから男女両性に化けられる狐ではあるが、話としては、女に化けるものの方が多い。

つまり狐にとって人間を化かすのは、油揚を欲しがるような単純な衝動からではなく、いわんや一時の出来心のためでもない。天狐とあがめられるか、ジャンパーにされてしまうかを賭けた、血みどろの闘争なのである。狙われた人間の方も、精気を吸い取られれば、精力枯渇して死んでしまう。これも馬糞を饅頭と思って食わされたり、木の葉を小判と見て有難がる程度の、単純な被害ではすまないのである。

中国には古来、狐に関する民間の説話が多い。北宋初年に作られた『太平広記』は、古い稗史野乗の類からの抜萃を内容別に編集したものであるが、鳥獣虫魚に関する説話六十二巻のうち、狐が九巻で首位に立つ。次点が竜と虎の各八巻なのである。その狐の話の大部分を、いま述べた闘争の記録が占めている。

ただ、時代が降るにつれて、多少ニュアンスの違った作品が登場する。その皮切りは、唐の沈既《しんき》済《せい》の小説「任氏伝」であろう。これは惚れた人間の男に操を捧げ尽くして死ぬ狐の物語で、その哀れさは、信太《しのだ》の森のうらみ葛の葉と歌ったわが国の狐と一脈の共通性を持つ。沈既済といえば邯鄲《かんたん》の夢枕で有名な「枕中記」の作者で、わが国ではこの作品の方が有名であるが、小説としては「任氏伝」の方が数段すぐれていると認めてよかろう。

そして清初の蒲《ほ》松齢の『聊斎志異』に登場する狐の女たちがある。彼女らの大多数は純情で美しく、ひとすじの恋に生きた。読んでいると、作者は人間の女性によほど絶望し、憎悪しているのではないかと思われるほどである。

駕籠に揺られて行った狐の花嫁にも、同じように激しい恋ごころが抱かれていたのであろうか。だが、それはもう、故老の記憶の中におぼろなうしろ姿としてしか残っていない。いまごろはあの堤防の道を、ネオンランプがしらじらと照らし出していることであろう。

羊

日之夕矣　日の夕べなる
羊牛下来　羊牛下《くだ》り来《きた》る

——『詩経』王風・君子于役《うえき》

東周の直轄地域、今の洛陽を中心とした地方の民謡の一節である。もとより作者も制作年代もわからない。古来の伝承は前七五〇年ごろに作られたものとする。確証はないのだが、違っていたにしても、その差はせいぜい二百年ぐらいのものである。いまから二千五百年以上も昔の民謡について考えるのだから、二百年程度の誤差は大目に見てもらわなければなるまい。

洛陽周辺の、どのあたりであろうか。中原の大平野の上を、波打つように、小高い丘陵がつらなっている地形でなければならない。丘陵の上には、たぶん樹木は茂っていないであろう。日本でいえばカヤトのゆるい斜面が、裾の村まで続いている風景を想像したい。そこに、日が暮れかかる。反対側の斜面は、もう蒼茫とした夕闇の色に塗りこめられた。対照的にこちらの斜面は、西日をいっぱいに受けて明るい。そこを、放牧の羊や牛がゆっくりと下りて来る。彼らは平和な一日を過ごし、これから牧舎へ帰って夜を迎えようとするのである。どこからか、牧童の草笛の音も響いて来よう。

ただし、「君子于役」の民謡全体は、決してのどかなパストラルではない。戦争か、それとも辺境の築城工事か、ともかく遠いところへ徴発されて行ってしまった夫を恋う妻の歌なのである。羊や牛ならば、日が暮れればわが家へと帰る。しかし私の夫は家を去ったきり、いつまでももどって来ない。もどる日さえもわからない。胸をしめつけられるような思いで、（おそらく、まだうら若い）人妻は、今日も背戸へ出ては斜面を下りて来る羊と牛の群を見つめているのであろう。その悲しみとはうらはらに、西日を浴びた斜面はどこまでも明るく、羊や牛の足どりはあくまでものどかなのである。

ところで、羊を飼うのは北方の風習のように見える。江南で羊を飼った話は、多くは聞かない。そして北方でも、たぶんさらに北方または西北方の遊牧民族から影響を受けているのであろう。現代でもモンゴルの人々にとっては、牧羊が生活の大きな手段ではないか。中原の地方ならば農業の片手間の牧畜でもすんだであろうが、遊牧民族となれば、もちろん全生活が羊・牛・馬などを飼うことにかかっていた。その生活の中から、次のような歌も生まれてくる。

勅勒川　　勅勒《ちょくろく》の川
陰山下　　陰山の下

天似穹廬　天は穹廬《きゅうろ》に似て
籠蓋四野　四野を籠蓋《ろうがい》す
天蒼蒼　天は蒼蒼
野茫茫　野は茫茫
風吹草低見牛羊　風吹き草低《た》れて牛羊を見る

——勅勒歌

六世紀のほぼ中ごろに記録された歌謡である。記録された動機については伝説があるのだが、ここでは省こう。ともかくこの歌は、勅勒族というトルコ系の遊牧民族の間でうたわれていた民謡を、中国語に翻訳したものだという。中国では近世に至るまで翻訳文学が栄えたためしはなかったのだが、これは数すくない例外の一つである。

「勅勒の川」とは、現在の正確な位置はわからない。陰山山脈のどこかの裾にあるとしか考えようがないが、ともかくそのあたりは砂漠ではなくて、一望千里の大草原であった。「穹廬」とは遊牧民族が使う、天井がドーム状になっている天幕である。三百六十度、どう見まわしても何もない平原だから、大空が大ドームのように、すっぽりと頭上にはまっている感じがするのである。天と野と、見えるものはそれだけなのだが、ただ風が吹きわたるとき、はるばると草がなびいて、牛や羊の群が見える。勅勒の一族はこの群を追いたてながら、水を求め草を求めて移動するのであった。

遊牧民族と羊というのは、すぐに結びつくイメージである。それが、いつごろ、どのようにして影響したかはわからないが、華北から華中へかけての漢民族も、ある程度羊を飼育していた。遊牧民族のように、羊の乳からとったチーズを常食とするほどには羊に依存していなかったが、それにしても『詩経』の時代から続いているわけで、牧羊の歴史は古い。

直躬《ちょくきゅう》という男があった。たぶん、しがない農民にすぎなかったのであろうが、たいへんな正直者だったために、『論語』の中に名をとどめる光栄に浴した。

葉公《せふ》、孔子に語《つ》げて曰く、吾が党に直躬なる者有り。其の父、羊を攘《ぬす》みて、子これを証せりと。孔子曰く、吾が党の直き者は是れに異なり。父は子のために隠し、子は父のために隠す。直きこと其の中に在《うち》りと。（論語・子路）

直躬というのは、人名にしては妙な姓名なので、「正直者の躬さん」の意味だとか、固有名詞とはせずに「躬《み》を直《なお》くする者」と読むべきだとかいう説があるが、それはこの際、問題の外におく。「攘《ぬす》む」とは古来の注に従えば、強盗・窃盗のたぐいではなく、他人のものが偶然自分の手にはいったとき、持主に返さず、自分のものとしてしまうこと、つまりネコババを意味する。直躬の父親は「日の夕べなる、羊牛下り来」って、牧舎をまちがえて自分の家の囲いの中にまぎれこんだ羊を、そのままにしておいたのかもしれない。いずれにしても羊を飼うのはそれほど特殊なことでなく、すくなくとも孔子の時代、葉公の治下（今の河南省の中央部のあたり、葉県を中心とする地方である）では、ふつうの農民が、ごくふつうに羊を飼っていたのである。

動物学にうとい私には、そのころの羊がどんなものであったか、詳しくは知らない。むしろ山羊《やぎ》が主体だったのかと思うが、ともかく改良を加えられた現在の綿羊と違うことは、たしかであろう。だから羊毛をとって織物を作ることもあったかもしれないが、すくなくとも一般的ではなかった。むしろ羊の毛皮は価値の低いものと見られたらしいのであって、『戦国策』にも「千羊の皮は一狐の腋《えき》に如《し》かず」とある。狐の腋の下の毛皮が貴重なものとされたことは、前に書いた。それが一枚と羊の皮千枚では、狐の方が高価だというのである。この言葉は千人の鈍才を集めても一人の英才には及ばないというたとえで、誇張をともなっているではあろうが、羊の毛皮がありふれたものという通念が存在していたことの証拠にはなるであろう。

乳・毛皮に次いで羊が有用なのは、その肉である。古代中国の調理法でマトンをどのように扱ったか、詳しいことは知らないが、肉入りスープのように煮こんだものがあったことはたしかである。これを「羹《こう》」といって、どの肉を用いた料理にも使う名前だが、「羔」（小羊の意味）の字が含まれているのだから、羊肉を用いるのが本来だったのであろう。そして「羊羹」と、はっきり羊の肉であることを示した言葉もある。これは日本に渡来してからヨウカンに化け、羊とは縁もゆかりもない菓子となってしまったが。

春秋時代のこと、鄭と宋とが戦争をした。宋軍の指揮官は華元という人で、戦闘開始に先だち、羊を殺して羊羹を作らせ、将兵に食べさせた。腹がへってはいくさができない道理だが、それよりも当時の戦闘は、まず大将が自腹をきって将兵に酒食をふるまうのが慣習であった。恩賜の煙草をいただいて特攻隊が飛び立つのと似たようなものと考えてもよかろうが、昔の将兵はもっとドライなのであって、あらかじめ特別料理を食わせておかないかぎり、戦闘で将兵が奮励努力しなくても、大将としては文句が言えないことになっていたのである。

ところで華元がふるまった羊羹は、全将兵に行きわたったはずであったが、どうしたわけか、一人だけ食べそこねた男がいた。それが華元の御者だったのである。当時の戦争は車戦が主体であり、華元は馬車に乗って戦場にのぞむのだから、その御者は重要な役目である。華元も無視したわけではなかろうが、うっかりして声をかけるのを忘れたのかもしれない。しかし御者は腹を立てて、いざ開戦となったとたん、一鞭あてて馬車をまっすぐに鄭軍の陣地へと走りこませた。華元はもちろん鄭軍の捕虜となり、宋軍は大敗したという。羊羹一杯が勝敗をきめたわけで、食いものの恨みは恐ろしいことの典型的な実例である。

ただ漢代以後になると、文献の数がふえたわりには、マトンの料理に関する記録は乏しい。『水滸伝』などを読むと豪傑たちの酒もりに「殺羊置酒」といった表現が何度も見られるので、羊を食べたことは実証できるのだが、折目正しい上等の料理では、あまり羊の肉にお目にかからないようである。現代の日本にも栄えるジンギスカン料理は蒙古族のもので、漢民族本来の食べ方ではないし、いまの北京料理に羊を使ったものがあるのも、蒙古族や清朝満洲族から伝えられた可能性が大きい。

もっとも一方では、「羊頭を懸《か》けて狗《く》肉を売る」ということわざがあって、羊の方が犬の肉より上等に見られた証拠を提供している。犬の肉というと、日本では江戸時代の折助か明治の貧乏書生が食べるもののように思われそうだが、中国ではレッキとした食肉であった。やはり『水滸伝』などの小説で、街道筋の茶店で酒でも飲もうというとき、肴にするのは牛肉か犬の肉なのであって、両者はほぼ対等、ときには犬の方が上等に見えるときもある。だから「狗肉」を売るといっても、とんでもないイカモノを食わせるわけではなく、ちょっと質を落としただけにすぎない。

そうすると、狗肉より上等の羊肉はよほど質のよいものと見てよいことになるが、実はここに問題がある。「羊頭を懸けて狗肉を売る」ということわざが存在したことはたしかなのだが、いつごろ誰が言い出したかと調べてみると、いっこうにはっきりしない。そこで物ずきな学者がいろいろに考証しているが、判明したかぎりでは、『晏子春秋《あんしし》』などの古い書物に「牛頭を懸けて馬肉を売る」「羊頭を懸けて馬脯《ほ》（馬肉）を売る」などとあるのが本来の形であり、いつのまにか馬が犬に変わってしまったらしい。これは食肉としての犬の価値が明清以後に下落していったあとを示すもののようであるが、馬肉は中国では、犬の肉以下の低級な肉なのであった。

乳・皮・肉それぞれに有用でありながら、さほど高い価値を認められてはいない羊が、晴れの舞台に登場することがあった。祭祀のおりの犠牲になるときである。神に捧げる犠牲は、中国では牛・羊・豕《し》（豚）の三種ときまっていて、三つを併用するのが最も丁重な祭祀であるが、どれか一つだけを用いる場合も、もちろん多い。やはり『論語』で有名な「告朔《こくさく》の餼《き》羊」は、暦が重要視されていた当時、毎月一日に諸侯が宗廟で月の始まりを宣告する儀式を挙行し、犠牲として羊を捧げたことをいう。しかし時代が降るとともに儀式は機械化して、諸侯自身が臨席することもなく、ただ羊だけがそなえられていた。そこで子貢が犠牲をもやめてしまおうと提案したのだが、孔子は答えた。「賜や、爾《なんぢ》は其の羊を愛《を》しむ。我は其の礼を愛しめり。」

山道などのうねっているのを「羊腸」という。曲りくねって長いのはなにも羊の腸だけに限らないはずだが、これもたぶん、羊を犠牲とした古い昔の記憶が痕跡をとどめた言葉であろう。いけにえの腹を割いて臓腑を取り出し、その形状などによって吉凶を占うのが、古代の祭祀の一つの型だったからである。

しかし古代の儀礼には、われわれの知識のまだ及ばない部分がある。『春秋左伝』によれば、宣公十二年、楚の大軍が鄭を包囲した。尋常のいくさでは、鄭の軍事力はとても楚に及ばない。ついに落城となったとき、鄭の君主はみずから肉袒《たん》（肌ぬぎ）し、羊を牽《ひ》いて侵入する楚軍を迎えた。楚王はあっぱれな降服ぶりだと感心して、これほどの君主ならば国民の信望を得ているだろうと、鄭を亡ぼすのを中止し、講和条約を結んで兵を引いたという。

一国の君主ともあろう者が肌ぬぎになって羊を牽いた姿は、みすぼらしいに違いないが、このスタイルが降服の誠意の表現であることを、相手の楚王も了解していた。みすぼらしい姿でさえあれば、どんなスタイルでもよいわけのものではない。牽いているのが犬や豚ではだめなのであって、羊でなければならなかったらしいのである。周の武王が殷を亡ぼしたときも、殷の紂王の兄にあたる微子がやはり肉袒し、左手で羊を牽き、右手に茅を持って降服に出たと『史記』宋世家に記録してある。

なぜ羊を牽かなければならなかったのか。行為をおこなった当人は、むろん説明を加えてはいない。そこで後世の注釈家たちは、あれは犠牲の羊と同じ運命を甘受する意思表示だとか、羊料理のコックのような賤役をもつとめますという意味だとか、いろいろな説を立てているが、どうもあとからつけた理屈のにおいがする。羊という動物には、もっと象徴的な何かが含まれていたのではなかったか。

ただし、羊がおとなしい動物だからという考えは、どうも放棄しなければならないようである。『史記』項羽本紀中の軍令の中に、主将の命令に従わぬ暴悪な者を糾弾して「猛《たけ》きこと虎の如く、狠《こん》なること羊の如く、貪《どん》なること狼の如く」という表現がある。「狠」とは凶暴・残忍の意味であって、「虎狼」といえばそのような性格のものの代表とされるが、そこにもう一枚、羊が加わっているのである。ひねくれた山羊を飼うのにてこずった体験が反映しているのではないかとも思うが、ともかく「屠所の羊」といったおとなしさばかりが、羊のすべてではない。

話はここで、雷について書いたとき保留しておいた問題に接続する。唐の李朝威の「柳毅伝」という小説は、落第書生の柳毅がふとしたことから洞庭湖の竜王の娘と知りあい、その危難を救ってついには夫婦となることを書いたものだが、発端の部分、はじめて二人が知りあうくだりでは、竜王の娘は通常の人間と同じ姿で、羊を飼いながら道ばたに立っていた。それから話が進み、相手の正体がわかったあと、柳毅が、「羊を飼って何になさるのです。竜王さまでも殺生をなさるのですか」とたずねると(ここから見れば、牧羊の第一目的は殺して食用にすることだったようである)、竜王の娘は、「あれは羊ではありません。雨工です」と答えた。「雨工とは何ですか」と問えば、「雷とか霆《てい》とかいった連中です」と言う。そこで柳毅が見なおすと、目つきや足どりはたしかに異様だが、大きさや毛なみ・角の生え方などは、普通の羊と少しも変わらなかったという。

いきなり「雨工」と言われたから、柳毅もめんくらって問いなおしたのであろうが、文字を見てよく考えれば、いくら落第書生でもわかったはずである。「雨工」とは天上界において雨を降らせる技術者のような地位を占めるものであった。竜王は雨をつかさどる。その配下に雨工がいても不自然ではないわけで、それがさらに「雷や霆など」と説明された。人間世界に仮の姿を現じたときは羊であるものが、天上界では雷となって暴れまわるのである。

天上界だけではなく、羊はまた怪異の世界とも何かのかかわりを持っている。晋の干宝の『捜神記』の中に記録された話によれば、宋定伯という男が夜道の途中で幽霊と会った。中国の幽霊は、一見常人と変わらない姿をしたものが多い。その幽霊が「君は何者だ」と言うので「おれも幽霊だ」と嘘をつき、道づれになって行った。そのうち、交代に背負って歩こうということになり、まず幽霊が定伯を負い、次に定伯が幽霊を負って行くうち、夜も明けかかり、目ざす町が近づいて来た。幽霊は「もういい、おろしてくれ」と言ったが、定伯は知らん顔をしてしっかりとかついだまま、町の中へ走りこんだ。幽霊は大声でわめき、ばたばたとあばれたが、逃げられないとわかると、静かになってしまった。町の市場まで来た定伯が幽霊を肩からおろして見ると、いつのまにか羊になっている。そこで市場の中へ曳いて行き、千五百貫で売りとばした。当時の人々は「幽霊売りの宋定伯、一千五百の金もうけ」と言いはやしたという。

幽霊ならば何にでも化けられそうなものだが、よりによって羊というのは、やはり何か意味がありそうである。そこまでは見当がつくのだが、その先がまだわからない。たぶん、今でも華北の原野では、日暮れごとに牧舎へと帰る羊の群が見られることであろうが、それを見まもる人々の胸の底には、こうした古い記憶の痕跡が影を落としているかどうか。

虎

むかし、孔子が車で泰山のあたりを通ったとき、一人の婦人が墓の前で泣いているのを見かけた。その泣き声がいかにも哀れに聞こえたので、孔子も居ずまいを正し、弟子の子貢をやって理由をたずねさせた。すると婦人が答えるには、自分の舅《しゅうと》も夫も虎に食い殺されたのだが、このたび息子までも食われてしまったという。それほど虎の害がひどいならば、なぜほかの土地に移らないのかときいたら、この土地には「苛政」がありませんからと答えた。報告を聞いた孔子は嘆息して、「小子これを識《しる》せ、苛政は虎よりも猛なり」（弟子たちよ、おぼえておけ。苛政は虎よりもひどいものなのだ）と言った。

これは『礼記』檀弓《だんぐう》の中の一節である。『礼記』の成立年代については専門家がいろいろと議論しているが、ともかくこの話は、事実ではないとしても、かなり古くから伝えられた孔子伝説の一つであったに違いない。

ところで「苛政」の具体的な内容は一つではないが、重税を課し、滞納または脱税を犯した者にはきびしい刑罰をもってのぞむことを第一とする。このほかに民衆をたびたび強制的に徴発して兵役または土木工事などの労働に従事させることもあげられるが、財産のある者は穀物や絹布などを納入することによって、徴発を免除してもらうことも可能であった。だからこれも、労力を納めさせる一種の税と見てよかろう。

群雄割拠の春秋戦国時代には、税率も徴税方法も、土地によって違っていた。人食い虎がおそろしければ、よその土地へ移住すればよいのだが、この婦人の場合、どこへ行ってもここより税の軽いところはない。そして虎は、たしかに人を食うけれども、食われるのが自分ないし自分の家族とはきまっていない。重税の方は年に一度、確実に襲って来る。春秋時代の庶民の一女性が確率の観念を持っていたはずはないが、生活の実感から、彼女は重税よりも虎を選んだ。昭和のわれわれにとっても身にしみる話である。

だが、いまは税金の話にかまけている場合ではない。テーマは虎であった。本筋に立ちもどることとしよう。

孔子の時代の中国には、虎の害がずいぶん多かったらしい。『論語』の中にも「暴虎馮河（素手で虎と格闘し、黄河を徒渉する)」は無謀だといましめるなど、虎をこわいものと見た言葉がある。降って南宋の詩人陸游《りくゆう》(放翁)は、壮年のころ従軍して虎狩りに手柄を立てたことを生涯の語りぐさにしていたし、『水滸伝』中の行者武松が景陽岡で虎を退治するくだりは、読者の血を湧きたたせる。たぶん現在でも、あの広大な国土の中には、まだかなりの虎が棲息していることであろう。

虎の害はおそろしい。人間を食うから、ことにおそろしい。中国には猛獣の種類がすくないのであって、人体に直接の害を及ぼす獣として普通に意識されるのは、虎と狼ぐらいのものである。だから「虎狼」といって、凶暴なものの代表とする。戦国時代の蘇秦が合従《がっしょう》の策を説いてまわったときにも、「秦は虎狼の国なり」と強調した。聞いた方ではすぐに残忍で冷酷なもののイメージを思い浮かべ、身ぶるいしたであろう。

漢の将軍李広(悲劇的な運命をたどった将軍李陵の父である)が猟に出て、草の中に虎がうずくまっているのを見た。すぐに矢を射ると、手ごたえはあったのに虎が動かない。近づいてよく見れば、虎のような形をした石であった。それに矢が深々と突き立っているのである。もう一度矢を射てみたが、こんどははねかえって、どうしても石にささらなかった。これは『漢書』の李広伝にある話で、「虎と見て石に立つ矢のあるものを」という日本の道歌の原典である。

李広は匈奴《きょうど》との戦いにしばしば戦功をあげ、敵から飛将軍と呼ばれて恐れられた。それほどの勇将も、虎を見かけたときには全力をふりしぼり、石に矢が立つほどの勢いで弓をひいた。そうしなければ、自分の身が危いのである。虎を恐れたのは孔子のような「文」の人ばかりではない。

これほどおそろしい動物ならば、神としてあがめるのが古代人の通例である。事実、「竜虎」という言葉もあるように、虎は獣類の頭《かしら》であり、霊あるものとされた。また東西南北の四方に神を配当して祭る風習があったが、西方の神は「白虎」であった。戊辰戦争のときの会津の白虎隊の名は、ここから出ている。

だから虎の害を除こうとして武力を用いるのは、ほんとうは下策なのであって、効果がすくない。後漢の光武帝の時代に劉昆《りゅうこん》という人がいて、さる郡の大守に任ぜられた。着任してから聞くと、郡へ通ずる街道に深い谷川ぞいの道があり、そこにいつも虎が出て人を襲うため、旅人の難儀となっているという。そこで劉昆はもっぱら善政に心がけ、三年のうちに「仁化大いに行はれ」る状態にした。すると今まで人を食っていた虎が、急に大移動を開始した。亭主の虎が先に立ち、子供の虎は背中にのせ、川を渡ってよその土地へ行ってしまったのである。このため劉昆のおさめる地方には虎の害がなくなったが、これが評判になって光武帝の耳に達した。奇特なことであるというので劉昆は都へ呼ばれ、天子から下問を受けたが、ただ「偶然にそうなっただけのことでございます」とのみ答えた。謙譲の徳にも富む者と御感はひとしお深く、高い栄誉を授けられたという。

「偶然のこと」という答えが劉昆の本心から出たものかどうかはわからないが、たとえ本心だったとしても、当時の人々からは謙遜の言葉とうけとられた。虎がよそへ行ってしまうのは餌がなくなったなどの理由によるのではなく、徳の高い太守がおさめる地域内で乱暴をはたらくのを憚《はばか》ったからだと考える方が一般的だったためである。

劉昆の話に似た例は、いくつでもあげることができる。同じ後漢の末近いころ、法雄という人がさる郡の太守となった。ここでも郊外に虎が多く出るので、歴代の太守が懸賞を出して虎狩りを奨励していたが、被害は逆に増大するばかりであった。法雄は着任すると郡内に布告を出し、「虎狼の山に在るは、猶《な》ほ人の城市に居《を》るがごとき」ものであるから、みだりに虎狩りをしてはならぬ、従来設けた檻《おり》や穽《わな》はすべて破棄せよと命じ、自分は領内に善政をおこなって寛仁の徳を禽獣にも及ぼそうと宣言した。すると虎の害はしだいに減少し、誰も虎のことを心配せずに生活できるようになったという。

虎はこのように、仁政と悪政とを見わけて進退する能力を持っていた。それならば初めの話など、苛政のない地方に虎が出るのはおかしいことになるが、この種の伝説に理屈を言ってみてもはじまらない。虎の中にもひねくれたやつがあって、苛政のない土地で暴れてみようという出来心をおこしたのだとでも考えておけばよかろう。

それよりも重要なのは、このような能力を持つ虎を神として信仰した例が意外にすくないことである。白虎を神とする観念は後世にも伝えられたが、それもただ観念だけのことであって、具体的な信仰の対象とはならなかったように見える。前に狐神の話を書いたが、虎神というものは皆無に近い。虎にまつわるイメージはあくまでも凶暴・残忍といった種類のものであり、その霊力も神通力というよりは悪魔的な力を連想させることが、その最大の原因だったのではあるまいか。

虎の悪魔的性格を最もよくあらわすのに、虎伥《こちょう》というものがある。虎に食われた人間の霊魂は、永遠に虎の支配を受けなければならない。そこで彼は、亡霊となってこの世をさまよい、生きた人間をさそって来ては虎に食わせる。この亡霊が虎伥である。

こうした考えかたは、中国ではごく一般的であったと見える。後にまた書くが、ある川で溺れ死んだ人の魂は、そのままではいくら供養してやっても、決して成仏できない。亡霊となって水中に住み、誰でもよいから生きた人間を一人、自分と同じ場所で溺れ死にをさせなければならぬ。そのとき、自分ははじめて成仏できる。こうして次々と水死人の「後継者」を作ってゆくので、「魔の淵」などというものができあがるわけである。ただし虎伥は多くの場合、身代りにあとをまかせることは許されず、その虎が死ぬまで奉仕をさせられるものであったらしい。

晩唐の裴鉶《はいけい》の『伝奇』に、虎伥の典型的な例を示した話がある。長い話なので必要な部分だけを要約すると、馬拯《じょう》と馬沼《しょう》の二人が山中で虎にあい、逃げる途中で山道に穽をしかけている猟師を見かける。三人で木の上に登り、ようすを窺っていると、夜もふけたころ、四、五十人の男女が列を作って、歌ったり話したりしながら山道を下りて来た。話しているのを聞けば、「将軍」の命令で二人の賊をつかまえに行くのだという。穽のところまで来ると一同が怒った顔をして、こんな悪いことをするやつは誰だと言いながら仕掛けをはずし、行ってしまった。これが即ち虎伥で、虎の先導をつとめていたのである。ところが猟師は急いで木を下り、仕掛けをもとにもどしておいた。そしてまた木に登ったとたん、虎があらわれて穽を踏み、仕掛けておいた矢に心臓を刺されて死んだ。

すると虎倀たちがあわてて駆けもどり、虎の死体にとりついて、われわれの将軍が死んだと泣きわめく。馬拯たちは木から下りて、この虎は諸君を食った仇ではないか、仇の死をいたむとはなにごとだと説教してやった。虎倀たちははじめて我に返ったような顔で、なるほどこの虎は悪いやつだったと、馬拯たちに感謝しながら姿を消した。

この種の話は六朝から唐へかけて、かなりの数が記録されている。そして虎が殺されたときの虎倀の態度は、前の例のように嘆き悲しむものと、おどりあがって喜ぶものとの二つに、はっきりと分かれる。虎倀にも魂まで虎に奪われたものと、なおいくらかの主体性を保持して、いやいやながら虎のために奉仕しているものとがあったのであろう。そこにはまた、自分がやられたのだから他人も同じ目にあわせてやろうというのと、自分はやられたが他人はなるべく救おうとするのと、二通りの人間心理の投映を認めてよいかもしれない。

ただ、人間はやはり万物の霊長であるから、虎倀になったのちも、虎を指揮する立場を獲得することがあった。前の話よりは古い時代のこととして『法苑珠林《ほうおんじゅりん》』が記録するところによると、ある村民の妻が薪とりに出て、虎に食われた。その後、夫が草むらの中を歩いているとき、急に妻が出て来て、あなたを守ってあげますと言った。まもなく虎があらわれ、夫に襲いかかったが、妻が手をあげて押しとどめ、ちょうど通りあわせた別の男を指さすと、虎はそちらへ向かった。夫はその間に逃げ出して、助かったという。

しかし、話がどうも陰気になってきたようだ。ここらでまた、別の方角から虎を眺めることにしよう。

『詩経』小雅・何草不黄の詩にうたう。

匪兕匪虎　兕《じ》にあらず虎にあらず
率彼曠野　彼の曠野に率《したが》ふ
哀我征夫　哀しいかな我《われ》征夫
朝夕不暇　朝夕に暇あらず

伝統的な解釈によれば、この詩は周の幽王のとき、戦乱が続き民衆が徴兵に苦しんだので、君子が憂えて作ったものだという。「幽王のとき」とか「君子」とかいうのは眉唾ものだが、無理に駆り出されて来た兵士が、故郷を遠く離れた土地で軍務に服する悲しみをうたったものであることには、まちがいがない。

兕とは水牛と犀との合の子のような獣である。そこでこの詩は、自分たちは兕や虎のような野獣ではないのに、曠野の中を歩きまわらなければならない。悲しいことにわれわれ出征兵士は、朝も晩も、ゆっくりとくつろぐひまもない、という意味になる。

もう一度、孔子にご登場を願おう。孔子が弟子を引き連れて諸国を周遊していたとき、楚から招きを受けたので、出かけようとした。ところが陳・蔡《さい》の二国では、大国の楚に孔子のような人物が加わってはこちらの国が危なくなるというので、軍隊を出して孔子の一行を野原のまんなかで包囲してしまった。いわゆる陳蔡の厄である。このとき、孔子は言った。

詩に云ふ、「兕にあらず虎にあらず、彼の曠野に率ふ」と。吾が道非なるか、吾何為《なんす》れぞ此《ここ》に於てする。（史記・孔子世家）

『詩経』の出征兵士は、はても知れぬ曠野を進軍するわが身を虎になぞらえた。孔子はそれに、曠野の中に立つ孤独な先覚者の嘆きを加えた。

虎はたしかに強い。しかし強いがゆえに、虎は常に孤独である。鹿や猿ならば、弱いなりに仲間が群がって、平和な集団生活をいとなむことができる。虎はただ一匹で、今日も明日も、獲物を求めつつ曠野を彷徨しなければならぬ。虎がおそろしいと思うことは、誰にもできる。しかし虎の孤独の悲しみを感じとるのは、詩人の魂に限られる。孔子もまた、すぐれた詩人であったというべきであろう。

ところが後世の詩人で、この点に目をつけた人が意外にすくない。というよりも、絶無に近いのである。晋の陸機の「猛虎行」は評判の高い作品だが、猛虎の雄々しさをうたって志士の節操になぞらえるところに中心がある。われわれは詩の世界から離れて、もう一度小説の中にもどらなければならない。

晩唐の張読の『宣室志』に、次のような筋の話がある。

李徴という人があった。博学で詩文の才もあったが、とかく才能を鼻にかけ、人をばかにする癖があった。この人が旅の途中、病気にかかって頭がおかしくなり、いきなり谷に駆けこんだと思うと両手が自然に地について、虎に変わってしまった。それからは獣を追ったり人を食ったり、全く虎の生活を送った。意識だけはまだ人間で、妻子朋友を思い、今のわが身のあさましさを絶えず嘆くのだが、どうすることもできない。ある日、人を見て襲いかかろうとしたが、よく見ると昔の親友で、今は朝廷の大官となっている人物であった。驚いて草むらに逃げこみ、人間の声で親友に話しかけ、自分の悲しい運命を語り、妻子の世話を頼む。

この小説が明代に李景亮の「人虎伝」として刊行され、広く読まれた。中島敦の「山月記」がこれにもとづいていることは、言うまでもなかろう。

だいたい、人間が虎に変わった話は、六朝以来数が多い。徳無くして長生きした人が虎になるのであって、この種の虎だけが人を食うのだと、南朝の斉の祖冲之《ちゅうし》の『述異記』にも書いてある。こうした伝説の流れをうけて、虎の口から孤独の悲しみを訴えさせたこの小説の趣向は、出色のものというべきであろう。

さて、わが国には虎がいなかった。しかし文化の本家の中国で虎が大問題になっていた影響は、当然こちらにも及んでくる。昔の日本人は、たぶん張子の虎しか見ていなかったのであろうが、「虎穴に入らずんば虎子を獲ず」「虎の尾を履《ふ》む」「虎の威を仮《か》る狐」などという言葉を、ごく日常的に使っていた。また一方では、大陸には虎がうようよしているという観念もあったであろう。だから「国姓爺」の和唐内が唐土に渡ると、たちまち千里が竹で虎と遭遇することになった。

この方面に進むと話はまた尽きなくなるのだが、紙数が尽きた。虎のすべてを語りつくすのは、とうてい不可能である。現代の日本においても、夜の盛り場に出没するトラは、さだめし内心には孤独の悲哀を嚙みしめているのであろうが、これはもう私の守備範囲ではない。

亀

『荘子』の中に、次のような話がある。

荘周が濮《ぼく》水という川で釣をしているときのことであった。濮水は今の山東省にある川で、当時では魯《ろ》の国にあたる。このころ、楚《そ》王は荘周が賢者であると聞き、召し抱えて政務を担当させたいと思ったが、王がじきじきに魯まで出かけるわけにはいかない。そこで二人の大夫を派遣し、荘周の内意をきかせることにした。いろいろと条件もあるだろうし、いちおうの話し合いがつけば、楚国まで来てもらって、あらためて王から礼をあつくして依頼するという手順をふむつもりだったのである。

こんなわけで、釣をしていた荘周の背後に、楚の大夫二人が現われた。とかく昔から、賢者は釣をしているところを見出される。周の文王・武王の軍師として有名な太公望が文王と初めて会ったのも釣をしていたときで、文王ほどの聖人になると一見して太公望の人物を見ぬき、その場で礼をあつくして召し抱えたという。荘周が楚王の片腕となって万古に名を残すべきチャンスの、道具立てはととのっていたのである。

わが国の川柳にも、「釣れますかなどと文王そばへ寄り」とある。楚の大夫二人がなんと言って近づいたかは記録がないが、ともかくうしろから声をかけて、「願はくは竟《けい》内をもって累《わづら》はさん」と言った。「竟」は「境」と同じで、楚の国境の内側、つまり楚国のことについて、あなたのお手をわずらわしたいという意味である。結局、楚国の政務を担当してもらいたいというわけで、遠まわしな言い方をしたのは、それだけ丁重な態度の表現になる。ポンと一つ肩をたたいて「君、こんど大臣になってくれたまえ」と言うような、気軽なことではない。相手は天下の賢者で、地位や俸禄に心を動かす人ではないとわかっているから、大夫の方でも慎重に話をもちかけたのである。

ここで、しめたとばかり釣竿を投げ出しては、賢者の名がすたる。三顧の礼をもって迎えられれば人生意気に感じ、粉骨砕身して君恩にむくいるのも、荘周平生の主張に反する。道具立てが同じだから登場人物のセリフも同じでなければならぬ義理はない。荘周は釣糸を垂れたままふりむきもせず、全然無関係なことを言った。

「楚に神霊を持つ亀がいたそうな。死んでから、もう三千年になる。だが、いまでも王さまはその亀の甲をたいせつに箱におさめ、宮中に保管しておられるとか。その亀の身になってみれば、死んで甲羅《こうら》だけ残してたいせつに扱われたいと思うだろうか。それとも、生きていて尻尾《しっぽ》を泥の中にひきずりながら這いまわりたいだろうか」

これは、ワナである。亀の話が出たのは、水辺で釣をしている状況からはたらいた連想であったかもしれない。それにしても、いきなりお国の亀はとたずねられたのでは、誰でもめんくらうであろう。二人の大夫は、実直ではあったかもしれないが、頭の回転の早いほうではなかったようである。一筋縄ではいかない相手と知りつつも、みごとに荘周のワナにはまって答えた。

「泥の中で尻尾を引きずっていたいでしょう」

ここで荘周は、キッパリと言った。

「お引きとり願おう。私は泥の中で尻尾を引きずっていたいのだ」

楚は当時屈指の大国である。そこの政務を担当すれば、名声も権力も、思いのままであろう。だがその代償として、荘周個人の自由は拘束される。自由無碍《むげ》の境地を何よりも貴ぶ荘周にとって、それは死にひとしい。甲羅だけを楚の宮廷に残してあがめられるよりは、富も権勢も名誉もなく、世俗の泥にまみれて自在に生きたいというのが、荘周の願いなのであった。

さて、『荘子』からの引用を長々と説明したには、わけがある。べつに荘周の思想が述べたかったのではない。この話はたぶん『荘子』一流の寓言で、事実ではなかろうが、話の真偽を問題にしたいのでもない。神霊があって貴ばれる亀と、泥の中で尻尾を引きずる亀と、昔の中国人の観念のうちにあった亀の両極の姿が、この話には端的に描かれている。そこが、以下の叙述にとって恰好のイントロダクションとなるからであった。

まず神霊ある亀について述べよう。楚王が「神亀」の甲をたいせつに保存したのは、もちろん、占いのためである。亀を用いて占う、いわゆる亀卜は、殷代には盛んにおこなわれた。周になっても、とくに楚の国には、この風習が残存していたらしい。神託を仰いで事を決するのは古代民族の常であるから、国家の重大事でも、まず亀卜に問うて吉凶を知ろうとしたのである。

亀卜の方法は、通常、亀甲に小さな穴をあけ、金火箸のようなものを赤熱させて、さし入れる。熱が加わるので、亀甲にはヒビが生ずる。専門の易者があって、そのヒビの形状から吉凶を判定する。どんな形のヒビが吉であったかは、残念ながら今ではわからない。

亀甲は一回に一枚ずつとは限らない。スペースさえあれば、また別の点に穴をあけ、何度でも使用される。要するに占いの道具にすぎないが、神託がここに宿るのであるから、おろそかにはできない。そこらの川に遊んでいる亀をつかまえて来て使うわけにもいかないのであって、道具は精選されなければならぬ。ことに、一度使って予言をみごとに適中させた亀甲は、それ自身に神霊があると考えられ、以後、国家の重大事を占うには必ず用いられるということになったであろう。つまり選ばれた亀甲の中にもAクラス・Bクラスの差ができるわけで、楚王が貴重品扱いした「神亀」は、たぶん超Aクラスのものだったに違いない。

それにしても、なぜ亀の甲が使われたのだろうか。加熱したとき適当な程度にヒビ割れが生ずるものならば何でもよいはずで、事実、古くは獣の骨が用いられたこともある。しかし、あまり手に入りにくいものでも困るが、ざらにあるものではありがたみが薄い。この点、亀は見つけるのもつかまえるのも容易だが、占いに使うにはかなりの大きさを必要とするので、いくらでも得られるというものでもない。ことに、あの姿といい動作といい、しごく重厚で神秘性さえ感じさせる。占いの道具としては、まず手ごろであろう。

いま神秘性と言ったが、亀が神秘的なものと考えられたため占いに用いられたのか、それとも占いに用いられているうちに神秘性が付与されてしまったのか、そのあたりが、まだよくはわからない。殷代の文献は当の亀甲・獣骨に刻まれた占いの文句以外に確実なものが残されていないので、考証しにくいのである。しかし文献に徴することができる周代以後、亀が神秘性を帯びて考えられたことは、まちがいがない。

古い中国の信仰では、東南西北の四方にそれぞれ神を配して祭った。この順に、青竜・朱雀・白虎・玄武と名づける。四神のうちで玄武だけは、字面《じづら》からでは正体がわかりにくいが、これが亀なのである。ただし絵を見ると、亀と蛇を組みあわせたような、怪獣に近いおそろしい相貌をしている。縁日の夜店で売っている愛嬌のある亀さんではない。

亀は人間を襲いもしないし、作物を荒らすわけでもない。子供のおもちゃにもなる、しごく平和で無害な動物である。ところが中国の亀には、とかく薄気味の悪い影がつきまとっていた。劉宋の劉敬叔の『異苑』に見える、人語を発し、釜ゆでにされても平気でいた亀の話は、前に「桑」の条で紹介したから、ここでは避けよう。同じ『異苑』の中の別の話を一つ、あげてみる。

木を伐《き》りに山へはいった三人の男が、道に迷った。そこへ、大きさが車輪ほどもある亀が一匹出て来た。四本の足に小亀を一匹ずつぶらさげ、百匹あまりの亀を従えている。三人が頭を下げて道をたずねると、大亀は何か言いたげに首を伸ばした。そこで大亀のあとについて行ったら、すぐに道がわかった。ところが、一人の男が小亀を一匹つかまえ、スープにして食べた。するとその男はたちまち頓死し、食べなかった者だけが、無事に山から下りられたという。

この亀こそ「神亀」であろう。神亀は人間に対して親切であるが、その好意にそむけば、たちどころに恐ろしい罰をくだす。首と手足をすくめ、小さくなっているばかりではないのである。

亀になった人間もあった。『捜神後記』によれば、三国の魏の初めごろ、ある人の母親が入浴中、たらいの中で亀に変わってしまった。平素、銀のかんざしをさしていたが、それだけが亀の頭に残っている。そして亀とは思えぬスピードで走り出し、川の中にとびこんでしまったという。こんな亀は、どう見てもペットにはなりにくい。

一言、ことわっておく必要があろう。われわれが亀というとき、ゼニガメももちろんだが、浦島太郎を竜宮に案内したウミガメをも考える。ところが中国では、やはり前に「海」の条で書いたことだが、海に関する知識は普遍的でなかったから、ウミガメは考慮のうちにはいらない。もっとも、海にも亀が棲むことはわかっているのだが、多分に空想的な要素が混入して、とほうもなく大きな亀だと言い伝えられた。これを「鼇《ごう》」（または鰲《ごう》）という。

中国の古代神話に、世界は茫々たる大海であって、人間の住む陸地、つまり中国大陸は、その上に浮かぶ大きな島なのだと説いたものがあった。ただし、陸地が海上に浮かぶはずはないので、下に何か支えがなければ、沈んでしまう。その支えをつとめるのが鼇だと考えられた。四匹の鼇が大地の四隅にいて、背中に地底をのせながら泳いでいる。そのおかげで、われわれは平穏に地上の生活が送れるのである。

大地を支えるほどの亀だから、よほど巨大であり、霊力もそなえているであろう。だが一方では、神というよりも怪物に近いものを想像させる。そしてその役目を持たない鼇は、まさしく海の怪物として、船乗りを恐れさせたらしい。唐に渡った阿倍仲麻呂が故国に帰ろうとしたとき、友人の王維が贈った詩、これも前に一度書いたが、くりかえして一節をかかげよう。

鼇身映天黒　　鼇身　天に映じて黒く
魚眼射波紅　　魚眼　波を射て　紅《くれなゐ》なり

鼇の背が海上に浮かべば天も暗くなり、大魚の眼光に照らされて、波も紅の色に染まるというのである。唐の詩人の頭の中にあった鼇とは、こんなものであった。遣唐使の船など、まちがって鼇に接触したら木端微塵《こっぱみじん》になってしまうであろう。

もう一つ、日本では、亀はめでたいものだという。鶴は千年、亀は万年の寿を保つのが、めでたい所以《ゆえん》であろう。これは中国から輸入された知識に違いないのであって、前漢末の揚雄の『法言』に「亀竜鴻鵠《こうこく》は寿」とあるところから見ても、伝統はかなり古い。ただし寿命のほどは必ずしも一定せず、白楽天の詩には「松柏と亀鶴と／其の寿は皆千年」とある。ここでは亀の寿命が十分の一に割引きされてしまったわけである。

六朝以来の古書には、亀の寿命についてさまざまな記載がある。一々紹介してはいられないので、まとめて整理すると、亀は千年たつと毛が生え、人語を発して、人間と会話ができるようになる。五千年生きると「神亀」となり、一万年で霊亀となって、完全な神通力を持つ。つまり亀には一万年生きられる可能性があるわけで、長寿には相違ないが、すべての亀が可能性を実現しうるのではない。夜店で買った亀が翌日死んだと言って怒るにはおよばないことである。

それよりも、千年で人語を発するなどとある点に、目をとめる必要があろう。狐も百年たつと人間に化け、千年で「天狐」になると信じられた。だから狐は長寿でおめでたいとは、誰も考えないだろう。亀にしても、あの首を伸ばしてこちらに語りかける姿を想像すれば、めでたいよりも、むしろ薄気味悪さが先に立つ。

長寿と関連して、「亀息」という言葉がある。伝説によれば、むかし、ある娘が古井戸の中に落ちた。上ることはできないし、救いも来ない。飢え死にするところだったが、ふと見れば、枯れた井戸の底に一匹の亀がいる。この亀が生きているのだから、自分も真似をすれば生きられるかもしれないと、亀の呼吸法にならって呼吸をしてみた。一説によれば耳で呼吸するのだというが、あてにはならない。ともかくそのおかげで、飢えもこごえもせず、数年後に助け出されたという。ここから見ると、亀が長寿なのは特殊な生き方を知っているためで、天地の正道を歩んでなおかつ長寿なわけではなさそうである。手ばなしでめでたいと喜ぶのも考えものであろう。

つまり、亀は神霊を持ち、長寿である。しかし、だからめでたいものだとは、中国では結びつきにくい。むろん中国でも、亀をめでたいしるしとした例はあるのだが、その程度は微弱である。すくなくとも婚礼の席に鶴亀を飾るような風習はない。それは、もう一種類の亀が影響をあたえているためでもあった。

さて、ようやく泥の中で尻尾をひきずる亀の番が来たのだが、紙数はもはや尽きかけている。急がなければならない。

この亀を、荘周は「和光同塵」の具体的な一例とした。それで気楽に世を送ることができれば本望だったであろうが、世間はなかなか、そうさせてはくれない。神霊がないとわかれば、鈍重で無抵抗な小動物である。寄ってたかって、なぶりものにしようとする。

「烏亀《うき》」という語がある。黒い亀をさすように見えるが、実際は亀一般に通じて用いる。ただし、この語には悪罵の意味がこめられているのであって、元・明以後には、妻を寝取られた男もしくは妻に売春させて稼ぐヒモのことを、「烏亀」といった。なぜそうなったか、正確なところはわからない。ただ有力な一説があって、こじつけかもしれないが、亀に対する一般的な観念を代表していることは、まちがいがないのである。

それによると、亀は交尾ができない。あの形からでは交尾のときの姿態が想像しにくいので、亀は交尾できない動物だときめてしまったのであろう。それではなぜ子孫ができるかというと、雌の亀が雄の蛇と、亭主の亀の目をぬすんで私通する。もしくは亭主の亀が蛇を呼んで来て、女房の亀と交わらせる。そして生まれた子はアイノコではなく、純粋な亀なのだそうである。

つまり亀の亭主は、女房の浮気も知らず、生まれた子をわが子と思ってかわいがるお人よしであるか、またはよその男に自分の女房を提供する悪質な男とされた。「亀」と言っただけでもその連想ははたらくが、「烏亀」といえば、いっそう明瞭になる。そして後世、もっと通俗には、「王八《ワンパ》」(または忘八《ワンパ》)という語が使われるようになった。これも語源は不明だが、亀の別名を王八というのだとする説明が、かなり広く信用されている。

だから人に向かって、「おまえは烏亀だ」「王八だ」と言ったら、たいへんな悪口になる。近ごろでは「中国のフルシチョフ」とか「修正主義者」とか、もっと致命的な悪口が考案されているが、ひとむかし前の「王八」は、日本語の「バカヤロウ」などとは比較にならぬほどの侮辱をこめた言葉だったのである。

民族にはそれぞれの風習があり通念があるのは当然なことで、私は決して、中国の路線に追随せよと言うのではない。しかし、亀という小動物一つをとっても、御縁の深い隣国であるはずの日本と中国の間に、これだけの差がある。日本の花嫁がうちかけに亀の縫いとりをするのは、しごくめでたいことで、何も遠慮するには及ばない。だが、それを中国人が見たら、嫁さんは早くも亭主をコキュにする決意を示したのかと疑って目を丸くするかもしれないこと、これを知っておくのは、ほんとうの日中親善のためにも、むだではないであろう。

鬼

人間、貴賤賢愚の別なく、落ち行く先はただ一つ、あの世なのだが、当節はその「あの世」というやつが、どうもはっきりしなくなったうらみがある。縁日の見世物に地獄極楽のからくりなどが出たのは、私などの世代ではもう遠い夢のようにおぼろげであるが、それでも小学校からの帰りがけ、どういう店だったのか、ショーウィンドウいっぱいに地獄変相図がかかっていたのを、わざわざ回り道してのぞきに行ったおぼえがある。そして家に帰れば、信心深い婆さまなどから、因果応報のおそろしさをたっぷり説教された。

今では血の池だの針の山だのと言っても、もっとものすごい怪獣やら地球以外の天体の「あの世」の方がかえって現実感に富むらしく、近ごろの子供はビクともしない。それでも毎年、お盆のころになると、映画でもテレビでも好んで怪談ものを出す。視聴率にうるさいテレビ会社がやることだから、これに関心を持つ層がかなり厚いとあてこんでいるのだろう。こちらも一々映画館をまわり、チャンネルを合わせるほどの好奇心はないが、ときどきはのぞいて見る。そしてたいがいはどこか物足らず、気が抜けているような感じがして、「東海道四谷怪談」を書いた鶴屋南北や「牡丹灯籠」

を作った三遊亭円朝は天才だったと、あらためて嘆息することが多い。これは一本の上映時間に制約があったり、間に新型の自動車や化粧品のコマーシャルがはいって感興をそがれたりするためばかりではなく、幽鬼の世界についての観念が、そもそも制作にあたる人たちの間で稀薄になっているためではあるまいか。

お盆にお化けを出すのは、映画やテレビの会社から見れば、時宜にかなったものなのであろう。しかし私などの考えでは、怪談というものは霧の深い秋の夜長にこそふさわしい。そこでこれから、この天地の外にあるのか内にあるかはわからないが、中国の幽鬼の世界に分け入ってみることとしよう。この原稿を書いている今宵も、私がテレビの怪談ものを見たあとである。それに触発されたことはたしかだが、原稿が活字になるころは、もう秋もたけて、私の趣味に合致することとなるはずである。

ところで、ここまでに「幽鬼」と書いてきた。まずその「鬼」から講釈を始めなければならないのだが、文字学的な詮索は私の専門でないから、やめにする。ただ、「鬼」が日本の「おに」ではないこと、これだけははっきりとさせておく必要があろう。中国の「鬼」とは、一義的には亡魂・亡霊のことであって、角を生やし牙をむき出し、鉄棒を持った「おに」とは意味が違う。もちろん中国にもさまざまな化物があって、山の神・川の主をはじめ、年を経た草木や道具などの精、さらには狐などの変化もあり、それらを一括して「鬼魅《きび》」と呼ぶこともあるが、単に「鬼」と言ったとき、第一に考えられるのはあくまでも亡霊であった。だから、日本ではその昔「死して護国の鬼となる」という言葉があり、靖国神社の前に鉄棒をついて立っているような勇ましいイメージをあたえたが、中国人にこれを直訳させれば、「国を守る幽霊になる」というだけのことである。昔の陸軍軍人はみんな丸坊主だったから、それが幽霊になったとすれば宇都《うつ》の谷峠で殺された按摩さんのようなのができあがるわけで、その連中が血みどろの姿で敵の大将の枕もとにでも立ったら、たしかに恐ろしかろうが、威勢はあまりよくない。

しかし、亡霊というものははたして実在するのかどうか。これは中国でも、古くから大問題であった。原始信仰の時代には、むろん死後の霊魂の存在が信じられていたが、その行く先には、まだ地獄極楽のようなはっきりした世界がない。古人もいろいろと模索したらしく、いつごろからとは言えないが、すくなくとも漢代にはすでに、死者の魂は山東省の泰山に行くという説が一般的となった。これが、前にも書いたが「泰山信仰」と呼ばれるものである。泰山には泰山府君という神がいて、これが後世の閻魔大王のような役割をつとめ、亡者の生前の行為や才能に応じて、処罰をあたえたり、自分の部下に登用したりする。そして冥界には、泰山府君の役所を中央官庁とする行政組織ができあがっていた。

三国時代の魏のさる高官に息子があって、若死にした。ほどなくその亡霊が両親の夢枕に立って、冥府の地位の高下は現世のそれにかかわらないので、自分はいま冥府の小使いのような仕事をさせられているが、つらくてやりきれない。ついては泰山府君の席が欠員になって、後任は現在宮廷お抱えの歌手（いまと違って、当時の歌手は河原乞食同様、きわめて身分の低い者であった）ときまり、その男がまもなく死んで、着任することとなった。いまのうちに父親からその歌手へ話をつけて、死んだら自分をもう少しましな職につけるよう、頼んでくれと言った。かわいい息子の言うことだからと、高官は身分の差を忘れ、その歌手に頭をさげたが、歌手はほどなく死んだ。まもなく、息子の亡霊がもう一度両親の夢枕に立って、おかげで書記の役にとりたててもらい、楽な生活をしていると礼を述べたという。

この泰山に近く、山東省の曲阜《きょくふ》にいた孔子の耳には、まだこれほどに整備された冥府の官僚機構ははいっていなかったであろうが、その前駆ともいうべきものは、ある程度伝わっていたと推測することが可能である。だが、孔子はそれを承知しながら、あるいは承知していたからこそ、「鬼神ヲ敬シテコレヲ遠ザク」とか「未ダ生ヲ知ラズ、イヅクンゾ死ヲ知ラン」とか言い、「怪力乱神ヲ語ラズ」という態度を守って、冥界について触れることを一切拒否した。その遺訓を奉ずる儒者たちは、だから冥界のことは口にしないのが正しい道で、幽霊の話などをするのは無智無教養な愚夫愚婦だときめつけるようになり、さらには、人間の魂は死とともに消滅するのであって、幽霊などは存在しないとする議論も生じた。これを「無鬼論」という。

しかし、現実には愚夫愚婦のほうが数は圧倒的に多いのだし、それにお化けの話はとかく人が興味を持ちたがるものである。さっき例にあげた話など、学者ではないが魏王朝で歴々の身分にある人にかかわる幽霊話は、たぶんまず相当の地位をもつ人たちの間から評判が広まったのであろう。そうなると、怪異の談をことさらに集め、筆録して書物にしようとする者も出てくる。「怪力乱神ヲ語ラズ」の遺訓にそむいているのだから、こうした書物はまともな著述とは認められず、「小説」と呼ばれて低級な読物のように扱われた。しかし六朝を通じ、晋の干宝《かんぽう》の『捜神記《そうじん》』、劉宋の劉義慶の『幽明録』など、これらの「小説」は数多く作られたのである。

そうなった裏には、六朝期を通じて勃興していった仏教の影響力が大きい。仏教では明らかに死後の霊魂の存在を認めるわけで、因果応報のことわりを論じ、仏法による解脱《げだつ》の功徳を説くためには、幽霊話が相当の効果を持つ。ここで幽霊たちは、はからずも儒教対仏教の理論闘争の中にまきこまれることとなった。

晋の阮瞻《げんせん》は竹林の七賢の一人に数えられた阮咸《かん》の息子で、当時の名士であったが、無鬼論の熱心な主張者でもあった。ある日、彼の家を一人の青年が訪れ、高説をうけたまわりたいと言った。会って話してみると、若いながら学識もあり、弁舌もさわやかである。そのうちに無鬼論の話となったが、青年は有鬼論を主張して、大論争が始まった。長時間にわたる議論の末、ようやく阮瞻が相手を言い負かしたが、そのとき青年は、口惜しそうに言った。「なるほど、議論の上では幽霊は存在しないことになりました。しかし、かく申す私が、実は幽霊なのですぞ」。そして異形のものに変じ、姿を消した。阮瞻は青い顔をしていたが、まもなく死んだという。

これはどうも、無鬼論にケチをつけようとする仏教徒側の誰かがデッチあげた話のにおいがする。ただ、「識者」がいくら口をすっぱくして無鬼論をとなえても、民間で「おれは幽霊を見た」と言う者があり、それに尾ひれをつけて言いふらしたがる者がある趨勢は、とどめようもなかった。

民間ばかりではない。宋の蘇軾《しょく》（東坡）は、ことのほか怪談が好きだったと伝えられる。客が来ればば必ず怪談を一つさせるのが常であり、話のタネがないとことわる者があれば、「姑《しばら》く妄《みだ》りにこれを言へ」（自分が作った話でもいいから、ともかく話をしろ）と言ったという。また、清朝中期に通儒とうたわれ、乾隆皇帝のおぼえもめでたくて学界のボスとなった紀昀《きいん》は、随筆『閲微《えつび》草堂筆記』を書いたが、全部で二十四巻あるその大部分が怪異の談の記録である。彼はその中で、世俗の怪談の中にいかものが多いことを指摘してはいるものの、基本的には幽霊の実在を信じていたらしい。

そのような中で、さすがに宋の朱子ほどの大儒ともなれば、幽霊に対して科学的な説明をあたえようとして研究した。彼が得たデータによれば、畳の上で大往生をとげた者が幽霊となる例はきわめて乏しく、化けて出るのはほとんどが非業の最期をとげ、執念の残っている者である。そこで彼は、次のような結論を得た。人間には「気」というものがある。これはその人の体力・精神力に応じて消長し、死ねばなくなってしまう。そこで、病気などで死んだ人の場合は、病状が悪化するとともに「気」も衰弱し、息を引き取ると同時に消滅する。しかし、いきなり殺されたとか、事故にあったとか、口惜《くや》しまぎれに自殺したとかいうときは、「気」の方はまだ盛んなのに肉体が突然死んでしまうのだから、「気」が消滅しきれず、宙に浮いた形になる。これが幽霊となって現れるのである。もっとも、よるべき肉体を失った「気」が、そう長く存続することはできない。やがては衰弱し消滅するのだが、そこに至る期間は、「気」としてはまだ生きているつもりで行動し、それが現世の人間には幽霊として目にうつることとなる。

格物致知を旨《むね》とする朱子は、世上に幽霊を見た話がいくらも伝わっている事実に、目をそむけることはできない。といって、儒者の立場からは、死後の霊魂の存在を肯定することもできない。肯定すれば、それなら亡者はどこに住み、どういう生活をしているかを想定しなければならなくなって、仏教徒の言う地獄極楽を妄説として排撃できないからである。たぶん思案の末に、朱子は右のような説を考えついたのであろう。その限りではたしかに筋の通った卓説であるが、あとあとに継承された痕跡が、ほとんどない。幽霊の世界では、いくら大儒の高説でも、名声だけでは通用しにくかったのかもしれない。

「幽明境《さかい》を異にし」とは、今でもときおり弔辞などの中に聞かれる表現である。書いた人は「死」という言葉を避け、かつ多少文学的な修飾を施したつもりなのであろうが、本来これは、はなはだ重い意味を持つ言葉なのであった。

朱子がどう解明しようと、坊さんがどう説教しようと、中国の俗信の中では（それも時代につれて多少の変化はあるのだが、だいたいは）、幽界（幽霊の住む世界）と明界（現世）とはダブったものであった。すなわち人間のいる場所には必ず幽霊もいるのであって、いま現在、おたがいのわきに幽霊が立っているかもしれないのである。それでいて通常は異変を生じないのは、「幽明は境を異にする」という、幽霊社会の憲法のごとき大原則があるためであった。すなわち、幽界と明界とは全然別に、相互不可侵の状態のもとにあって運営されなければならぬ。そのためには、まず幽霊は人間に姿を見せてはならない。ただ、そうなると人間には幽霊の存在がわからず、幽霊の方からは人間が見えるのだから、領域の侵犯がおこなわれそうになったとき、譲らなければならないのは幽霊である。だからわれわれは、日常幽霊を意識しなくても、先方から逃げてくれるので、支障がおこらない。

そのかわり人間も、幽霊の活動する余地を作ってやる必要がある。たとえば夜は、原則として幽界に属するものなのであり、百鬼夜行というのは幽界の方では当然の権利なのであった。夜中に出歩いて、それにぶつかる人間の方が悪いのである。銀座などで深夜まで飲み歩き、無事に家まで帰り着けたら、よほど運がいいと思って感謝しなければならない。

だが、幽界にも善人（ほんとうなら善幽霊）もあれば悪人もある。中にちょっと姿を現して人間どもを驚かせてやろうなどとたくらむ不心得者がないとはいえない。それで幽霊におどかされる人が出るわけだが、こんな幽霊は「幽明境を異にする」大原則を破ったものとして、幽界できびしく処罰される。仏教の浸透とともに閻魔大王の威勢が大きくなり、泰山府君の権威は衰えたが、ともかく幽界の主宰者があって、その命令にもとづき、各地に地方官が派遣されていた。大きな町ではこれを城隍《こう》神といい、村落では土地神という。この神々も幽霊の中から選抜されて任命されたもので、所管区域内の幽霊の取締りにあたる。不心得な幽霊が出ればそれが処罰してくれるわけで、うっかり見過ごせば城隍神や土地神の失態となること、現世の地方官と変わらない。

ただ、この神々も見のがしてくれる場合がある。お岩様の民谷伊右衛門に対するごとく、累《かさね》の与右衛門に対するごとく、恨みを晴らさずには気がすまない幽霊は、「幽明の境」を越えて仇に祟《たた》ろうとする。これは情状やむを得ないものとして神々も目こぼしをしてくれるのだが、あまり度を過ぎては、やはり問題がおこる。本来ならば、このような幽霊は土地の神なり城隍神なりを通じて、幽界の主宰者へ仇を告訴すべきなのである。そうすると、たとえば仇が眠っているときにその魂を幽界へ拘引して（つまり仇は夢を見ることになる）、審理をおこない、訴えが正当ならば仇は神の手によって殺され、幽界で処罰を受ける。だから「生きかわり死にかわり、魂魄この土にとどまって」というのは、本人の情としてはさもあろうと、ある程度まで認められるのだが、しょせんは私的な報復・制裁の域を出ない。中国の幽界は「法治国家」なのであり、官僚制がはるかに整備されているのである。

幽霊は幽界の役所から取締りを受けるかわり、その保護をも受けるわけだが、保護の対象になっていないと見られる幽霊がある。自殺者がそれであって、人間は勝手に幽霊にはなれないのだという原則にもとづく。だから自殺者の幽霊は、首をくくったならその木の下に、身を投げたのならその川べりに待機させられ、行動の自由を許されない。ただ、同じ場所で自殺者が出たときにのみ、それを身代りとして、自分は解放される。水泳中に溺死した者も同じ扱いを受けるようで、ここは少々理屈がおかしいとも思われるが、危険を承知で泳ぐのは半分自殺するようなものと認められたのであろう。

だから、これらの幽霊は早く身代りを見つけ、解放されようと焦る。人間がふと自殺したくなったりするのは、冥々のうちに自殺者の幽霊が誘いかけているからであり、魔の淵などというものができるのも、同じ理由にもとづく。さきの『閲微草堂筆記』の中には、ある人が自殺したくなったとき、幽霊が出て来て首をくくるがいいと親切に教えてくれたが、また一人の幽霊が来て身を投げた方がもっと楽だと、双方で引っぱりあいになり、迷っているところへ知人が通りかかったので幽霊は逃げてしまい、自殺を思い止まったという話が載っている。

中国の幽界の話は、秋の夜長を語りあかしても、まだ尽きまい。だが「四谷怪談」に慣らされた日本人の目からは、どう見ても凄味に欠ける。ちょうど紙数も尽きたし、読者のあくびを招かぬうち、ここらで切りあげることにしよう。

［解説］学問のエッセンス

齋藤希史

『風月無尽』という書名に合わせたかのように最初に置かれた「月」の章は、「アポロ十一号より千二百年も昔」と始まる。人類初の月面到着をなしとげたのはたしかにアポロ十一号だから、月を語る文章の出だしに登場して不思議はないけれども、この書物の出版が一九七二年だと知れば、その三年前に人々が興奮したニュースがそのままここにあるのだと感じられる。アームストロング船長とオルドリン操縦士が月面に足跡をしるしたのは、一九六九年七月二十日のことだった。

ここに収められた文章は、高等学校の国語科教員をおもな読者とする雑誌『国語展望』（尚学図書）に、「天地有情」と題して、創刊第一号（一九六二・一・一五）から第二十六号（一九七〇・一一・二〇）の毎号、つまり二十六回にわたって連載されたものだ。第一回は「露と霜」、最終回は「鬼」、さまざまなトピックが縦横に語られているが、単行本では天象・地文・草木・鳥獣の分類によって配列しなおされている。なお、「はしがき」には「一九六一年から七〇年までの間」と書かれているが、雑誌の発行年月には先付という慣習があり、第一号が前年十二月に発売されていた可能性は高い。おそらく著者はそれに拠ったのだろう。『国語展望』は、二〇〇一年の停刊までおおむね年三回発行された。「現代文研究シリーズ」「古文研究シリーズ」「漢文研究シリーズ」と銘打たれた別冊特集号も編まれている。

さて、アポロ十一号で始まる「月」が掲載されたのはいつだったのだろうとバックナンバーに目を通してみると、意外なことに、一九六四年十二月発行の第九号にその文章はあった。アポロが月に着陸する前である。その出だしは——。

レインジャー七号より千二百年も昔、月の世界まで行ってきた人物があった。乾パンの表面を拡大したような写真はとらなかったが、そのかわり、美しい音楽を土産に持ち帰った。この人物の話から始めよう。

なるほど、レインジャー七号が月面の写真撮影と転送に成功したのは一九六四年七月だった。月に衝突する直前に月面の写真を撮影して地球に転送するという、それまで何回も試みられていたミッションを、初めて成し遂げたのである。送られてきた最後の月面写真は、たしかに乾パンの表面を拡大したように見える。ただそれだけの比喩であっても、著者の文章の洒脱さがうかがえる。

半世紀も後に、初出と単行本の異同、しかも話の枕に過ぎないところを探られるとは著者も予見していなかっただろうし、きっと顔をしかめられるに違いないのだが、しかしこうした巧みさは、やはりこの書物ならではだ。月の写真の記憶が新たなところに、中国古典の月の話を始める。現代とは異なる古典の世界へ、ほんの短い枕ですっと導いていく。

古典の月はいつまでも変わらないけれども、現代の科学技術がもたらす世界は見る間に変化していく。連載のさなかに、写真どころか、人が月面に到着してしまった。「月」の結びは、もともとこう書かれていた。

雪月花といい、花鳥風月ともいう。月は風雅の遊びにふさわしい。嫦娥が月に昇ってからレインジャー七号に至るまで、洋の東西を問わず、多くの人が月を仰ぎ、さまざまな感慨を抱いたことであろう。私がことさらに風雅の遊びでない二首の詩を選んだのは、いつか人間の足が月の大地をふむときが来ても、誰かこの二首を思いおこしてくれる人があってほしいと念願するからである。

その「いつか」が思いのほか早く来てしまったわけだが、著者の言う「この二首」、すなわち李白の「月下独酌」と杜甫の「月夜」の価値は、変わらない。それを熟知している著者だからこそ、どのようなところからでも古典世界への導きができる。この書物を読み返すたびに、そうした自在な筆さばきに身をゆだねる楽しさを覚える。

著者前野直彬氏は、一九二〇年東京牛込区生まれ、一九四〇年に第一高等学校文科甲類入学、四二年九月に卒業、十月に東京帝国大学文学部支那哲学支那文学科入学、翌四三年十二月に学徒動員によって入営し、野戦砲兵学校、陸軍通信学校を経て、最後は陸軍中央通信調査部勤務となった。(1)著者の回想によれば、中国文学を専攻したのは「一時の出来心」だったが、在学中はとくに現代文学と諸子百家を選んで読んでいた。(2)

〔…〕現代文学を読んだのは、前にも述べたとおり、伝統的な素養がなくても学べるからである。これに対して諸子を読んだのは矛盾するようだが、ここに私の基本的な考え方があらわれている。すなわち現代文学を専門にするとしても、あいつは現代のほか何も知らないとか、あいつは古典がわからないので現代をやっているとか、言われたくないために、わざと古い時代の書物を読んでいたのである。本腰を入れて古典文学を読み始めたのは、戦後になってからのことだった。

なぜ古典文学を専攻するようになったかについても、著者の説明がある。やや長くなるが、敗戦直後の大学の雰囲気を彷彿とさせる証言としても興味深いので、引用する。

そして研究室にも少し落ち着いたころ、中国文学研究はいかにあるべきかという議論が盛んに行われるようになった。私は文学研究というものは要するに自分がおもしろいと思ったこと・自分のやりたいことをやるだけだと考えていたので、その議論にはあまり加わらなかったが、若い論客の中には竹内好流の説を展開して、中国文学研究と儒教倫理との断絶を主張し、古典を読むとどうしてもその区別があいまいになるから、心ある研究者はよろしく現代中国文学を専攻すべきであり、それによって伝統の束縛からまぬがれることができると主張した。

この意見には基本的に私も賛成であったが、伝統の桎梏から逃れるために古典を読むなという教えには反撥を感じた。もっとも私は、それまでに中国の古典をあまり読んでいたわけではない。しかし伝統の束縛から逃れるために中国の現代文学を専攻するというのは、一種の敗北主義であると、私には思われた。しかも中国の古典文学が価値の低いものならばともかく、世界文学の中においても見劣りせぬすぐれたものだし、読んでいておもしろい。そうした文学の研究を放棄して、皆が現代文学へと向ってしまっては、中国文学の理解も不完全なものになるだろう。だから古典を読むなという理論に反対するわけではないが、皆が現代文学を研究対象とするなら私一人は古典を選んでやろうというのが、私が中国の古典文学にとりついた、そもそもの始まりであった。つまり私は、古典がわからないので現代に逃げたと言われたくないばかりに古典を専攻したようなものであるが、中学校の漢文以来学んできた古典文学に対して、無意識のうちに愛着を抱いていたのも理由の一つになっていたと、後になってから考えている。

とはいえ著者は、もともと研究者となるつもりはなかったらしく、卒業を前にして、毎日新聞社の入社試験を受けることにしていたところ、京都大学から併任教授として来講していた倉石武四郎教授に研究者になる気はないかと尋ねられ、著者の言によれば、「そこで口から出まかせに「その気がないわけでもありませんが」と答えてしまったのが、私の運命を決定するものとなってしまった」。京都大学ではちょうど青木正児教授の後任として吉川幸次郎教授が支那語学支那文学第一講座主任に就くことになり、そのもとで研究を進めるよう誘われたのである。

かくして卒業後の一九四七年十月に京都大学文学部副手に着任、翌四八年四月に京都大学大学院に特別研究生の身分を得た。特別研究生は、文部省による大学院拡充策として一九四三年から設けられた給費制度で、戦後もしばらく継続されていた。副手も大学院生から選ばれるのが通例で、無給と有給があったが、有給でも特別研究生より給与が低かった。なお、当時の大学院は、現在のように課程制によって修士や博士の学位を認定するものではなく、特定の課題について研究を行なう身分を与えるといった性格が強い。

著者が副手および大学院特別研究生として京都大学に在籍したのはほぼ四年半、その間に吉川教授の授業にはすべて出席し、東方文化研究所（後の京都大学人文科学研究所）のさまざまな会読（研究会）にも熱心に参加した。研究者としての学問の基盤は、やはりこの京都時代に形成されたとみてよいであろう。

一九五二年五月、名古屋大学文学部講師に就任、一九五五年三月、東京教育大学文学部助教授に転任、一九五八年五月、東京大学文学部助教授に転任。以降、一九八一年四月の退官に至るまで、東京大学文学部において二十三年にわたって研究と教育に力を注いだ。教授昇任は一九六八年四月である。

著者の学問は、かつてのすぐれた中国学者の例にもれず、きわめて幅が広く、厚みがある。論文集としてまとめられた二冊の書物、『中国小説史考』（秋山書店、一九七五）と『春草考　中国古典詩文論叢』（秋山書店、一九九四）は主著と称すべきものであり、収められた論考は、それぞれ対象とする時代が先秦から清末までを覆うだけでなく、小説であれ詩文であれ、文学史的な展開を俯瞰する視点が常にあって、その上で個別の問題を掘り下げて論じている。『中国小説史考』から、「漢代における「小説」」「神女との結婚」「冥界游行」「宋人伝奇」「明清の小説論における二つの極点」など、『春草考』から、書名となった「春草考」を始めとして「劉希夷「洛川懐古」を読んで」「安陵の李白」「陸游の目に映じた杜甫」「李滄溟の文体」「袁中郎十集と元政上人」「荻生徂徠と中国語および中国文学」など、その論題をいくつか例示するだけでも、狭い範囲をただ穿つのではない研究のありかたがうかがえる。

こうした姿勢は、著者がさまざまな訳注書を刊行し、それが業績の小さくない部分を占めていることとも、やはり関わっているだろう。東大赴任直後から、『六朝・唐・宋小説集』（中国古典文学全集、平凡社、一九五九）、『文章軌範』上・下（新釈漢文大系、明治書院、一九六一―六二）、『唐詩選』上・中・下（岩波文庫、岩波書店、一九六一―六三）、『唐代伝奇集』1・2（東洋文庫、平凡社、一九六三―六四）、『陸游』（漢詩大系、集英社、一九六四）など、小説と詩文の二つのジャンルにまたがることもさりながら、短期間で多くの訳注が陸続と上梓されたことには驚くばかりで、一九六七年から平凡社が新たに編集刊行した「中国古典文学大系」においても『六朝・唐・宋小説選』、『唐代詩集』下、『閲微草堂筆記・子不語・述異記・秋燈叢話・諧鐸・耳食録』、『宋・元・明・清詩集』を担当し、その勢いは止まらない。これらの訳注書で著者の名に親しんだ読者も多いに違いない。

平明で安定感のある訳文は、訓読ではなく現代日本語で中国古典を読む時代の流れを後押しした。そしてこれらの業績は、著者の研究の成果でもあり、また、それがさらに自身の、そして学界の研究の展開に大きく寄与した。広い視野と豊かな関心をもって中国文学全般を見渡すことができた著者だからこそ成しえた仕事である。

翻訳については、著者には一つの方法があった。翻訳というよりも、古典を読むさいの方法としたほうがよいかもしれない。それは、辞書を引かないことである。わからないことばが出てきたときに辞書を引かず、ただ憶えておいて、先に進む。再びそのことばが出てきたら、先の用例と突き合わせ、それを三四回繰り返すうちに、ことばの意味がわかってくると言うのである。外国語の学習法として似たようなことは時おり耳にするが、著者の場合、「ひところ私の頭の中にはそうした言葉がいつも三、四十は詰まっているありさまであった」というのであるから、言うは易く行うは難しであろう。ことばの意味を理解することもさりながら、そのようにして常に古典のことばを温めていることが肝要なのではないだろうか。それが翻訳の方法にも繋がることについては、著者の明快な説明がある。

このようにして意味をつきとめた言葉は、辞書についてたしかめることもある。ただし、くどいようだが意味をたしかめるためであり、意味を調べるためではない。たいがいは辞書に書いてあるとおりで、訳語を言葉で表現するとなればそう書くよりほかにないとは思うが、それでは表現しきれないニュアンスも、この方法によって把握できると信じていた。少なくとも辞書に見えている訳語をXに代入して翻訳を作るようなやり方は、訳はできるもののほんとうにはわかっていないというのが、私の考えであった。その一方で意味がわかった以上、同じ原語に対して常に同じ言葉で訳すとは限らないし、辞書に見える訳語も、自分の使いたい言葉と偶然に一致すれば、それでもかまわない。もちろん違っていたもかまわないのである。翻訳は創作と同じく一種の自己表現なのだから、教室で演習のテキストを訳すのとは違う。同じ原語には同じ言葉で訳さなければならないとは違うのである。その演習においてさえ、私は学生諸君に同じ原語は一定に訳せと要求したことは一度もなかった。その場において最もふさわしい言葉を選び、訳をつけるのが大切だと思ったからである。

訳注書のみならず、概説書の執筆や編集にも著者の学問は発揮された。一九六七年から刊行された「中国文化叢書」（大修館書店）のうち、『文学概論』と『文学史』の巻を鈴木修次氏および高木正一氏とともに編集執筆し、中国文学研究における新しい視点を世に示した。一九七〇年には『唐詩鑑賞辞典』（東京堂出版）を編集し、それと関連する著作として翌七一年に『唐代の詩人達』（東京堂出版）が出版された。

後者の「はしがき」には、「本書は、特定の詩人の伝記や作品について解説しようとしたものではない。唐の詩人たちを時代ごとに幾つかの群像としてとらえ、記述してみようとするのが本来の趣旨である」とある。こうした歴史のダイナミズムを明らかにしようとする意識が根底に置かれているがゆえに、著者の叙述は、たとえ概説であっても、固有名の羅列に終始するような無味乾燥からは遠く離れている。それは、東京大学中国語中国文学研究室の門下生を分担執筆者として著者が編み、近代を除く各時代の概観、先秦については「韻文」、隋・唐および五代・宋・金については「古文」、明および清については「戯曲」を自身が執筆した『中国文学史』（東京大学出版会、一九七五）にあっても同様であった。該書が中国文学史の代表的なテキストとしていまに至るまで長く版を重ねているのも、こうした姿勢が大きく与っているであろう。

著者の退官を記念して編まれた『中国の古典文学　作品選読』（伊藤漱平編、東京大学出版会、一九八一）には、「中国の詩と小説を読む　前野直彬教授に聴く」と題した受業生による聞き書きが収録されている。初唐の詩と六朝志怪小説を題材に行われたこの問答からも、俯瞰と微視を切れ目なく往復する著者の方法がうかがわれる。著者の学問を、その話しぶりとともに知ることができる貴重な講義録として紹介したい。ちなみに、辞書を引かない方法についてはここにも述べられている。

『風月無尽』は、こうした著者の学問のエッセンスを伝えてくれる書物である。学会誌に登載される研究論文であれば、ジャンルとしての詩文と小説のどちらかに焦点をあてて論じなければならないことが通例で、実際、著者の論集もその二つに分けて編まれているのだが、もとより著者の学問において、そこに垣根はない。ここに収められた文章は、研究論文でも文学史の教科書でもなく、自由に、まさに筆のままに随って書かれている。それがかえって、学者の営みの大事なところを私たちに伝えてくれる。

たとえば「烏」の章。有名な張継「楓橋夜泊」から説き起こして、起句「月落烏啼霜満天」の烏が啼くとはどのようなことなのか、六朝の民謡、漢代の楽府へと遡り、さらに古代の神話、六朝の志怪小説へと及び、烏の啼き声が別離の哀傷と結びつくことを浮かび上がらせ、そして言う――。

同じ声が、楓橋のほとりの楫枕、張継の「愁眠」をおどろかしたと見るのは、いささか牽強に過ぎよう。しかし、かれが意識したと否とにかかわらず、月落ちた暗夜に啼く烏の声は、古くから伝わる詩歌の、これだけの堆積を担っていた。だからわれわれは、霜、天に満つるきびしい風景の中で、親しい人々を離れてひとり旅するもののしみじみとした情感を、「楓橋夜泊」の起句の中から感じとることができるのである。

ことばに対する感覚の鋭敏さと思考の深さは、著者の学問の根底をなすものであった。その一端は、たとえば「空山」の章にも見てとることができる。これも人口に膾炙した王維「鹿柴」の「空山不見人」について、「空山」が「人気《ひとけ》のない山」という一般の解釈が誤っているわけではないが、それだけでは不十分で、まず「空」とはどのような状態かを知らなくてはならないと著者は言い、さまざまに用例を挙げ、語義の輪郭と含意を示していく。先に述べた、知らないことばをストックしておく方法は、何も珍しい語彙に限られるのではない。いつも目にしているようなことばであっても、いや、そうであればこそいっそう、有効であった。

自在な筆さばきと、学問の広さと深さ。『風月無尽』という書名は、そのように意図したわけではないだろうけれども、どこか著者の学風を思わせる。「これを取るも禁ずることなく、これを用ふれども竭《つ》きず、是《こ》れ造物者の無尽蔵なり」。「はしがき」に引かれた蘇東坡の語は、著者の文章を指し示すようにも感じられる。奇しくも、ということであろうか。

筆者は、著者の門下に学んだ者ではない。残念ながら、謦咳に接したこともない。一九九八年に世を去られた著者に、もはやお会いするすべもない。ただ書物にて学恩を蒙るのみである。にもかかわらずこの解説を書く機会が与えられたことに、深く感謝したい。そして、中国古典文学を読むおもしろさ、ゆたかさにあふれたこの書物に、いつまでも新たな読者があることを、願ってやまない。

（1）略歴については、齋藤茂主編「前野直彬教授略歴」（『中哲文学会報』第六号、一九八一年六月、東大中哲文学会）を参照した。
（2）著者の回想については、以下すべて、「私の体験」（『私の回想』私家版、一九八二）に拠る。

（さいとう　まれし・東京大学大学院総合文化研究科教授）

著者略歴

1920 年　東京に生れる.
1947 年　東京大学文学部卒業.
1968 年　東京大学文学部教授.
1981 年　同，停年退官．東京大学名誉教授.
1998 年　逝去.

主要著書

「唐詩選」(1961-63 年，岩波文庫)
「陸游」(1964 年，集英社)
「六朝・唐・宋小説選」(1968 年，平凡社)
「唐代詩集」(1970 年，平凡社)
「唐代の詩人達」(1971 年，東京堂出版)
「中国小説史考」(1975 年，秋山書店)
「中国文学史」(編，1975 年，東京大学出版会)
「韓愈の生涯」(1976 年，秋山書店)
「蒲松齢伝」(1976 年，秋山書店)
「中国文学序説」(1982 年，東京大学出版会)
「中国文学資料選」(共編，1989 年，東京大学出版会)
「春草考」(1994 年，秋山書店)

新装版 風月無尽
―― 中国の古典と自然　UP コレクション

1972 年 2 月 25 日　初　版　第 1 刷
2015 年 2 月 25 日　新装版　第 1 刷
[検印廃止]

著　者　前野直彬《まえのなおあき》

発行所　一般財団法人 東京大学出版会
代表者　古田元夫
153-0041 東京都目黒区駒場 4-5-29
電話 03-6407-1069　Fax 03-6407-1991
振替 00160-6-59964

印刷所　株式会社精興社
製本所　誠製本株式会社

ISBN 978-4-13-006523-8　Printed in Japan

「UPコレクション」刊行にあたって

学問の最先端における変化のスピードは、現代においてさらに増すばかりです。日進月歩（あるいはそれ以上）のイメージが強い物理学や化学などの自然科学だけでなく、社会科学、人文科学に至るまで、次々と新たな知見が生み出され、数か月後にはそれまでとは違う地平が広がっていることもめずらしくありません。

その一方で、学問には変わらないものも確実に存在します。それは過去の人間が積み重ねてきた膨大な地層ともいうべきもの、「古典」という姿で私たちの前に現れる成果です。

日々、めまぐるしく情報が流通するなかで、なぜ人びとは古典を大切にするのか。それは、この変わらないものが、新たに変わるためのヒントをつねに提供し、まだ見ぬ世界へ私たちを誘ってくれるからではないでしょうか。このダイナミズムは、学問の場でもっとも顕著にみられるものだと思います。

このたび東京大学出版会は、「UPコレクション」と題し、学問の場から、新たなものの見方・考え方を呼び起こしてくれる、古典としての評価の高い著作を新装復刊いたします。「UPコレクション」の一冊一冊が、読者の皆さまにとって、学問への導きの書となり、また、これまで当然のこととしていた世界への認識を揺さぶるものになるでしょう。そうした刺激的な書物を生み出しつづけること、それが大学出版の役割だと考えています。

一般財団法人　東京大学出版会